DER TOD IM DOPPELPACK

Von H.C. Scherf

Thriller

Bibliografische Information der Deutschen Nationalbibliothek:
Die Deutsche Nationalbibliothek verzeichnet diese Publikation in der
Deutschen Nationalbibliografie; detaillierte bibliografische Daten sind im
Internet über http://dnb.dnb.de abrufbar.

DER TOD IM DOPPELPACK

© 2020 H.C. Scherf
harald2066@gmx.de

Aktives Mitglied im Selfpublisher-Verband e.V.

Covergestaltung: VercoDesign, Unna
Bilder von:
majdansky /dgool / clipdealer.com
Fabiana Ponzi / 4PM production /
Pindyurin Vasily / Roman 3d Art / alle shutterstock

Lektorat/Korrektorat: Heidemarie Rabe
rabe.heidemarie47@googlemail.com

Herstellung und Verlag:
BoD – Books on Demand, Norderstedt

ISBN: 978-3751950923

DER TOD IM DOPPELPACK

Von H.C. Scherf

Warum die Hölle im Jenseits suchen? Sie ist schon im Diesseits vorhanden, im Herzen der Bösen

Jean-Jacques Rousseau (1712 - 1778), Genfer Philosoph, Schriftsteller, Pädagoge und Naturforscher

1

»Entschuldigt bitte, wenn wir etwas früher da sind, als es verabredet war. Es fiel uns schwer, abzuschätzen, wie lange wir für den Weg brauchen. Dürfen wir schon reinkommen?«

Klaus und Karin Molchert hatten den Passat in einer Nebenstraße geparkt, da sie sich nicht sicher waren, ob die Nachbarschaft in die Unternehmen ihrer Gastgeber eingeweiht war. Zum ersten Mal hatten sie selbst den Mut zu solchen Treffen aufgebracht. Lange Diskussionen waren diesem Vorhaben vorausgegangen, um dann zu einem Entschluss zu führen. Die Annonce in der Zeitung ließ Raum für Interpretationen. Erst ein Telefonat schaffte darüber Klarheit, dass man gewisse Vorlieben, was das Sexleben betraf, miteinander teilte. Heute sollte es passieren – ein neues Kapitel im Leben des Ehepaars Molchert aufgeschlagen werden.

»Aber das ist doch gar kein Problem. Wir freuen uns darüber, dass ihr gekommen seid. Wir haben schon mehrfach erlebt, dass die Gäste nicht kamen, da sie sich das im letzten Moment überlegt hatten. Rein in die gute Stube. Ihr dürft euch wie zu Hause fühlen. Richard kommt sofort. Er holt Wein aus dem Keller.«

Die Molcherts wechselten einen Blick der Erleichterung und kamen überein, dass der erste Eindruck, was ihre Gastgeber und das Umfeld betraf, absolut positiv ausfiel. Sie traten in die Diele des großzügig bemessenen Einfamilienhauses. Schon allein der Eingangsbereich besaß die Abmessungen von Molcherts halber Wohnung. Scarlett Rosbach, wie sie sich am Telefon vorgestellt hatte, ging voraus und öffnete die Schiebetür zum Wohnzimmer. Sie geleitete den Besuch zur Theke der Hausbar und bot freundlich lächelnd Plätze auf den Barhockern an. Karin und Klaus betrachteten die prallen Kurven der Gastgeberin, die sich hinter den Tresen begab. Beiden schien weiterhin zu gefallen, was sie sahen. Besonders hervor stach die üppige Oberweite von Scarlett, die sie scheinbar gerne zur Schau stellte, indem sie einen weiten Ausschnitt ihres Kleides zuließ. Das Zuschlagen einer Tür lenkte die Besucher von der Gastgeberin ab. Karins Mund öffnete sich einen Spalt, als sie den Partner von Scarlett bemerkte. Geschätzte muskelbepackte Einsfünfundneunzig waren in ein enges Sportdress gepresst worden und bewegten sich geschmeidig auf sie zu. Trotz seines glattrasierten Schädels war erkennbar, dass sich dieser Mann in den besten Jahren um die vierzig befand und topfit war. Ein Grund mehr für Karin, sich vorzustellen, dass sich diese bärenstarken Arme um ihren Körper schlingen könnten. Sicher, Klaus gehörte ebenfalls zu den aktiven Männern. Doch nach einer Blasen- und Prostataentzündung war seine Leidenschaft ein wenig zurückgefahren worden. Er wusste, dass Karin es hart liebte, und war schon deshalb auf ihren Vorschlag eingegangen, es einmal mit einem flotten Vierer zu versuchen. Statt mit einem Händedruck begrüßte Richard sie mit einem knappen, aber freundlichen Kopfnicken. Er stellte die vier Flaschen Rotwein ab und klopfte Scarlett auf den Hintern.

»Hast du unseren Gästen nichts angeboten? Sie werden sicherlich Hunger und Durst haben. In wenigen Minuten gibt es eine Kleinigkeit für alle. Doch zuvor möchte ich loswerden, dass wir uns auf euch freuen. Das wird bestimmt ein interessanter Abend. Ein Glas zum Einstimmen?«

Ohne eine Antwort abzuwarten, goss Richard den Wein in die bereitgestellten Gläser. Schnell fand man bei lockeren Gesprächen zu einer guten Stimmung, zumal Scarlett relativ häufig ihre prallen Brüste an die Schulter von Klaus drückte, was dem zunehmend besser gefiel. Unter einer Kleinigkeit verstanden die Gastgeber allerdings etwas völlig anderes als die Molcherts. Schon die Vorspeise, bestehend aus jeweils zwei Austern auf grobem Salzbett, beeindruckte die beiden Besucher, die eher die Hausmannskost gewohnt waren. Als dann die Ochsensteaks auf Feigen, sowie die verschiedenen Salate auf Honig-Senf-Soße folgten, winkte Karin beim Dessert dankend ab. Die ersten beiden Flaschen hatten den Weg durch die Kehlen der zwei Pärchen gefunden, als Scarlett endlich die entscheidende Frage stellte.

»Ist das für euch das erste Mal? Ich meine damit, dass ihr es bisher nur miteinander getrieben habt. Mir scheint, als hättet ihr etwas Angst, besser gesagt, ihr seid ein bisschen befangen. Das müsst ihr nicht sein. Wir finden, dass jeder Mensch das Recht besitzt, tun zu dürfen, wonach es ihm ist. Wir waren auch schon einmal in der Phase, wo es für uns ein wenig langweilig im Bett wurde. Ich will damit nicht andeuten, dass ich Richard nicht mehr geliebt hätte. Da war eher so das Gefühl der Routine, wenn ihr wisst, was ich meine. Wie seht ihr das bei euch?«

Scarletts direkte Ansprache ließ zwei irritierte Besucher zurück, die sich mit einem kurzen Blickkontakt darüber verständigten, wer die Antwort geben sollte. Karin fühlte sich berufen, das zu erledigen.

»Nicht dass ihr meint, es wäre zwischen uns langweilig geworden, aber das mit der Routine trifft es recht gut. Das Feuer der früheren Tage fehlt ein wenig, obwohl es immer noch schön mit Klaus ...«

»Ich verstehe das gut«, unterbrach Scarlett sie und strich über Karins Unterarm. »Das schreit förmlich nach Abwechslung. Genau das haben wir uns vor Jahren gesagt und uns darauf eingelassen, ab und zu Gäste einzuladen. Wenn man sich auf dieser Ebene verstand, haben wir schon oft reichlich Spaß bekommen. Habe ich euch übrigens am Telefon gesagt, dass ihr hier gerne übernachten dürft? Ich denke, dass der Wagen sowieso stehen bleiben müsste.«

Um diese Aussage zu unterstreichen, hob Scarlett ihr Glas und prostete allen zu. Nachdem sie es wieder absetzte, gab sie Karin einen Kuss, die leicht errötend zurückwich.

»Oh, entschuldige, Liebste, das darfst du mir nicht übel nehmen, aber ich neige beim Trinken immer mal dazu, etwas bi zu sein. Ich mag es hin und wieder, es mit Frauen zu treiben. Würde dich das stören?«

Karins hilfloser Blick irrte zwischen Klaus und Richard, die beide ein absolut aussageunfähiges Lächeln auf dem Gesicht zeigten, hin und her.

»Nicht so direkt, Scarlett. Ich möchte nur damit sagen, dass ich es bisher nicht versucht habe. Schauen wir mal.«

Als Richards Hand Karins berührte, fühlte die sich unendlich befreit und beobachtete, wie sich gleichzeitig Scarletts Finger zwischen die Schenkel von Klaus bewegten.

»Wir haben euch bisher ja gar nicht das Spielzimmer gezeigt. Habt ihr Lust, mitzukommen, oder ist es für euch zu früh?«

Scarlett hatte, während sie die Frage stellte, längst ihre Arme um den jetzt errötenden Klaus gelegt und zog ihn hoch. Karin stieß einen Überraschungsruf aus, als Richards mächtige Arme sie aus dem Stuhl hoben und sie beide den anderen folgten. Als sich Scarlett vor Klaus rückwärts auf das breite Bett fallen ließ, offenbarte ihr hochrutschender Rock, dass sie komplett auf Unterwäsche verzichtet hatte. Unentschlossen stand Klaus vor ihr und suchte Karins Blick. Der war nur schwer zu erreichen, da sich Richard bereits mit seiner neuen Eroberung auf den Weg machte, das Zimmer zu wechseln. Eine feste Hand zerrte Klaus auf das Bett, wo er neben der schrill lachenden Scarlett zum Liegen kam. Sie riss ihm die Kleidung vom Körper und drückte ihren gewaltigen Busen auf sein Gesicht.

9

2

Leonie Felten biss herzhaft in den Berliner Ballen und fluchte laut, während ihr die Marmelade über die Wange lief, die seitlich aus der Zuckerhülle herausquoll. Fast hätte sie zum Abwischen den Zettel benutzt, den ihr der Kollege Kai Wiesner einen Moment zuvor auf den Tisch geschoben hatte. Noch während sie die Serviette zur Reinigung verwandte, las sie die Nachricht, die ihre Abteilung vor Minuten erreicht hatte.

»Muss ich da unbedingt mit hin? Kannst du nicht mit Gordon zum Tatort besichtigen? Ich habe den Bericht vom gestrigen Suizid vor der Brust. Der soll bis vierzehn Uhr fertig sein.«

Kai, der sich schon auf dem Weg zur Garderobe befand, schüttelte den Kopf und griff nach dem Trenchcoat, der bereits zu seinem Aushängeschild innerhalb des Präsidiums geworden war.

»Gordon ist beim Alten und hat schon angeordnet, dass wir beide vor Ort erste Erkundigungen einholen. Ich brauche dort sowieso deine Hilfe. Hört sich ziemlich spektakulär an. Direkt zwei Tote in dieser elitären Umgebung. Die Presse ist schon vor Ort. Das hat sich schnell rumgesprochen. Kommst du jetzt endlich? Nimm deine Kuchentüte mit. Ich fahre.«

Beide saßen bereits im Auto, als Kai seiner Partnerin entschlossen das Papiertaschentuch aus der Hand nahm und vorsichtig die letzten Marmeladenreste über ihrer Oberlippe abtupfte. Das aufflammende Flackern in Leonies Augen ließen ihn die Hand zurückziehen. Einmal mehr hatte Kai unterschätzt, wie empfindlich diese Frau darauf reagierte, wenn sie an ihren Damenbart erinnert wurde. Mit einer entschlossenen Geste entriss sie ihm das Taschentuch und stieß ihm die Faust gegen die Schulter.

»Was soll die Scheiße? Ich weiß selber, dass die paar Haare dort wachsen. Ich muss nicht jeden Tag aufs Neue daran erinnert werden. Kümmere dich um deine eigenen Gebrechen, verdammt. Es können nicht alle so glatt rasiert sein wie ein Kinderarsch, Glatzkopf. Geht es langsam vorwärts oder brauchst du das Navi?«

»Wow, das nenn ich mal eine geile Hütte. Gibt es hier möglicherweise ein Gesindehaus für die Angestellten?«

Leonie war sichtlich beeindruckt von dem traumhaft ausgestatteten Haus der Familie Rosbach, das inmitten einer Parkanlage gelegen war. Selbst hier im Reichenviertel von Essen-Bredeney fiel dieses Anwesen auf. Der gesamte Eingangsbereich war von der Polizei abgesperrt worden, damit die Fotografen der örtlichen Zeitungen nicht in den Wohnbereich eindringen konnten. Ein Beamter hob das Band, um die beiden Kripobeamten durchzulassen. Schon in der Diele wurden sie von etlichen Kollegen der Spurensicherung begrüßt, die in weißen Schutzanzügen eingehüllt, durch die Räume schlichen. Einer von ihnen reichte den beiden Überzieher für die Schuhe.

»Wieder einmal ist Dr. Lieken vor uns da. Siehst du ihn dort hinten? Gordon kann wohl nicht ohne ihn.«

Kais mächtiger Arm wies in einen der Nebenräume, folgte dann der Kollegin, die sich wortlos in die angezeigte Richtung bewegte. In der Tür blieb sie abrupt stehen und schlug die Hand vor den Mund.

»Oh Gott, was ist denn hier passiert? Das ist ja eine Riesensauerei. Das ist ja irre.«

Erst jetzt, nachdem er einen Blick in den Raum werfen konnte, wusste Kai, wovon Leonie sprach. Selbst er musste schlucken und sich einen Moment abwenden. Dr. Lieken tauchte neben dem Riesenkerl auf und sah zu ihm auf.

»Da hat jemand ganze Arbeit abgeliefert. Ich werde eine Zeit brauchen, bevor ich die Einzelteile zusammengesetzt habe. Doch das hier ist nur ein Vorspiel. Der Hauptakt spielte sich zwei Räume weiter ab. Da liegt etwas, das vorher einmal ein Mann gewesen sein muss. In der letzten Nacht hat jemand das Tor zur Hölle sperrangelweit offen gelassen. Da war Satan persönlich am Werk. Eine verschluckte Handgranate hätte nicht mehr angerichtet. Kommt mal mit nach nebenan. Wo ist Gordon? Fehlt ihm die Lust an der Arbeit oder hat der arme Kerl keine Zeit?«

Die beiden Ermittler ließen die Frage des Rechtsmediziners unbeantwortet und folgten ihm mit einem mulmigen Gefühl. Was sie vorfanden, überstieg all ihre Vorstellungen. Völlig entsetzt starrten sie auf das Kunstwerk, das sich ihren Augen bot. Vor ihnen präsentierte sich ein riesiges Bett, das von pompösen Möbeln aus der Chippendale-Epoche umrahmt wurde. Nicht im Traum hätte sich damals der englische Tischler Thomas Chippendale vorstellen können, dass seine von ihm kreierten Möbel einmal als Kulisse einer solch unglaublichen Szene hätten dienen können. Leonie suchte die Hand des Kollegen und drückte sie fest. Die andere Hand lag wieder über ihrem Mund. Leonies Augen suchten die Wände ab, die vor allem im Kopfbereich des Bettes große Blutflecken aufwiesen, so als hätte es jemand mit der Kelle dort verteilt. In den Augen des Mannes, dessen Glieder weit ausgestreckt das einst weiße Laken bedeckten, spiegelten sich all das Grauen und die Schmerzen, denen das Opfer vor seinem schrecklichen Tod ausgesetzt war. Ein Panzerband überdeckte den Mund. Der Leib war vom Hals an bis zum Penisansatz aufgeschnitten worden. Die Organe wurden dem Opfer herausgerissen und lagen neben dem Körper. Nur das Herz war an seiner angestammten Stelle verblieben, so als wollte der Mörder, dass es bis zum Ende der Tortur weiter schlug. Der Fäkaliengeruch in dem großen Raum war unerträglich. Leonie drehte sich endgültig ab und eilte an die frische Luft.

Erst bei Wiederholung der Frage wurde ihr bewusst, dass inzwischen Gordon Rabe eingetroffen war und sie schüttelte.

»Was ist mit dir? Du siehst beschissen aus. Setz dich auf die Treppe und beruhige dich. Ich sage einem Sani Bescheid, damit man sich kümmert.«

»Nein, nein, Gordon. Es geht schon wieder. Ich hätte die Berliner nicht essen dürfen. Ich vertrage so viel Süßes einfach nicht.«

»Jetzt häng mal nicht die Harte raus. Ich habe schon erfahren, was hier los ist. Du bleibst noch einen Moment sitzen und ich werde mir das da drin mal genauer ansehen. Ist Klaus da?«

»Jau – Dr. Lieken war zuletzt mit Kai im hintersten Zimmer auf dem Flur. Doch mach dich auf was gefasst. Das ist der absolute Wahnsinn.«

Obwohl Gordon schon vorgewarnt war, blieb er dennoch erschüttert im Eingang des Schlafzimmers stehen. Stumm beobachtete ihn Dr. Lieken, bevor er langsam auf den Hauptkommissar und Freund zusteuerte.

»Da hat sich jemand heute Nacht so richtig ausgetobt. Hast du schon das andere Zimmer gesehen? Da liegt eine Frau, die Ähnliches mitgemacht haben muss. Aber dennoch ist da etwas anders. Das Ergebnis ist zwar vergleichbar blutig, doch an gewissen Details ist erkennbar, dass da ein anderer am Werk war. Wir haben es meiner Meinung nach mit zwei Tätern zu tun. Zumindest wurde die Frau nicht so pervers ausgeweidet wie dieser arme Kerl. Doch wurde sie mehrfach brutal vergewaltigt, bevor der Täter ihr den Hals zudrückte. Warum er ihr diese vielen Messerstiche zufügte, kann ich nicht erklären, denn das geschah post mortem. Das erkenne ich an der relativ geringen Blutung. Das Herz pumpte da schon nicht mehr.«

Immer wieder überraschte Klaus Lieken den Hauptkommissar damit, wie sachlich und unberührt vom Geschehen er die Situation erfasste und analysierte. Er zog ihn zurück in die Diele und suchte den Blickkontakt mit dem Freund, den er um mindestens Haupteslänge überragte.

»Hast du weitere Hinweise auf den oder die Täter gefunden?«

»Nein, bisher nicht«, antwortete der Rechtsmediziner, »außer einer Tatsache. Nach Aussage der Reinigungskraft, die das hier heute Morgen vorgefunden hat, handelt es sich nicht um die Eigentümer. Sie kennt diese Leute gar nicht. Die Kollegen haben aber eine Handtasche gefunden, in denen Papiere gewesen sein sollen. Die müssten dir mehr dazu sagen können. Ich mach mich wieder an die Arbeit. Spätestens übermorgen hast du den Bericht von mir auf dem Tisch.«

3

»Jetzt setzt euch doch endlich mal hin, verdammt. Wir kommen nicht weiter, wenn jeder mit seinem Nachbarn diskutiert.« Gordon klopfte energisch auf die Platte des Besprechungstisches und fuhr fort, nachdem alle ihren Platz eingenommen hatten. »Ich begrüße an dieser Stelle die Kollegen und Kolleginnen, die uns für diese Soko zur Seite stehen werden. Und mein Dank an den Kriminalrat Kläver, der kurzfristig die Genehmigung dazu erteilt hat. Der Name für diese Soko ist *Bredeney*. Ich habe direkt zu Beginn den Kollegen Lieken aus der Rechtsmedizin hinzugebeten, der uns Details zum Zustand der Opfer und erste Ergebnisse seiner Untersuchungen geben kann.«

An dieser Stelle unterbrach Gordon Rabe seine Einleitung und wartete ab, bis auch der Letzte damit aufhörte, auf den Tisch zu klopfen. Er fuhr fort.

»Etwas Bedeutsames stelle ich direkt an den Anfang. Bei den Opfern handelt es sich nicht, wie zuerst angenommen wurde, um die Besitzer der Villa. Die Familie Rosbach erfreut sich bester Gesundheit und ist von uns benachrichtigt. Sie dürften sich längst auf dem Rückflug von Argentinien befinden, wo sie bereits seit drei Wochen ihren Urlaub verbringen. Wir haben es bei den Opfern mit dem Ehepaar

Molchert zu tun, das sich aus einem bestimmten Grund in diesem Haus aufhielt. Wie wir aus den ermittelten Handydaten herausfiltern konnten, waren sie mit einem anderen Pärchen dort verabredet, um einen Partnertausch durchzuführen. Diese Leute und vermutlichen Täter benutzten augenscheinlich den Namen der tatsächlichen Eigentümer.«

Gordon unterbrach das aufbrandende Gemurmel mit einem energischen Klopfen auf die Tischplatte. Kai meldete sich zu Wort und ergänzte dessen Andeutungen.

»Wir konnten bei der Analyse der Handydaten herausfinden, dass es einen intensiven SMS-Kontakt zwischen der besagten Familie Molchert und einem Anschluss gab, der zu einem Prepaidtelefon gehörte. Unter dieser Nummer meldet sich allerdings niemand mehr, die Leitung ist tot. Wir können aber festhalten, dass sich der Teilnehmer, besser gesagt die Teilnehmerin, mit dem Namen Scarlett Rosbach ansprechen ließ. Man verabredete sich nach tagelangem Hin und Her in diesem Haus. Wir sollten davon ausgehen, dass der Vorname Scarlett ebenfalls falsch sein dürfte und sie den nur benutzte, weil die Hausbesitzerin so heißt.«

An dieser Stelle übernahm Leonie, die zur Magnetwand ging und eine Planskizze dort befestigte, die einen klaren Abriss der unteren Etage der Rosbach-Villa zeigte. Ihr Finger wies auf eine Tür, die sich an der Rückseite des Hauses befand und vermutlich den Eingang zur Terrasse zeigte.

»Genau hier an dieser Tür fanden wir Einbruchsspuren. Das erklärt aber immer noch nicht, wie die Einbrecher es schafften, die Alarmanlage auszuschalten. Die wurde direkt neben der Haustür installiert und arbeitet mit einer Verzögerung von maximal zehn Sekunden. Jemand muss innerhalb dieses Zeitfensters von der Terrassentür bis zum Eingang gesprintet sein. Das setzt zwei Dinge voraus. Derjenige muss sich im Haus ausgekannt haben und ...«, hier machte Leonie eine bedeutsame Pause.»... er kannte den PIN-Code!«

Zustimmendes Nicken und beifälliges Gemurmel folgten dieser Aussage. Leonie klatschte einmal in die Hände, woraufhin wieder Ruhe einkehrte.

»Wir können davon ausgehen, dass sich Familie Rosbach und die Täter kannten. Woher sonst sollte jemand den Code kennen? Es wäre ansonsten nur möglich, wenn die oder der Täter die Anlage selbst installiert haben. Das überprüfen wir derzeit und warten auf die Liste der aktiven Mitarbeiter und der ehemaligen, die Zugriff auf interne Daten der Installationsfirma hatten. Übrigens, bevor die Rosbachs eintreffen und uns nähere Angaben machen werden – es wurden vermutlich einige Gegenstände gestohlen. Das erkennen wir daran, dass alle Räume intensiv durchsucht wurden. Allerdings ließ man scheinbar bewusst Wertgegenstände zurück, die sich nur schwer verkaufen lassen und deren Herkunft zurückverfolgt werden könnten. Man nahm bewusst nur das mit, was sich schnell und unauffällig zu Geld machen lässt. So, das war es erst einmal von mir.«

Gordon übernahm wieder und blickte seinen Freund Dr. Lieken auffordernd an, der mit bekannt ruhiger Stimme seine Erkenntnisse zusammenfasste.

»Mit den Fotos dürfte deutlich geworden sein, mit welch unvorstellbarer Brutalität der oder besser gesagt die Täter vorgegangen sind. Insbesondere das männliche Opfer wurde praktisch ausgeweidet, was vermuten lässt, dass sich der

Täter in einem Rausch befunden haben muss. Die Schnitte durch den Körper wurden nicht gradlinig geführt, sondern offensichtlich mit einer zwar scharfen, aber kurzen Klinge. Das geschah nicht in einem Zug, sondern in mehreren Phasen. Das Opfer muss noch gelebt haben, was sich an dem hohen Blutfluss erkennen lässt, der post mortem nicht mehr vorhanden gewesen wäre. Ich möchte mir die Qualen nicht vorstellen, die das Opfer erleiden musste. Anhand von diversen Fasern an den Gelenken konnten wir erkennen, dass man das Opfer vorher an den Bettpfosten festgebunden hatte. Warum die Stricke später entfernt wurden, kann ich nur dadurch erklären, dass man daran etwas hätte finden können, was auf die Täter hinweist. Es handelte sich nach unseren Erkenntnissen um eine handelsübliche Wäscheleine, die man in jedem Laden kaufen kann.«

»Wurden sexuelle Handlungen an den Opfern vorgenommen?«, wollte Kai wissen.

»Das ist eine gute Frage, die mir schon Kopfzerbrechen bereitete. Bei der toten Frau kann ich das mit Sicherheit bestätigen, obwohl dabei mit großer Wahrscheinlichkeit ein Präservativ benutzt wurde. Ich fand entsprechende Spuren in der Vagina. Dagegen konnte ich bei dem Mann keinerlei Spuren einer Lubrikation feststellen. Zur Erklärung: Das nennt man das Ausscheiden der Gleitflüssigkeit, also des Vaginalsekrets. Dieses produzieren die Bartholinischen und Skeneschen Drüsen der Frau. Nichts davon ist am Penis des Mannes vorhanden. Allerdings gibt es in der Schambehaarung ausgetrocknete Samenspuren von ihm selbst. Er muss, auf welchem Weg auch immer, einen Samenerguss erlebt haben.«

19

Niemand im Raum wollte diese Bemerkung kommentieren. Es herrschte eisige Ruhe. Dr. Lieken ergänzte seinen Vortrag.

»Ich habe jedoch im Gesicht des Toten zwei Schamhaare sicherstellen können, die nicht vom Opfer stammten. Es steht jetzt jedem von Ihnen frei, sich die Positionen der Personen vorzustellen. Bevor die Frage überhaupt aufkommt: Nein, es existieren keinerlei Speichelspuren am Penis des Opfers. Es handelt sich in diesem Fall definitiv um eine Täterin, die keinen Oralsex mit dem Opfer trieb. Ja, sie hören richtig, Herrschaften. Wir sprechen über eine Frau, die wir als Täterin vermuten müssen, wogegen es im Nebenraum klar einen männlichen Täter gab. Dort fand ich die Schamhaare eines Mannes, die sich mit denen des Opfers vermischt hatten. Die DNA der beiden Personen wird genau in diesem Moment mit der Datenbank des BKA abgeglichen. Möglicherweise haben wir ja Glück und es handelt sich um einen uns bekannten Wiederholungstäter.«

»Ich danke dir, Klaus«, bemerkte Gordon, nachdem der Mediziner seinen Bericht abgeliefert hatte. »Ich werde morgen versuchen, mit der Reinigungskraft, der Frau Karasek, ein Gespräch zu führen. Die arme Frau musste gestern vorsorglich in psychologische Betreuung. Sie liegt im Krankenhaus. Ich hoffe, dass sie morgen vernehmungsfähig ist und uns zur Aufklärung wertvolle Hinweise liefern kann. Ich möchte, dass ihr euch in Zweierteams zusammenschließt und die Nachbarschaft abklappert. Vielleicht hat jemand was in den letzten Tagen bemerkt, was uns hilft. Die Täter müssen die Rosbachs besucht und ausgespäht haben. Dass die sich dort eingenistet haben, kann kein Zufall sein.

Bezeichnend für ihre Abgebrühtheit ist, dass sie vermutlich sogar für die Opfer gekocht haben. Die haben tatsächlich in aller Ruhe mit denen gespeist, bevor die ihnen die Organe aus dem Leib gerissen haben. Wir müssen diese Tiere fassen, denn ich glaube nicht, dass sie das zum ersten Mal taten. Außerdem besteht die Gefahr, dass sie es wiederholen. Los geht's, Leute. Jeder weiß, was er zu tun hat.«

4

Mit argwöhnischen Blicken verfolgte Gordon Rabe das Geschehen in der Diele. Dort stand Jonas, sein autistischer Sohn, mit dem Telefon am Ohr und hörte konzentriert zu. Er hatte bereits das Gespräch angenommen, bevor Gordon seine nassen Spülhände abgetrocknet hatte und auf das hartnäckige Klingeln reagieren konnte. Aus einiger Entfernung wartete er die Entwicklung ab und vertraute darauf, dass ihm sein Sohn zeitnah das Gerät weiterreichen würde. Immer wieder kamen seine kurzen, emotionslosen Bemerkungen, die Gordon allmählich nervös werden ließen.

»Ja ... ja ... nein ... ja.«

Ungewöhnlich war es für Jonas nicht, dass er derart sparsam mit Antworten umging. Dennoch spürte Gordon, dass es sich nicht um einen gewöhnlichen Anruf handelte. Er war nicht schnell genug, Jonas das Telefon zu entreißen, bevor dieser das Gespräch kommentarlos beendete, indem er die rote Trenntaste drückte.

»Was war das, Jonas? Warum hast du mich nicht gerufen? Jetzt sag mir bitte, wer da am Telefon war.«

»Ein Mann.«

»Das ist ja toll. Und was wollte der Mann? Hat er nicht nach mir verlangt? Nun sag schon.«

»Weiß nicht. Nur ein Mann. Er war nett.«

»Das sagt mir nichts. Du kannst doch nicht einhängen, wenn man nach mir verlangt. Es könnte wichtig sein.«

»War es nicht.«

Jonas drehte sich um und verschwand ohne jede weitere Bemerkung in dem Zimmer, was ihm Gordon für die allmonatlichen Aufenthalte bei sich eingerichtet hatte. Es gab Augenblicke, in denen er an seine Grenzen stieß, wenn es um Verständnis dem erkrankten Sohn gegenüber ging. Das hier war so einer. Leicht genervt griff er nach dem Telefon und rief die Liste der Anrufer auf. Das Display zeigte ihm eine Nummer, die er nicht kannte, jedoch zu einem Mobilanschluss gehörte. Entschlossen drückte er die Rückruftaste.

»Ich habe deinen Anruf erwartet. Du hast einen netten Sohn, wenn man einmal von seiner Zurückhaltung absieht, die er konsequent durchzieht. Kein Wort zu viel. Aber zumindest ist er ein guter Zuhörer. Hat er dir berichtet, welches Anliegen ich habe?«

»Wer spricht da eigentlich? Ich habe Ihren Namen nicht verstanden.«

Die Pause am anderen Ende der Leitung dauerte nur Sekunden.

»Du weißt genau, wer hier anruft. Hast du wirklich geglaubt, dass ich so schnell aus deinem beschissenen Leben verschwinde? Außerdem gehöre ich in die Gattung der Menschen, die nachtragend sind. Ich vergesse niemals Leute, die sich mir gegenüber schlecht benommen haben. Na? Dämmert es dir langsam? Richtig. Der See hat mich nicht gefressen. Er hat mich verschont. Du musst wissen, dass meine Zeit noch nicht gekommen ist. Dein Gott hat mich in seiner ungeheuren Gnade zurück ins Leben geholt. Haha ... so könnte man es ausdrücken. Aber die Wahrheit liegt woanders. Satan hat seine schützende Hand über mich gelegt. Er verlangt allerdings dafür eine Gegenleistung, mein Freund.«

Mittlerweile hatte sich ein dünner Schweißfilm über Gordons Körper gelegt. Er war nicht fähig zu antworten. In seiner Mundhöhle breitete sich Trockenheit aus, die er durch Schlucken zu beseitigen versuchte. So ganz hatte Gordon sowieso nicht an den Tod des Mannes geglaubt, den er noch vor Tagen in den Fluten des Baldenysees verschwinden gesehen hatte. Die Hoffnung, dass dieser Serienkiller dort den Tod gefunden haben sollte, erschien ihm von Anfang an als zu simpel. Nach einer Weile des Schweigens fuhr Pablo Martinez-Gomez fort.

»Ich sehe, dass du sprachlos bist. Diese Eigenart scheint dein Sohn von dir geerbt zu haben. Ich sagte ja schon, dass ich nachtragend sein kann. Sieh das einmal so. Ich war echt sauer, weil mir nicht geholfen wurde. Du siehst, dass ich absaufe – du bewegst aber keinen Finger, um mir zu helfen. Stattdessen versuchst du, den Arsch einer wertlosen Frau zu retten. Ich hätte dich wirklich freigelassen, du Saukerl. Ich habe bisher noch keinen Mann getötet. Ich sehe nur die Schuld in den Frauen, die ihre Männer betrügen. Und damit kommen wir dem Grund meines Anrufs schon ein klein wenig näher.«

»Was willst du von mir, du verfluchter Dreckskerl? Verschone mich mit diesen bescheuerten Andeutungen und sage endlich, worauf du hinauswillst. Ich muss mich darum kümmern, dass man dich endlich festsetzt.«

»Warum so eilig, Bulle? Du solltest deine Gefühle besser im Zaum halten. Hat man dir das nicht auf der Polizeischule beigebracht?«

»Es reicht jetzt, Martinez. Ich gebe gleich eine Fahndung nach dir raus. Besonders stark dürftest du dich in der kurzen Zeit nicht verändert haben. Wir werden dich schnell zu fassen kriegen und dann für immer in eine Zelle sperren und den Schlüssel wegwerfen. Ich habe wenig Lust und keine Zeit, mich lange mit dir zu beschäftigen. Du bist nur ein rachsüchtiger Niemand.«

Gordon spürte, dass er einen empfindlichen Nerv bei seinem Gegenüber getroffen haben musste, denn ein verhaltenes Schnaufen war zu vernehmen. Dann endlich kam eine Reaktion, die Gordon allerdings so nicht hören wollte. Es baute sich eine Schockstarre bei ihm auf, die sogar noch anhielt, nachdem Pablo gesprochen und aufgelegt hatte.

»Du solltest vorsichtiger mit deinen Beleidigungen umgehen. Du bewegst dich auf dünnem Eis, du Drecksbulle. Ich meine, mich daran erinnern zu können, dass du von deiner Frau Denise getrennt lebst und deinen Sohn nur ab und zu bei dir zu Besuch hast. Da gibt es doch jemanden, dem sie sich zugewandt hat – oder irre ich mich da? Irgend so ein Unternehmer, der sie vögelt, wenn ihm danach ist. Ein tolles Gefühl. Ich kenne das. Für mich habe ich dafür eine einfache Lösung gefunden. Du kennst sie. Ich überlege ernsthaft, ob ich deine hässlichen Beleidigungen einfach wegstecken und dir dennoch helfen soll. Ja, der Gedanke ist gut – sogar sehr gut. Ich werde mich um deine Denise kümmern und mich dann endgültig hier verpissen. Grüße den kleinen Jonas von mir. Ich mag den Jungen.«

»Du verdammtes Stück Scheiße. Lass deine Finger von dieser Frau. Sie hat mich nicht betrogen – sie ist frei und kann schlafen, mit wem sie möchte. Wenn du sie anrührst, dann ... Martinez? Bist du noch dran? Melde dich gefälligst!«

Die Leitung war tot. Nur das Rauschen dröhnte in Gordons Ohren. Er wählte eine neue Nummer.

»Kai, Leonie? In dreißig Minuten sehe ich euch im Büro. Bitte keine Fragen – kommt einfach.«

5

Gordon blickte in gespannte Gesichter, als er das Büro betrat und feststellte, dass seine Kollegen erwartungsvoll am Besprechungstisch auf ihn warteten. Sein verschlossenes Gesicht verriet ihnen, dass es sich um etwas Ernstes handeln musste. Es war nicht nötig, voreilig Fragen an ihn zu richten, denn sie wussten, dass Gordon einen triftigen Grund haben musste, wenn er sie am freien Wochenende einbestellte.

»Er ist wieder da.«

»Wovon sprichst du, Gordon? Ich fürchte, dass wir dir nicht folgen können«, antwortete Leonie. »Du sprichst doch wohl nicht von ...?«

»Doch, genau den meine ich. Martinez hat mich vorhin angerufen. Sagen wir besser, er hatte Jonas am Apparat. Ich kann euch nicht wiedergeben, was er dem Jungen erzählt hat und ob Jonas überhaupt begriffen hat, wovon das Schwein sprach. Als ich den Kerl zurückrief, ohne vorher zu wissen, wer sich hinter der unbekannten Nummer verbirgt, hatten wir ein langes Gespräch.«

Kai reagierte ungeduldig, als Gordon stoppte und versuchte, den Frosch aus dem Hals zu bekommen.

»Was hat er gesagt? Mach es nicht so beschissen spannend, verdammt.«

Leonies warnenden Blick ignorierte der Riesenkerl und stieß Gordon an.

»Er hat mir erschreckend deutlich gemacht, dass er seine Mission nicht als beendet ansieht und das Morden an anderer Stelle fortsetzen werde. Dabei erwähnte er ... er wusste, dass Denise ein Verhältnis mit diesem John hat, und wertet das als Untreue mir gegenüber. Er ließ kaum Zweifel daran, dass er sie dafür bestrafen werde.«

»Wir müssen Denise beschützen«, ereiferte sich Leonie und griff nach ihrem Telefon.

»Lass das, Leonie. Das ist schon organisiert. Wofür hältst du mich? Das war das Erste, was ich geregelt habe. Eine Beamtin von der Bereitschaft sitzt ständig im Haus und wird regelmäßig abgewechselt. Es hat lange gedauert, bis ich Denise davon überzeugen konnte, dass es so besser für sie ist und ich keine Widerrede zulassen würde. In unregelmäßigen Abständen patrouilliert ein Wagen mit Zivilbeamten in der Straße.«

»Gut so«, resümierte Kai und fuhr sich durch die nicht mehr vorhandenen Haare. »Jetzt müssen wir den Kerl oben auf die Fahndungsliste setzen. Und das nicht nur regional. Hast du schon Interpol verständigt? Und was ist mit dir? Lässt du dich ebenfalls beobachten?«

»Natürlich nicht, Kai. Er hat mich selbst nicht bedroht. Der ist nach wie vor auf Frauen fixiert. Und was Interpol betrifft – verdammt, das ist gerade einmal zwei Stunden her, dass ich mit dem Schwein gesprochen habe. Wir müssen jetzt alle Hebel in Bewegung setzen, damit Martinez hinter Gitter kommt. Ich will den Dreckskerl endlich unschädlich sehen – egal wie. Notfalls jage ich dem Mistkerl eine Kugel in den Schädel. Niemand vergreift sich ungestraft an meiner Familie. Niemand – hört ihr?«

Derart erregt hatten die beiden ihren Chef noch nie erlebt. Sein Gesicht war rot angelaufen, die Fäuste geballt. Kai und Leonie wechselten einen sorgenvollen Blick, schwiegen jedoch. Sie konnten seine Reaktion gut verstehen und wussten, dass sie ähnlich reagieren würden.

»Weiß Kriminalrat Kläver schon davon? Der könnte in der Interpol-Zentrale in Lyon etwas Feuer machen. Kannte der da nicht einen in der Führungsriege? Frag ihn doch danach. Das kann zumindest nicht schaden.«

Leonie war es wieder, die das Gespräch auf eine sachliche Ebene brachte. Schon oft hatte sie durch pragmatische Betrachtungen von Vorgängen Vorteile gegenüber denen bewiesen, die sich leichter von Emotionen leiten ließen. Sie hielt Gordon das Telefon hin, der es zögernd in die Hand nahm und die Nummer seines Vorgesetzten wählte.

»Da gibt es doch keinerlei Fragen, Rabe. Die Fahndung geht beschleunigt raus. Haben Sie schon mit Ihrer Frau gesprochen? Wie hat sie die Nachricht aufgenommen?«

Kriminalrat Kläver klang ehrlich besorgt, während er seine Bereitschaft erklärte, den Vorgang beschleunigen zu wollen. Er ließ Gordon stets freie Hand und deckte sogar manche seiner Entscheidungen, selbst wenn sie ihm in dem Augenblick nicht angemessen schienen oder an den Vorschriften vorbei gingen. Bisher waren die Ermittlungsansätze seines Ressortleiters stets von Erfolg gekrönt gewesen.

»Denise wollte alles als leeres Geschwätz eines Irren abtun. Ich musste ihr erst einen Überblick geben über das, was dieser Martinez bereits angerichtet hatte. Jetzt scheint sie begriffen zu haben, dass sie sich in großer Gefahr befindet. Ich habe schon darüber nachgedacht, ob wir sie für eine gewisse Zeit aus der Schusslinie nehmen. Eine Cousine von ihr besitzt ein kleines Anwesen in Südfrankreich. Doch sie kommt mir mit dem Argument, dass Jonas schließlich nicht über einen längeren Zeitraum die Schule schwänzen kann. Und sind wir mal ehrlich – ich kann ihn nicht solange zu mir nehmen. Dafür fehlt mir die Zeit bei den aktuellen Fällen.«

»Wo Sie gerade davon sprechen, Rabe. Sind wir in dem Fall mit den Molcherts weitergekommen? Die Familie Rosbach müsste doch längst aus Argentinien zurückgekommen sein.«

»Ich würde Ihnen gerne mehr erzählen können, aber die Rosbachs mussten wegen eines Defekts an der Maschine in Atlanta zwischenlanden und werden erst heute Nachmittag in München ankommen. Dort hatten die ihren Wagen bei einem Besuch eines Verwandten abgestellt und müssen die Strecke mit dem Wagen zurück bewältigen. Ich treffe mich dann morgen Mittag mit denen. Aber dann im Präsidium. Ich möchte es vermeiden, dass sie ihr Haus so sehen. Ich habe den Tatort absperren lassen. Geben Sie mir etwas Zeit. Danach halte ich Sie natürlich auf dem Laufenden.«

»Nun gut, Rabe. Ich erledige das mit Martinez bei Interpol. Geben Sie mir dazu die aktuellen Fotos, so wie dieser Saukerl derzeit aussehen dürfte. Und denken Sie nicht zu pessimistisch – Ihrer Frau wird nichts passieren. Ich lasse das Haus vierundzwanzig Stunden am Tag überwachen. Der Kerl kommt nicht an sie ran.«

Stumm starrte Gordon lange auf den Hörer, nachdem Kläver aufgelegt hatte. Die tröstenden Worte ließen sich leicht aussprechen, waren sicher auch ehrlich gemeint. Doch sie nahmen ihm nicht die Sorge um Denise. Und was geschah mit Jonas, wenn es der Killer tatsächlich schaffen sollte, an sie heranzukommen? Tief in seinem Inneren wühlte der Hass gegen einen Mann, den einst kranke Eifersucht und ein religiöser Wahn gegen alle Frauen dieser Welt aufbrachten. Wie weit würde er gehen, um sich für den verlorenen Kampf gegen die Polizei zu rächen? Gordon Rabe stand am Fenster seines Büros und verfolgte die vorbeifahrenden Autos, in denen Menschen saßen, deren Leben anders als seines in zumeist geordneten Bahnen verlief. Es gab Tage, an denen er seinen Job hasste. Der Heutige war einer davon. Im Fenster erkannte er sein Spiegelbild, das ihm einen ungepflegt wirkenden Mann mit Zottelhaaren und Bart zeigte. Doch was ihn am meisten bedrückte, war die Tatsache, dass er durch seine herabhängenden Schultern so mutlos wirkte. Er straffte den Körper und fast zischend kamen die Worte über seine Lippen: Reiß dich zusammen, Gordon. »Er ist nur ein Mensch aus Fleisch und Blut!«

»Genau, das ist er. Und wir werden ihm die Eier abschneiden.«

Gordon hatte nicht bemerkt, dass Leonie eingetreten war und schräg hinter ihm stand. Es tat ihm gut, dass gerade diese so herb wirkende Frau ihm Mut machen wollte. Ein Lächeln stahl sich auf sein Gesicht, als er seinen Arm um sie legte und beide das Büro verließen.

6

Schon mindestens eine Stunde parkte der schmutziggraue Mercedes aus der älteren 123er-Reihe vor dem Haus der Familie Kobold. Den beiden Insassen schenkte man in dieser viel befahrenen Straße keine Beachtung. Für alle stand der Einkauf zum Wochenende im Vordergrund. Das betraf auch Pia und Stefan Kobold, die ihren Hyundai CX rückwärts aus der Einfahrt lenkten und Richtung Rhein-Ruhr-Center davonfuhren. Die vollbusige Blondine, die sich auf dem Beifahrersitz des Mercedes rekelte, konnte ihr zufriedenes Grinsen nicht verbergen und stieß den großen Mann hinter dem Steuer an, der in sich zusammengesunken für kurze Zeit die Augen geschlossen hatte. Er fuhr hoch und folgte dem Blick seiner Partnerin. Nun grinste auch er, als er den Wagen der Kobolds um die Straßenecke verschwinden sah. Er wollte schon aussteigen, als ihn die Partnerin neben sich zurückhielt. Keinen Augenblick zu früh, denn genau in diesem Moment erschien eine Frau in der Haustür, die einen Müllsack in die Tonne entsorgte und wieder im Haus verschwand.

»Die Putze ist noch drin. Wir müssen warten.«

Der hünenhafte glatzköpfige Mann ließ sich mürrisch in die Polster des durchgesessenen Sitzes zurückfallen.

Während er sich zwischen den Schenkeln kratzte, verfolgte er mit gierigen Blicken eine vorübergehende Frau, die einen Kinderwagen vor sich herschob und ein Kleid trug, das gut und gerne zwei Nummern größer hätte gewählt werden können. Entsprechend klar traten ihre weiblichen Reize zutage, die den Fahrer des Mercedes zu erregen schienen. Der Stoß in die Seite von seiner Begleiterin holte ihn wieder zurück in die Realität.

»Kannst du es wieder nicht abwarten, du Schwachmat? Lass den Schwanz bloß in der Hose, bis die beiden vom Einkaufen zurück sind. Du willst uns doch wohl nicht um das richtige Vergnügen bringen, oder? Also warte.«

Es dauerte geschlagene fünfzehn Minuten, bis die Reinigungskraft endlich das Haus verließ und damit für geschäftiges Treiben bei den Wartenden sorgte. Kaum hatte sie den Kleinwagen bestiegen und war am Ende der Straße entschwunden, als zwei dunkle Schatten sich über die Einfahrt seitlich am Haus vorbeibewegten und auf dem dahinterliegenden Gartenstück verschwanden. Die heraufziehende Dämmerung sorgte dafür, dass ihr Auftauchen von der Nachbarschaft unbemerkt verlief. Nur wenige Sekunden brauchten sie, um die Terrassentür aufzuhebeln und im Inneren des Hauses unterzutauchen.

»Kannst du mir die schwere Tasche abnehmen, damit ich die Tür aufschließen kann, Schatz?«

Stefan Kobold griff beherzt zu und stibitzte sich zuvor einen Kuss von Pia, mit der er am heutigen Tag fünf Jahre verheiratet war. Ihm gefiel der Gedanke, dass sie es einfach vergessen zu haben schien. Das würde seine vorbereitete

Überraschung umso wertvoller erscheinen lassen. Sie sollte sich wundern, womit er aufwarten würde. Schon lange hatte darüber gesprochen, einmal nach Hamburg fahren zu dürfen, um mit ihm den *König der Löwen* zu erleben. Ihr Wunsch war ihm Befehl.

»Hast du ein Fenster offengelassen?«, wollte Stefan wissen, als er den kalten Luftzug spürte, der vom Wohnzimmer hereinzog.

Statt einer Antwort herrschte Schweigen, was Stefan zwar verwunderte, doch weiter die Lebensmittel in der Küche auspacken ließ. Es durchfuhr ihn wie ein Blitz, als er darüber nachdachte, dass Pia eventuell seine Überraschung entdeckt haben könnte, die er im Schlafzimmer versteckt hielt. Er räumte die letzten Frischeartikel in den Kühlschrank, rieb sich die feuchten Hände an der Jeans ab und machte sich auf den Weg, nach seiner Liebsten zu suchen.

»Das reicht, mein Freund! Bleib einfach stehen und halte die Hände da, wo sie jetzt sind.«

Als hätte ihm jemand eine Pistole in den Nacken gestoßen, blieb er wie angewurzelt stehen und versuchte herauszufinden, woher diese Stimme kam, die einfach nicht hierher gehörte. Dass es sich statt einer Pistole um ein Stilett handelte, wusste er in diesem Augenblick nicht. Etwas extrem Spitzes spürte er jetzt unangenehm direkt neben seiner Halswirbelsäule und ließ ihn regungslos in der Position verharren.

»Was ... was wollen Sie von uns? Wo ist Pia? Sagen Sie mir sofort, was Sie mit meiner Frau ...«

»Halt deine Schnauze und setz dich aufs Bett! Deine Flamme wartet schon.«

Diesmal kam die Stimme nicht von hinten, gehörte auch keinem Mann. Der Befehl wurde von einer Frau erteilt, die ihren Kopf durch die Türöffnung zum Schlafzimmer steckte. Eine blonde Löwenmähne umrahmte ein Frauengesicht, das ein bedrückend gemeines Grinsen zeigte. Als sie den Kopf zurücknahm, konnte Stefan einen Blick auf das Ehebett werfen, auf dem seltsam verkrümmt Pias Körper lag. In dem Moment, als er vorwärtsspringen wollte, riss Stefan eine mächtige Faust nach hinten und brachte ihn zu Fall. Sofort bereitete ihm das in die Leber gedrückte Knie seines Gegners unerhörte Schmerzen. Für seinen Schrei hatte der glatzköpfige Riese über ihm nur ein Lächeln übrig. Dessen freie Hand klatschte dröhnend gegen sein Ohr, sodass sich augenblicklich der Tinnitus mit einem Pfeifkonzert meldete. In der anderen Hand blitzte die scharfe spitze Klinge, die Stefan zuvor in seinem Rücken gespürt hatte. Nur langsam senkte sich der Puls, das Dröhnen in seinem Kopf wurde erträglicher. Wie durch einen Nebel hörte er die Stimme dieser Frau, die einen gefährlichen Befehlston besaß.

»Wirf den Pisser auf das Bett neben das Weib. Und dann binde ihm die Hände zusammen. Warum dauert das bei dir immer so lange? Der Kerl gehört mir. Du kannst dich gleich mit diesem hässlichen Weib beschäftigen, falls die überhaupt wieder wach wird. Du hättest nicht gleich so heftig zulangen sollen. Die sieht nicht mehr gesund aus. Was solls? Es hat dich ja nie gestört, wenn die Tussis bereits tot sind, bevor du über sie hergefallen bist. Also kommst du so langsam in die Gänge, oder muss ich hier wieder alles alleine regeln?«

Ohne jede Widerrede kam der Riese den Anordnungen seiner Partnerin nach und riss Stefan Kobold hoch. Ehe der wusste, wie ihm geschah, flog er im hohen Bogen auf das Bett und landete direkt neben Pia, die ihn aus leer scheinenden Augen anstarrte. Ein dünnes Blutrinnsal lief aus ihrem Mundwinkel und versickerte im blütenweißen Laken. Die Hand, mit der Stefan über ihr Gesicht streicheln wollte, wurde ihm brutal auf den Rücken gerissen und mit Klebeband mit der anderen verbunden. Sein Schrei erreichte die Frau nicht mehr, die er doch über alles geliebt hatte. Ihr war die große Gnade zuteilgeworden, die nachfolgenden Folterungen nicht bei vollem Bewusstsein erleiden zu müssen. Ein Zustand, den sich Stefan nur allzu gerne in den folgenden Stunden gewünscht hätte.

»Es ist noch dunkel. Du kannst den Wagen für einen Moment in die Einfahrt setzen. Dann können wir die Sachen schnell in den Kofferraum werfen und verschwinden. Pass auf, dass dich keiner sieht. Ich pack uns noch was für die Fahrt ein. Der Kühlschrank quillt ja förmlich über und die beiden brauchen die ganze Fresserei nicht mehr.«

Die pralle Blondine stieß ihren Partner Richtung Haustür und stopfte sich ein Bündel Geldscheine in die Umhängetasche. Bevor der Riese nach draußen verschwand, hörte er schon Arbeitsgeräusche aus der Küche. Es war reine Gewohnheit, dass sie alles mit Latexhandschuhen erledigten, um jegliche Spuren zu vermeiden, die sie hätten verraten können. Der heutige Fischzug hatte sich zwar nicht so gelohnt wie bei der Familie Rosbach, doch immerhin konnten sie beide ein paar Wochen von dem Geld leben, das sie im Küchenschrank versteckt gefunden hatten. Und die elektronischen Geräte würden beim Hehler eine Kleinigkeit bringen. Er verdrehte genießerisch die Augen, als er an die nackte Gestalt dieser Frau dachte, mit der er sich noch vor einer Stunde vergnügte. Ganz sicher war er sich nicht, doch die Vermutung lag nahe, dass ihr geschwollener Leib auf eine frühe Schwangerschaft hinwies. Nun ja, ihm sollte es egal sein. Er hatte trotzdem sein Vergnügen gefunden. Minuten später schlug eine Kofferraumklappe zu und ein älterer Mercedes verschwand im Dunst des aufziehenden Morgens.

7

»... es wäre aber auf jeden Fall für euch sicherer. Denk doch mal an den Jungen. Wir tragen schließlich eine Verantwortung für ihn und ich weiß nicht, was ich tun würde, wenn euch was passiert. Bei deiner Cousine in Toulon wäre es auf jeden Fall sicherer und für mich beruhigender. Sie sagt, dass es ihr nichts ausmachen würde und sie sich sogar darüber freuen würde, euch beide wieder einmal umsorgen zu können. Charlaine hat in dem großen Haus massig Platz und es würde natürlich nicht für lange sein, Denise. Der Kerl wird jetzt weltweit gesucht. Jede Polizeidienststelle hat sein Foto. Wir kriegen den Wahnsinnigen bestimmt schnell.«

»Siehst du, Gordon, du sagst es ja selbst. Es dauert nicht lange. Warum sollte ich mir dann Sorgen machen? Deine Kollegen passen gut auf uns auf und Jonas wird ebenfalls mit einem Zivilfahrzeug von euch von der Schule abgeholt. Es ist alles gut so. Schnapp dir den Kerl und sperr ihn weg. Das Leben geht weiter – glaub mir.«

Gordon lief wie ein wildes Tier durch das Zimmer und überlegte, wie er Denise doch noch überreden könnte, aus der Schussbahn zu verschwinden. Im Hintergrund hörte er leise die Geräusche von Schüssen aus dem Kinderzimmer, wo Jonas sich einen älteren italienischen Spielfilm mit Anna

Magnani in der Originalversion ansah. Wieder einmal war es für Gordon rätselhaft, warum sich ein vierzehnjähriger Junge für einen Antikriegsfilm wie *Rom, offene Stadt* interessierte. Dieser unsägliche Krieg lag für seine Altersgruppe so unglaublich weit zurück. Zwei Dinge kamen hinzu. Er schien die Sprache verstehen zu können, wobei die Frage offenblieb, ob er die Message verstand, die dieses von Roberto Rosselini gedrehte Meisterwerk transportierte. Das Klingeln des Telefons riss ihn aus den Gedanken. Rein mechanisch griff er nach dem Gerät und knurrte:»Was gibt es denn so Wichtiges? Sagte ich nicht, dass ich für eine Weile nicht gestört werden möchte?«

Sein Gesicht versteinerte sich von einem Moment zum nächsten.

»Wo? Ist die Spurensicherung bereits da? Ich komme hin. Dauert aber ein paar Minuten. Ihr könnt schon einmal die Zeugen festhalten.«

»Was ist passiert? Habt ihr den Kerl etwa schon? Los, rede mit mir, Gordon. Muss ich mir Sorgen machen oder können wir durchatmen?«

Denise war nah an ihn herangetreten und krampfte ihre Hand um seinen Unterarm.

»Nein, das hat nichts mit euch zu tun. Es geht um einen anderen Fall. Du musst mir versprechen, nicht darüber zu reden, da wir ansonsten eine Panik auslösen könnten. Versprichst du mir das?«

»Ja, ja, ich verspreche es. Mach es nicht so spannend. Da bekommt man ja direkt Angst.«

»Wir haben soeben ein zweites Pärchen gefunden, das von mindestens zwei Tätern umgebracht wurde. Zumindest deutet bisher alles darauf hin. Die Spuren vor Ort und die Vorgehensweise sprechen für ein und dieselben Täter. Mehr weiß ich derzeit nicht. Ich muss euch jetzt alleine lassen und zum Tatort fahren. Kommst du zurecht, Denise?«

Denise schob Gordon mit sanfter Gewalt zur Tür, da er schon den Weg zu Jonas eingeschlagen hatte.

»Verschwinde einfach. Ich sage dem Jungen, dass du dringend wegmusstest. Er wird es verstehen. Außerdem komme ich gut zurecht, um deine Frage zu beantworten. Deine liebe Kollegin Mia passt auf uns auf. Ich schütte uns beiden jetzt einen Kaffee auf und dann werden wir Frauenprobleme besprechen. Da bist du eh fehl am Platz. Hau ab und rette die Welt, mein Held.«

Gordon hatte sich durch den Ring der Polizeibeamten und Nachbarn gekämpft, um jetzt in der Schlafzimmertür geschockt stehen zu bleiben. Was er über die Schultern von Kai zu sehen bekam, ließ ihn erschauern.

»Ist es das, was man ein Déjà-vu nennt?«, kam es relativ leise über seine Lippen, reichte jedoch aus, dass Kai sich zu ihm umdrehte.

»Das Gleiche habe ich auch gesagt. Töten diese Wahnsinnigen immer nach dem gleichen Muster? Ist das ein Ritual, dem sie folgen? Jetzt fehlt uns nur, dass sich hier eine extreme Satansgruppe niedergelassen hat. Eigentlich sind die doch harmlos. Aber das hier grenzt an etwas, das der Hölle entsprungen zu sein scheint. Ich muss zugeben, dass ich Gänsehaut bekommen habe.«

Eine dritte Meinung mischte sich ein, die unzweifelhaft Dr. Lieken zuzuordnen war.

»Nein, Leute, das hat mit Satanismus aller Voraussicht nach nichts zu tun. Wobei ...«, hier machte er eine bedeutsame Pause, »... es soll nicht heißen, dass der Teufel seine Finger nicht im Spiel hatte. Die Satanisten opfern Tiere, in früheren Zeiten und älteren Kulturen auch mal Menschen. Aber das ist Schnee von gestern. Ich vermisse hier die typischen Satanszeichen. Ich tippe eher auf kranke Geister, die eine gefährliche Lust am Töten entwickelt haben. Und was sie so gefährlich macht, ist die Tatsache, dass sie so gut wie perfekt ihre Spuren verwischen können. Ich hoffe, dass ich meine eigenen Worte Lügen strafen kann. Lasst mich mal durch.«

Alle Umstehenden verfolgten die routinierten Untersuchungen des Rechtsmediziners, der sich schon nach kurzer Zeit wieder aufrichtete und sich an Gordon wandte.

»Zu hundert Prozent kann ich es erst nach der Untersuchung bei mir im Institut sagen, aber ich würde schon jetzt Wetten darauf abschließen, dass ich die gleiche DNA finden werde wie bei Familie Molchert. Ich habe noch in der Klinik zu tun. Ich melde mich, sobald ich was für euch habe.«

Er drehte sich um und verschwand so schnell, wie er aufgetaucht war. Kai zuckte nur mit den Schultern und verließ den Raum, um sich um die Zeugen zu kümmern, die die Polizei gerufen hatten.

»Frau Kobold hatte darum gebeten, dass man ihr die beiden Gerichte um genau neunzehn Uhr liefern sollte. Sie müssen wissen, dass sie ihren Mann überraschen wollte. Sie vermutete, dass er ihren Hochzeitstag vergessen hätte, und wollte ihn mit einem besonderen Essen überraschen. Ich sollte die Isolierbox einfach an der Hintertür deponieren. Sie würde ihren Mann schon ablenken, damit er das nicht mitbekommt. Tja – und da sah ich die Bescherung. Mir war sofort klar, dass die Tür aufgebrochen worden war. Da waren eindeutige Spuren und es antwortete auch niemand auf mein Rufen. Reingegangen bin ich aber nicht, Herr Kommissar. Ein wenig Schiss hatte ich schon, dass die Einbrecher vielleicht noch drin sein könnten.«

»Das haben Sie genau richtig gemacht, Herr Farbuletti. Ist Ihnen eventuell ein Fahrzeug aufgefallen, das in der Nähe parkte, oder Personen, die sich vom Haus entfernt haben?«

Kai bemerkte die Nervosität des Zeugen, was er ihm nicht verübeln konnte. Schließlich hatte sich mittlerweile herumgesprochen, was sich im Haus der Familie Kobold getan hatte. Dem Inhaber eines nahe gelegenen Restaurants war in den letzten Minuten klar geworden, wie nah er einem gefährlichen Tatort gekommen war, an dem sich möglicherweise zu dem Zeitpunkt, als er eintraf, noch die Täter befanden.

»Nein, ich bin sofort wieder ins Auto gestiegen und habe die Polizei gerufen. Ich muss zugeben, dass mir gar nicht wohl dabei war. Irgendwie war das unheimlich. Obwohl die Familie Kobold überall außen Lampen angebracht hatte, brannte nicht eine davon. Sie erzählten mir einmal davon, dass sie einen Dämmerungsschalter angebracht haben. Genau genommen hätte das Licht an sein müssen. Jetzt erst fällt mir das ein.«

Kai notierte sich das und nahm sich vor, das zu überprüfen. Während er schrieb, steckte ein Kollege der KTU den Kopf ins Zimmer, verschwand aber sofort wieder.

»Halt, warte mal, Kollege Winters. Der Zeuge erzählt mir soeben, dass kein Licht brannte, obwohl ein Dämmerungsschalter angebracht wurde. Bist du so nett und überprüfst das mal?«

Winters verschwand wortlos, um Minuten später von außen an das Fenster zu klopfen. Kai schob die Gardine zur Seite und betrachtete die Kabel in der Hand des Kollegen.

»Die haben den Schalter einfach aus der Wand gerissen und die Leitungen durchtrennt. Die hatten bereits alles auskundschaftet, wenn du mich fragst.«

Kai nickte, was ein Dankeschön ersetzen sollte.

»Sie haben verstanden, was der Kollege draußen entdeckt hat, Herr Farbuletti? Dieser Überfall war vorbereitet. Wenn Ihnen noch etwas einfallen sollte, wäre es nett, wenn Sie mich sofort anrufen würden. Jeder noch so kleine Hinweis ist für unsere Ermittlungen wichtig. Ich bedanke mich bei Ihnen und werde gleich die Nachbarn befragen. Sie können dann wieder zurück in Ihr Restaurant.«

8

»Gibt es etwas Auffälliges in der Umgebung? Ich will das sofort wissen, Leute.«

»Bei allem Respekt vor Ihnen und Ihren Sorgen um Ihre Familie, Herr Hauptkommissar, aber wir sind keine Idioten. Ich sage Ihnen das jetzt zum vierten Mal innerhalb von sechs Stunden: Hier ist alles in Ordnung. Wir achten auf das Haus und verweisen darauf, dass unsere Kollegin ja auch noch da ist. Ihrer Frau wird nichts passieren. Reicht das für den Moment?«

Gordon hatte schon eine Bemerkung auf den Lippen, schluckte sie jedoch wieder runter. Er wusste selbst, dass er den Kollegen der Schutzpolizei gewaltig auf den Nerv ging. Sie taten ihre Pflicht und fuhren permanent Streife in der Umgebung, in der Denise und Jonas wohnten. Schweren Herzens legte er auf, nachdem er sich entschuldigt hatte. Im Nebenraum versammelte sich die gesamte Soko *Bredeney*, um die Lage und das weitere Vorgehen zu besprechen. Die Zeit bis Klaus Lieken auftauchte, nutzte Gordon für den Kontrollanruf. Er wusste vorher, dass er nervte. Doch er kannte diesen Mann persönlich, der sich auf die Fahne geschrieben hatte, Denises Leben ebenfalls auszulöschen, so wie er es schon vielfach bei anderen Frauen getan hatte. Nur war sein Motiv in diesem Fall nicht, ein Ebenbild seiner Ex-Frau zu töten, sondern einfach nur Rache dafür zu üben, dass Gordon ihn zumindest beinahe besiegt hatte. Bestraft werden sollte allerdings Denise, da der Killer wusste, dass er Gordon damit stärker treffen würde, als wenn er sich ihn vorknöpfte. Ein ungleicher Kampf begann, wobei dieser derzeit sogar an zwei Fronten geführt werden musste. Diese aktuellen Doppelmorde bereiteten ihm große Sorgen, da es bisher lediglich DNA-Spuren gab, die aber ins Leere führten. Alle Hoffnung der Mannschaft lag darin, dass die Mörderbande einen entscheidenden Fehler machte oder die Rechtsmedizin fündig wurde. Dr. Liekens Einschätzung wurde sehnlichst erwartet. Kaum hatte Gordon den Gedanken beendet, als sich die Tür öffnete und Klaus Lieken mit seiner bekannt hellen Stimme einen guten Tag wünschte.

»Haben die Damen und Herren auf mich gewartet? Tut mir leid, aber meine liebe Frau glaubte, an einer Blutvergiftung sterben zu müssen. Sie wurde von einem fremden Kater gekratzt, dem sie im Garten übrig gebliebenes Essen vorgesetzt hatte. Aber selbst der wollte es nicht zu sich nehmen und wehrte sich dagegen.«

Jeder im Raum wusste, dass Dr. Lieken um jede Sekunde kämpfte, die er nicht in der riesigen Villa zubringen musste, die seine Frau Käthe aus dem Vermögen ihrer Familie geerbt hatte. Was man anfangs Liebe und Leidenschaft hätte nennen mögen, war mit den Jahren in ein Nebeneinanderherleben übergegangen. Käthe versuchte, ihn völlig für sich einzunehmen, worin seine Arbeitswut wohl begründet lag. Ein Paradebeispiel dafür, dass Geld allein nicht glücklich machte. Dr. Lieken ergänzte seine vorherige Erklärung.

»Ich habe ihr eine Tetanusauffrischung gespritzt. Von dem Beruhigungsmittel hat sie nichts mitbekommen. Sie schläft jetzt wie ein Baby. Aber das wird sie alle wohl kaum interessieren. Deshalb zur Sache. Hallo Gordon. Wie läuft es eigentlich bei Denise? Hat sich das verfluchte Monster wieder gemeldet?«

Gordon war trotz der ernsten Lage dem humorvollen Vortrag des Freundes gefolgt und stellte rundum im Team Belustigung fest. Man mochte diesen kleinen Mann, der sich in seinem goldenen Käfig unwohl fühlte und deshalb die vermögende Familie seiner Frau weitestgehend mied. Seine Welt war mehr die der Verstorbenen.

»Ich will ja nicht hoffen, dass sich der Kerl bei ihr meldet. Wenn, dann soll er es weiterhin bei mir versuchen. Beim nächsten Treffen reiße ich ihm das Herz aus der Brust. Wasser scheint ihm scheinbar nichts auszumachen. Ich habe mir schon die Frage gestellt, ob der Penner seine verstorbene Frau ebenfalls hat sicherstellen können. Schleppt der die immer mit sich rum? Wie gestört muss jemand sein, der jeden Tag in die leeren Augenhöhlen seiner toten Frau sieht? Aber egal. Das ist einzig sein Problem. Hast du uns was mitgebracht? Lass hören.«

Alle Augen richteten sich auf den Mediziner, sogar Kai unterbrach für einen Moment das Kauen und legte seine Rosinenschnecke zurück auf den Teller.

»Eigentlich hätte ich mir eine Kopie von der ersten Untersuchung der Familie Molchert machen können. Die Vorgehensweise und die Verletzungen sind weitestgehend ähnlich. In einem traurigen Punkt unterscheiden wir die Situationen allerdings. Die Täter tragen nicht nur die Schuld am

Tod von vier Menschen, sondern mindestens fünf. Pia Kobold war im vierten Monat schwanger.«

Dr. Lieken ließ die Nachricht nachwirken. Eisige Stille herrschte im Raum. Man sah nur in ernste, betroffene Gesichter.

»Scheiße!«

Leonie fasste die Gemütslage treffsicher in einem Wort zusammen und setzte ihre Kaffeetasse hart auf die Tischplatte. Es war ihr egal, dass ein Teil der Flüssigkeit über die Tischkante schwappte und auf die Hose tropfte. Mit einer knappen Bewegung wischte sie den Kaffee zur Seite.

»Es muss doch etwas geben, was wir verwerten können. Irgendwas, Dr. Lieken. Ich kann nicht glauben, dass wir hier sitzen und mitansehen müssen, wie diese Monster weiter Menschen töten. Das ertrage ich nicht.«

»Lasst uns mal nicht verzweifeln, Leute«, versuchte Gordon die Stimmung wieder zu heben. »Auch die machen Fehler. Ich warte auf einen Bericht, den ich beim BKA in Auftrag gegeben habe. Ich will mir nicht vorstellen, dass diese Killer erst hier, das heißt im Hause Rosbach ihr Spiel begannen. Die müssen zuvor schon irgendwo gewirkt haben. Das muss ja nicht heißen, dass sie mordeten, aber zumindest könnten sie Einbrüche verübt haben. Die Sache bei den Rosbachs war mir einfach zu professionell. Es wäre ja möglich, dass sie erst jetzt Gefallen am Töten gefunden haben. Bin gespannt, was die Datenbank hergibt.«

Dr. Lieken, der gedankenverloren auf die Tischplatte gestarrt hatte, hob den Kopf und sinnierte vor sich hin.

»Ich erwähnte ja, dass wir es mit zwei unterschiedlichen Vorgehensweisen beim eigentlichen Töten zu tun haben.

Alle Opfer wurden auf bestialische Art und Weise getötet, doch ...« Wieder unterbrach Lieken seinen Vortrag, bevor er weitersprach, »... kann man ohne Zweifel behaupten, dass einer der beiden Täter, besser gesagt die Täterin weitaus fantasievoller ihre Tat durchzieht. Sie scheint das aus purer Lust zur Gewalt zu tun. Die Verletzungen sind schlimmer. Und was mich dabei besonders abstößt: Sie lässt ihr Opfer so lange wie eben möglich am Leben. Sie entwickelt höchstwahrscheinlich eine sexuelle Erregung bei ihrem Vorgehen. Das Biest genießt das Leiden der Männer. Warum in Gottes Namen tut man so was?«

Wieder blickte der Arzt in betretene Mienen, bevor er fortfuhr.

»Ich vergaß übrigens zu erwähnen, dass Pia Kobold schon zu dem Zeitpunkt tot gewesen sein musste, als man über sie herfiel und sie mehrfach vergewaltigte. Sie wurde von hinten mit einem stumpfen Gegenstand erschlagen. Eine auf dem Boden liegende Alabasterfigur kommt da infrage. Die Abmessungen der Aufstellfläche passen genau überein mit der Wunde. Allerdings wurde auch ihr Körper danach wieder unprofessionell aufgeschnitten. Ein ähnliches Bild wie im Haus der Rosbachs. Es erscheint mir, als würde hier nur das Vorgehen der Täterin kopiert. Wenn ich mir die gemessenen Daten wie Körpertemperatur und Blutungen ansehe, würde ich behaupten, dass die beiden armen Menschen erst kurz vor Eintreffen des Zeugen starben. Die Frau vielleicht eine Stunde früher als der Mann. Bei ihr waren die Totenflecken bereits ausgeprägter.«

Das Summen des Telefaxgerätes unterbrach Dr. Lieken, der noch etwas anfügen wollte. Alle hielten inne und beobachteten Leonie Felten, die aufmerksam den Ausdruck las und deren Gesicht von hoher Konzentration gezeichnet war. Kai hielt es nicht auf dem Stuhl. Er sprang auf.

»Verdammt, mach es nicht so spannend, Leonie. Was steht da? Ich sehe doch von hier aus, dass es vom BKA kommt.«

»Ich glaube, wir haben da was Brauchbares, Leute. Die DNA tauchte schon vor zwei Jahren bei mehreren Einbrüchen auf. Doch haltet euch fest. Das war in Schweden.«

Die Nachricht erzeugte Diskussionen am Tisch, die durch das Eintreten von Kriminalrat Kläver jäh unterbrochen wurden. In seiner Begleitung befand sich ein Pärchen, das bei Gordon Erschrecken auslöste.

»Oh, Verzeihung ... ich vermute, dass es sich bei Ihnen um Familie Rosbach handelt. Sie hätte ich beinahe wegen der Ereignisse vergessen. Darf ich Sie in mein Büro bitten? Schön, dass Sie es endlich geschafft haben nach den vielen Unannehmlichkeiten auf der Reise.«

9

»Es tut uns leid, dass wir Ihr Haus als Tatort immer noch abgesperrt lassen mussten. Wir wollten erst mit Ihnen reden, um Veränderungen analysieren zu können. Niemand außer Ihnen könnte uns das darstellen. Aus diesem Grund möchte ich Sie darum bitten, mit uns nach dem folgenden Gespräch eine Besichtigung vorzunehmen. Ich nehme an, dass Sie noch nicht dort waren und direkt zu uns ins Präsidium kamen – so, wie wir es besprochen hatten.«

Während Gordon die Rosbachs auf das Gespräch vorbereitete, beobachtete er das absolut seriös wirkende Ehepaar genau, versuchte sich ein klares Bild von ihnen zu schaffen. Auf den ersten Blick gefiel ihm, was er sah. Vor ihm saß ein Ehepaar der etwas gehobeneren Einkommensschicht, die jedoch nicht abgehoben wirkten, sondern den Anschein vermittelten, bodenständig geblieben zu sein. Die klein gewachsene, weißhaarige Scarlett Rosbach wirkte in ihrem hellbraunen Hosenanzug neben ihrem stattlichen Ehemann Rainer zurückhaltend, fast ängstlich. Ihre Augen suchten ständig hilfesuchend die ihres Mannes. Rainer Rosbach dagegen ließ keinen Zweifel daran, dass er es gewohnt war, sich durchzusetzen. In der folgenden Befragung stellte sich heraus, dass er früher als Manager eines IT-Unternehmens häufig schwierige Verhandlungen mit Abnehmern aus aller Welt führen musste. Gordon wusste von Anfang an, wer für Antworten zuständig sein würde. Den angebotenen Kaffee lehnten beide höflich ab und blickten erwartungsvoll auf den Hauptkommissar.

»Wir hoffen, Herr Rabe, dass wir Ihnen helfen können, obwohl wir völlig überrascht wurden von den Ereignissen. Ursprünglich wollten wir drei Wochen länger bei unseren Freunden in Montevideo bleiben.« Rainer Rosbach legte fürsorglich seine Hand auf die seiner Frau und strich mit der anderen über seine an den Schläfen ergrauten, aber immer noch vollen Haare. Wie Gordon wusste, hatten beide Rosbachs bereits das siebzigste Lebensjahr überschritten, wirkten jedoch körperlich wie geistig absolut fit.

»Es tut uns leid, Herr Rosbach, wenn wir Sie stören mussten, aber es war, wie Sie sicherlich anerkennen müssen, notwendig, Sie zu informieren. Dass Sie sofort zurückkamen, war äußerst nett, aber nicht zwingend notwendig. Da Sie jedoch zur Verfügung stehen, möchte ich Ihnen ein paar Fragen stellen.«

Völlig entspannt, die Beine übereinandergeschlagen erwartete Rainer Rosbach die erste Frage.

»Wie wir schon erfuhren, befanden Sie sich seit etwa vierundzwanzig Tagen auf Reisen und haben vermutlich nichts mitbekommen von den vorbereiteten Maßnahmen der Täter, was ein Treffen in Ihrem Haus betrifft. Zur Erklärung möchte ich Ihnen zusammenfassen, was wir bisher in Erfahrung bringen konnten. Die mutmaßlichen Täter haben kurz nach Ihrer Abreise eine Anzeige in der örtlichen Tageszeitung geschaltet, in der man nach *gleichgesinnten Partnern für sinnliche Abende* suchte. Das geschah über Chiffre, mit der Maßgabe, dass man die eingehende Post persönlich abholen wollte, wobei mit Hilfe eines zuvor gestohlenen Ausweises ein falscher Name ins Spiel gebracht wurde. An die Person, die die Post abholte, kann man sich in der Annahmestelle leider nicht erinnern.«

Kein Muskel im Gesicht des Ehepaares zuckte, während beide interessiert zuhörten.

»Dass die Täter Ihr Haus durch die Terrassentür betraten, die sie zuvor aufbrachen, ist Ihnen bekannt. Die Frage, die sich uns stellt, ist: Wie schafften es die Einbrecher, die Alarmanlage innerhalb der eingestellten Verzögerungsfrist zu entschärfen? Der Code muss denen bekannt gewesen sein. Wie ist das möglich?«

Die Rosbachs wechselten einen Blick, der Verwunderung ausdrückte, bevor sich Rainer Rosbach aufraffte, eine Antwort zu geben.

»Da werden wir Ihnen kaum helfen können. Die Einzigen, die diesen Code außer mir noch kennen, sind Scarlett und selbstverständlich unser Sohn Dino. Der wird die Kombination aber kaum einem Fremden gegeben haben, da er sich derzeit irgendwo in Singapur aufhält. Die Adresse ist uns momentan unbekannt. Allerdings kann ich Ihnen die Telefonnummer geben, falls Sie ihn ebenfalls befragen möchten. Ja, die Firma, die die Installation durchgeführt hat, müsste den Code ebenfalls kennen. Haben Sie dort schon recherchiert?«

»Das haben wir, Herr Rosbach«, antwortete Gordon, »Die Listen der Mitarbeiter erwarten wir noch heute. Und Sie sind sich absolut sicher, dass es sonst niemanden ...«

Scarlett Rosbach stieß ihren Mann vorsichtig an und flüsterte ihm etwas ins Ohr, was sofort Gordons Aufmerksamkeit erregte.

»Wenn es etwas gibt, Frau Rosbach, was uns weiterbringen könnte, lassen Sie uns daran teilhaben. Schließlich sprechen wir derzeit über zwei bestialische Doppelmorde.«

»Zwei? Sprachen Sie soeben von zwei Morden? Das hört sich danach an, als hätte es eine weitere Straftat gegeben. Oder irre ich mich da?«

Rainer Rosbach war die Formulierung, die Gordon versehentlich gebraucht hatte, nicht entgangen. Nun musste er dem Mann reinen Wein einschenken.

»Tatsächlich besteht derzeit der Verdacht, dass die gleichen Täter einen weiteren Doppelmord begangen haben könnten. Alle Spuren weisen darauf hin. Sie verstehen also, dass wir auf jeden noch so kleinen Hinweis angewiesen sind. Es darf einfach zu keiner weiteren Gewalttat kommen. Was also war so wichtig, dass Sie es vor mir geheim halten wollten?«

Frau Rosbach wechselte wieder zur gewohnten Urlaubsbräune, nachdem sie für kurze Zeit rot angelaufen war. Rainer Rosbach befreite sie aus der scheinbar peinlichen Situation.

»Meine Frau hat mich darauf aufmerksam gemacht, dass ich die Alarmtaktung vor der Reise verändert habe.«

»Das heißt genau?«, wollte Gordon wissen.

»Das bedeutet, dass ich die Alarmanlage so eingestellt habe, dass sie für den Zeitraum, wenn Frau Karasek, die Reinigungskraft, im Haus tätig ist, außer Funktion sein sollte. Sie braucht den Code nicht zu wissen. Was ich nicht weiß, macht mich nicht heiß. Besser gesagt, dann kann ich ihn keinem verraten.«

Bei Gordon klingelten alle Alarmglocken.

»Sie betonen so seltsam das Wort *sollte* besonders. Gibt es da noch etwas, was ich wissen sollte?«

Wieder konnte Gordon erkennen, dass Scarlett ihren Mann anstupste.

»Sag es ihm doch, Rainer. Das kann doch jedem passieren.« Als Rainer Rosbach immer noch zögerte, legte Scarlett nach. »Nun, wenn du es nicht tun willst, sag ich es ihm. Wissen Sie, Herr Hauptkommissar, mein Mann traut keiner Menschenseele über den Weg, wenn es um derart wichtige Angelegenheiten geht. Ich finde es schon erstaunlich, dass ich diesen ominösen Code kennen darf. Als wir bereits im Flieger saßen auf dem Flug über den Teich, fiel ihm ein, dass er die Anlage nicht scharf geschaltet hatte, nachdem er die Änderung eingespeichert hatte. Er hatte keine ruhige Minute mehr, nachdem ihm das einfiel. Ich konnte ihn nur mit Mühe davon abhalten, zurückzufliegen. Kurz gesagt: Das Haus war gar nicht gesichert, während wir fort waren. So, jetzt ist es raus.«

Jegliche Selbstsicherheit war bei dem Mann verschwunden, dem diese Offenbarung sichtlich peinlich war. Seinen Blick hatte er auf den Boden gerichtet.

»Herrgott, Herr Rosbach. Das wollten Sie uns vorenthalten, obwohl es so eminent wichtig für unsere Ermittlungen ist? Damit ist die Frage restlos beantwortet, warum die Anlage nicht auslöste. Wir müssen nun keine unnütze Zeit damit verschwenden, wie die Täter an den Code gekommen sein könnten. Tun Sie so was bitte nicht wieder.«

Gordon machte sich Notizen und wandte sich wieder an das Ehepaar, das sichtlich erleichtert darüber wirkte, dass Gordon Rabe nicht ausgeflippt war.

»Eine weitere Frage möchte ich Ihnen erst stellen, wenn wir im Haus angekommen sind. Uns geht es dabei um Gegenstände, die die Täter entwendet haben könnten. Von Ihrer Reinigungshilfe haben wir in diesem Punkt nichts Näheres erfahren können. An dieser Stelle möchte ich Sie beide vorwarnen. Nach der Tatortbesichtigung haben wir selbstverständlich die Opfer in das Institut für Rechtsmedizin verbracht. Doch wird der Tatort erst endgültig gereinigt, wenn sämtliche Ermittlungen abgeschlossen sind. Was will ich Ihnen damit sagen? Nun, es sind unappetitliche, blutige Spuren in zwei Räumen vorhanden, die für Sie beide schockierend sein könnten. Ich kann Sie nicht zwingen, die Besichtigung mit mir durchzuführen, würde es dennoch begrüßen.« Gordon wartete ab, bis er sich sicher sein konnte, die Aufmerksamkeit beider Rosbachs zu besitzen. »Wenn wir Aufklärung darüber haben, wonach wir suchen müssen, bringt uns das möglicherweise ein großes Stück weiter. Wir wissen, wo wir Hehler für besondere gestohlene Wertgegenstände suchen müssen. Sie verstehen, was ich damit meine?«

Ein zögerliches Nicken reichte Gordon als Bestätigung. Rainer Rosbach brachte sogar den Mut auf, eine Frage zu stellen.

»Sie sprachen von Frau Karasek. Wie geht es ihr? Es heißt, dass sie die Leichen gefunden habe.«

»Das ist von meiner Seite her schwierig zu beantworten. Als ich sie befragen wollte, ließ man mich nicht an sie heran. Der behandelnde Arzt im Krankenhaus meinte, dass es einer

längeren Therapie bedürfe, bis die Frau ihr Trauma überwunden hätte. Er meinte, dass sie ihr Leben lang daran zu
knabbern hätte. Ich kann die Frau gut verstehen. Selbst uns
hat es fast den Magen umgestülpt, als wir die Opfer gesehen
haben.«

10

»Was soll das heißen: Gordon ist hackedicht? Und wer ist dieser Heinz?«

Leonie zog die Stirn kraus und hielt Kai zurück.

»Wonach hört es sich denn an? Gordon sitzt im Marktbrunnen und hat sich volllaufen lassen. So einfach ist das. Und Heinz Sobireit ist der Wirt. Da er die Geschichte um Gordon nur allzu gut kennt, hat er uns angerufen. Mensch Leonie, wenn du keine Zeit oder Lust hast, fahre ich alleine hin und hol den Chef da raus. Heinz macht sich Sorgen um seinen einstigen Stammgast. Ich finde das richtig gut, dass er lieber auf Umsatz verzichtet und uns Bescheid gibt. Was ist? Fährst du mit?«

»Klaro. Macht er das wegen Denise? Müssen wir einen Rückfall befürchten?«

»Ich denke, das ist von beidem etwas. So sicher sind die Kandidaten sowieso nicht nach einer Entziehung. Zumindest sollte man die ehemals Süchtigen nicht einem solchen Stress aussetzen. Gordon steht im Moment unter einem solchen Druck, dass er zumindest heute ein Ventil gesucht hat. Leonie, das musst du verstehen. Er hat niemanden, der ihm derzeit zur Seite steht. Denise darf davon nichts erfahren. Versprich mir das. Das wäre gar nicht gut – auch nicht für

Jonas. Wenn mir jemand sagen würde, dass er meine Frau umbringen will, würde ich ebenfalls das Saufen anfangen.«

Leonie gab Kai einen Klaps in den Nacken und blickte ihn gespielt vorwurfsvoll an.

»Erzähl mir nicht so einen Scheiß, Mann. Du würdest bei deiner Familie sitzen, ein Messer in der Hand und aus dem Fenster nach verdächtigen Schatten im Garten gucken. Lass uns fahren und den Mann ins Bett bringen. Der muss morgen wieder klar denken können.«

Als Heinz Sobireit Kommissar Kai Wiesner beim Eintreten erkannte, wies er ihm mit einer Kopfbewegung den Weg. Schon oft, bevor er eine Familie gegründet hatte, hatte Kai mit Gordon hier Nächte durchgemacht, um Gedanken an den Job hinunterzuspülen. Erinnerungen an diese wilde Zeit kamen hoch, als er die alkoholgeschwängerte Luft einatmete, die den gesamten Raum ausfüllte. Was fehlte, war der Nikotingestank, obwohl die Spuren des früheren Rauchens noch heute wie eine zweite Tapete auf den Wänden lagen. Hier schien das niemanden zu stören, denn Theke und die meisten Tische waren gut besetzt. Leonie, die sich forschend in der Kneipe umsah, spürte sofort, dass es sich hier um eine besondere Gastwirtschaft handelte. Die Gäste besaßen fast alle das Image der verlorenen Seelen. So nannten die Polizisten gerne die Männer und Frauen, die zur Szene gehörten und sich an bestimmten Orten versammelten und wohlfühlten. Die beiden wurden nur kurz begutachtet und akzeptiert. Kai begrüßte sogar etliche Personen, die ihm ein sparsames Hallo entgegenriefen. Am Ende der Theke bemerkte Leonie den Chef, der den Kopf auf den Tresen gesenkt hatte und gar nicht mehr mitbekam, dass er von einer drallen Brünetten zugetextet wurde. Ihr schien es völlig egal zu sein, ob ihr der Gast überhaupt zuhörte. Sie befand sich selbst in dem Zustand, wo man nur noch mit sich selbst sprach. Antworten erwartete man längst nicht mehr, außer man gab sie sich selber.

»Hi, ihr Hübschen«, ließ sie trotzdem raus, als sie Leonie und Kai bemerkte, die auf die Theke zusteuerten. Sie griff an Kais Revers und lallte: »Du bist aber ein starker Bursche. Ich suche jemanden ... der mich ... hicks ... heute Nacht beschützt. Kostet nix.«

An Leonie gewandt, ergänzte sie: »Du kannst mitkommen, Kleine. Ich schaff euch beide ... ha, ha, ha.«

Mit sanfter Gewalt befreite sich Kai aus den Händen der sturzbetrunkenen Frau, die dabei war, mit den Fingern in tiefere Gefilde einzutauchen. Leonie schob sich zwischen sie und Gordon, der von alledem nichts wirklich mitbekam.

»Wir sind der Fahrdienst, Gordon. Du hast uns angerufen. Erinnerst du dich? Du musst nur den Deckel bezahlen und dann geht es heim ins Bettchen. Wo hast du dein Geld?«

Während Leonie auf Gordon einredete, tastete Kai seinen Chef ab, um die Geldbörse zu finden. Plötzlich überzog ein fröhliches Grinsen Gordons Gesicht, als er die Gesichter neben sich einer ihm bekannten Spezies zuordnete. Er hob die Hand und spreizte zwei Finger.

»Heinz ... zwei Bier für meine ... hicks ... Freunde. Und für die Dame da auch noch einen ... Was trinkst du eigentlich die ganze Zeit? Wer bist du?«

Heinz kam näher und griff nach Glas und Deckel. Sein Kennerblick überzeugte ihn, dass dieser Gast genug getrunken hatte. Schnell hatte er ausgerechnet, was ihm Gordon schuldig war und nannte Kai den Betrag. Der legte einen großen Geldschein auf die Theke, den er in Gordons Jackentasche gefunden hatte. Die Aktion wurde allgemein von den Thekengästen belächelt und von Frotzeleien begleitet.

»Ich komm schon klar, mein Freund«, richtete Gordon seine Ansprache an Kai und legte seinen Arm um dessen Schultern, die selbst für den großgewachsenen Hauptkommissar schwer erreichbar waren. Mit vereinten Kräften halfen Kai und Leonie ihrem Boss vom Hocker und führten ihn vorsichtig zum Ausgang. Applaus und wildes Gejohle brandete kurzzeitig auf, als Gordon laut in die Menge rief, dass es nun in die Heia gehen würde. Jeder der harten Jungs im Raum wusste, dass dieser Mann bei der Polizei arbeitete, was aber niemanden zu stören schien. Gordon war ein Teil von ihnen und als stets fairer Bulle von allen anerkannt.

»Warum in Gottes Namen tust du das, Gordon?«, wollte Leonie wissen, während sie sich bemühte, ihm die Jeanshose vom Leib zu zerren. Kai war währenddessen damit beschäftigt, den Cognac in die Toilette zu gießen, den sich Gordon als Vorrat in einer Einkaufstüte in die Küche gestellt hatte. »Ich verstehe euch Kerle einfach nicht. Kaum habt ihr Probleme, meint ihr die runterspülen zu müssen.«

»Ho, Ho, ho ... jetzt aber mal langsam, liebe Kollegin. Erst mal kannst du gar nicht abschätzen, was Gordon wirklich zum Trinken gebracht hat, und zweitens erzähl mir nicht, dass ihr Frauen das nicht ebenfalls auf diese Weise versucht. Es ist nachgewiesen, dass es nur geringfügig weniger Frauen gibt, die alkoholabhängig sind. Der Unterschied besteht oft nur darin, dass Männer in aller Öffentlichkeit trinken. Ihr Frauen besauft euch meistens heimlich, und das zu Hause.«

»Gott noch mal, Kai. Fühl dich nicht immer sofort angegriffen, wenn ich mal einen Spruch ablasse. Wir Frauen haben eben Stil, wenn wir uns dem Alkohol hingeben. Wir genießen das mehr als ihr.«

Kai rieb sich in seiner Verzweiflung mit beiden Händen über die Glatze, trat jedoch endgültig ins Schlafzimmer und half Leonie dabei, Gordon den Schlafanzug anzuziehen.

»Wo wir gerade dieses beschissene Thema haben, fällt mir dazu ein Bild ein, das ich mal bei einem Einsatz vorfand. Eine Frau hatte die Leitstelle alarmiert, weil es zum wiederholten Mal zu einem massiven Ehestreit in der Nachbarwohnung gekommen war. Die riefen uns, da die Ehefrau ihrem Mann viermal in die Brust gestochen hatte. Nachdem sie wieder vernehmungsfähig war, wollte sie uns klarmachen, dass er sie angegriffen habe und er bei ihrer Abwehr unglücklich ins Messer gefallen war. Blödsinn, klar. Was ich dir aber eigentlich damit sagen wollte, ist etwas anderes. Als wir eintrafen, lag die Frau sturzbesoffen in ihrer eigenen Kotze. Das war wirklich nicht schön anzusehen.«

»Wenn ich so einen gewalttätigen Dreckskerl als Mann hätte, würde ich mich auch besaufen«, ließ Leonie lapidar ab, während sie versuchte, Gordon die Knöpfe auf der Brust zu verschließen.

»Ach nee – dann ist das in Ordnung, meine Liebe. Macht das der Mann bei einer Furie, ist das verwerflich? Im Zuge der Gleichberechtigung habt ihr Frauen in puncto Saufen gehörig aufgeholt – auch in der Öffentlichkeit.«

»Was soll das hier?«, meldete sich plötzlich Gordon, der seine Augen zu schmalen Schlitzen geöffnet hatte und nach Leonies Händen griff.

»Ruhig Brauner«, antwortete Leonie gelassen und schob den schweren Körper weiter zur Bettmitte. »Wir diskutieren gerade die Sinnlosigkeit von Besäufnissen. Ich denke, dass du da raus bist, da es zu einer einseitigen Betrachtungsweise führen würde. Schlaf deinen Rausch aus und warte darauf, dass wir dich morgen früh unter die kalte Dusche stellen werden. Halt die Klappe und mach die Augen wieder zu!«

Kaum hatte sie die letzten Worte ausgesprochen, legte Gordon den Kopf auf die Seite und gab Sekunden später die ersten Schnarchgeräusche von sich. Leonie zog ihm die Decke bis zur Brust und tätschelte seinen Arm.

»Schlaf gut und vergiss für ein paar Stunden den ganzen Scheiß. Komm, Kai, lass uns ebenfalls Schluss machen. Aber warte mal, da gab es einen Anruf auf Gordons Telefon. Sieh mal, wieder eine unbekannte Nummer. Soll ich ...?«

Bevor Kai reagieren konnte, drückte Leonie die Rückruftaste. Sie gab auf, nachdem auch nach dreißig Sekunden nur ein Rauschen ertönte.

»Das war wieder Pablo, da bin ich mir sicher. Klar, könnten wir beim Provider herausbekommen, von wo der Anruf kam, aber das Schwein wird sicher ein geklautes Handy benutzt und die Karte längst wieder entfernt haben. Ich hätte gerne gewusst, was dieser Mistkerl diesmal von Gordon wollte.«

11

Der Mann mit der Haarmähne eines Späthippies, der sich hinter einer Ligusterhecke versteckt hielt, beobachtete Jonas aufmerksam. Der Junge hatte es bei diesen milden Temperaturen vorgezogen, die täglichen Lesestunden auf der Bank im Garten zu absolvieren. Jetzt, wo ihm die Schulferien ausreichend Zeit lieferten, genoss er die Möglichkeit des Lernens besonders.

Pablo versank für einen Augenblick in Gedanken und blickte zurück in eine Zeit, in der er seiner Frau Ines gerne den Wunsch erfüllt hätte, ein Kind ihr eigen nennen zu können. Die Sehnsucht nach einer richtigen Familie war bei ihr immens. Er wusste schon nach den ersten Fehlversuchen und einer eingehenden Untersuchung, dass ihm Gott die Möglichkeit verwehrt hatte, ein eigenes Kind zu zeugen. Niemals hatte er den Mut dazu gefunden, es ihr zu beichten. Die Angst, dass sie ihn deshalb verlassen würde, war übermächtig. Die Ärzte hätten sich ja irren können. Außerdem stand da noch immer ihr heiliges Gelübde im Raum, ihren Ehemann niemals zu verlassen. Hieß es nicht: Bis dass der Tod euch scheidet? Sie hatte keine Geduld bewiesen und ihren Schwur in letzter Konsequenz gebrochen. Es war der Wille des Herrn, den er, Pablo, zu erfüllen hatte.

Immer wieder sah der Junge in seine Richtung, was bei Pablo den Verdacht aufkommen ließ, dass er um den Beobachter wusste. Ein Gefühl des Unwohlseins stieg in ihm auf und veranlasste ihn, die Position zu wechseln. In einer Entfernung von geschätzten zweihundert Metern entdeckte Pablo ein verlassen scheinendes Haus, in dem er Posten beziehen wollte. Er zuckte zurück, als der dunkelblaue Passat in die Straße einbog, von dem er längst wusste, dass darin zwei Zivilbeamte saßen. Sie unterschätzten ihn nach wie vor als Gegner. Ebenso dachten sie, dass er nicht wusste, dass sich im Haus eine Beamtin einquartiert hatte, die Denise und Jonas Rabe beschützen sollte. Ab und zu erschien sie am Fenster und schlich sich nachts beim Wechsel mit einer Kollegin aus dem Haus. Nichts und niemand würde ihn von dem abhalten können, was er sich vorgenommen hatte.

Es dauerte lediglich zehn Minuten, bis er sich Zugang zu dem tatsächlich verlassenen Haus verschafft und hinter einer Gardine Posten bezogen hatte. Ihm war sofort das Schild im Eingangsbereich aufgefallen, auf dem der Hinweis deutlich zu lesen war, dass sich mögliche Kaufinteressenten telefonisch bei einem Makler melden sollten. Jonas saß immer noch auf der Bank und las in einem Buch. Pablo erstarrte förmlich, als sich der Blick des Jungen jetzt genau auf ihn richtete. Er brannte sich fest an dem Fenster, hinter dem er sich versteckt hielt.

Verflucht. Dieses Kind kann nicht wissen, dass ich ihn beobachte. Wie, in Gottes Namen kann er ...?

Pablo beendete diesen Gedanken nicht, als er Denise Rabe durch die Terrassentür treten sah. Sie unterhielt sich mit dem

Jungen, der ihr ins Haus folgte. Kurz bevor er endgültig verschwand, drehte er sich ein letztes Mal um und sah zum Haus hinüber. Pablo zuckte zurück, so als hätte er sich an dem Stoff der Gardine verbrannt. Noch nie spürte er das, was ihn plötzlich durchströmte: Angst vor etwas, das er nicht beherrschen konnte. Es dauerte nicht lange, bis er seine Atmung durch leichte Übungen wieder unter Kontrolle bekam. Zurück blieb der Zweifel an seinem Vorhaben, das ihm den Abschluss hier in dieser Region liefern sollte. An anderer Stelle würde er seine göttliche Mission weiter erfüllen.

Denise schob Jonas einen weiteren Knödel auf den Teller, den sie mit der Soße des selbst gemachten Sauerbratens übergoss. Sie wusste, dass der Junge dieses Essen zu seiner Lieblingsspeise auserkoren hatte. Mehrfach im Monat erfüllte sie ihm den Wunsch, was das Mittagessen betraf. Wie gewohnt lief das gemeinsame Essen schweigend ab. Umso erstaunter war Denise, als sich Jonas mit einer Bemerkung meldete.

»Warum tut er das, Mama?«

Denise, überrascht von dem Ansatz zur Kommunikation, hielt mitten im Kauen inne und blickte auf Jonas, der weiter damit beschäftigt war, seinen Kloß zu zerteilen.

»Warum tut wer das? Ich verstehe nicht.«

»Der Mann.«

Denise war bemüht, ihre Ungeduld zu unterdrücken, obwohl sie eigentlich daran gewohnt sein musste, diese sparsame Konversation mit ihrem Sohn zu führen. Momentan war es aber nicht besonders gut um ihr Nervenkostüm bestellt. Sie legte ihre Gabel bewusst langsam neben den Teller und betrachtete ihren Sohn, der von dem aufziehenden Gewitter nichts zu merken schien.

»Jonas, bitte. Schon tausend Mal habe ich dich darum gebeten, nicht nur in Fragmenten mit mir zu reden. Ich kann dann nicht erkennen, was du meinst. Von welchem Mann sprichst du?«

Keiner von beiden hatte bemerkt, dass Polizeimeisterin Richter in der Küchentür stand, die sich in diesem Augenblick Mineralwasser nachschenken wollte. Interessiert hörte sie zu und legte schließlich den Arm um Jonas' Schulter. Sie setzte sich neben ihn.

»Hi Jonas. Das würde mich auch interessieren, von welchem Mann du sprichst. Hast du jemanden gesehen, von dem wir nichts wissen? Erzähl uns davon.«

Irritiert registrierten die beiden Frauen, dass Jonas den Kopf schüttelte und sich ein großes Stück vom Braten aufspießte. Entschlossen hielt Denise seine Hand zurück, um ihn am Essen zu hindern.

»Verdammt, Jonas. Hör mir bitte genau zu. Es ist wichtig, dass du uns davon erzählst. Wo hast du diesen Mann gesehen?«

Wieder dieses energische Kopfschütteln, was Denise mit hochrotem Kopf registrierte. Bevor sie laut ihre Wut herausbrüllen konnte, erklärte Jonas seine Ablehnung.

»Er möchte das nicht. Er würde sich ja sonst nicht verstecken.«

Augenblicklich entstand eine Stille, die in den Ohren dröhnte. Mia Richter und Denise wechselten einen Blick, der das Entsetzen über diese Nachricht ausdrückte.

»Was sagst du da, Jonas?«, schrie Denise und lief um den Tisch herum, zerrte an dem Jungen, der sie voller Unverständnis ansah. »Das hättest du uns sofort sagen müssen. Es ist wichtig. Oh Gott, wo ist dieser Mann?«

Mia Richter befreite Jonas vom harten Griff seiner Mutter und führte Denise zurück zu ihrem Stuhl.

»Beruhigen Sie sich, Frau Rabe. So kommen wir nicht an ihn ran. Lassen Sie mich mit ihm reden.«

Jonas schob mit stoischer Ruhe seinen Teller zur Tischmitte und wollte aufstehen. Mia hielt ihn zurück und fasste nach seinen Händen.

»Das sind ja tolle Überraschungen, von denen du uns da erzählst. Ich habe schon lange Ausschau nach dem Mann gehalten und ihn bisher nicht gesehen. Ich werde die Wette höchstwahrscheinlich verlieren, weil ich ihn nicht in der ausgemachten Zeit erkannt habe. Nun ja, dann habe ich eben die zwanzig Euro an den Kollegen verloren. Ich habe zwar noch etwa ...«, Mia sah auf ihre Armbanduhr, »... acht Minuten Zeit, aber wenn du mir nicht helfen möchtest, gewinnt eben ein anderer. Schade.«

Der Blick von Jonas ruhte lange auf dem Gesicht der Polizistin, mit der ihn mittlerweile eine gewisse Vertrautheit verband. Sie spürte, dass es in dem Jungen arbeitete, seine Gedanken sich damit beschäftigten, ob er ihr helfen sollte. Als er den Entschluss pro Mia fasste, fiel ihr ein Riesenstein vom Herzen.

»Komm mit!«

An der Terrassentür blieb der Junge stehen und streckte seinen Arm Richtung Haus aus, wo er Pablo zuletzt gesehen hatte.

»Du meinst, dass er sich in dem Haus da drüben versteckt, das zum Verkauf steht? Bist du dir da sicher?«

Als wäre er über diese Bemerkung beleidigt, drehte sich Jonas wortlos um und verschwand in seinem Zimmer. Wie durch Zauberhand lag plötzlich das Diensttelefon in Mias Hand. Auf dem Display erschien die Nummer von Gordon Rabes Telefon.

»Er ist hier, Herr Hauptkommissar. Jonas hat ihn gesehen. Ich warte und bringe die beiden zur Sicherheit in den Keller.«

12

Die Männer vom SEK glitten schattengleich auf das Gebäude zu, das ihnen als Versteck von Pablo Martinez genannt worden war. Jeder von ihnen wusste um die Gefährlichkeit und Raffinesse des Gesuchten und war darauf eingestellt, schnell und rigoros reagieren zu müssen. Gordon hatte ebenso wie Kai und Leonie die Führung einer Gruppe übernommen und näherte sich vorsichtig der Rückseite des Hauses. Seine Hand krampfte sich um die Waffe, wobei seine Augen unablässig jedes Fenster abtasteten. Ein Mann wie Martinez würde sich nicht freiwillig in die Hände der Justiz begeben, da er sich sicher sein konnte, den Rest seines erbärmlichen Lebens in der forensischen Psychiatrie zubringen zu müssen. Kein Psychiater würde ihm eine Schuldfähigkeit bescheinigen, da seine Verbrechen zu skurril durchgeführt worden waren. Dazu musste eine gehörige Portion an Wahnsinn im Spiel gewesen sein.

Der Kreis zog sich enger und die Gewissheit war mittlerweile vorhanden, dass es für Pablo Martinez kein Entkommen geben würde. Doch immer wieder stellte sich Gordon die Frage, ob sich Jonas eventuell geirrt haben könnte und er dieses Unternehmen ohne triftigen Grund in Szene gesetzt hatte. Doch wurde der Gedanke wieder überdeckt von der Gewissheit, dass sein Sohn ein untrügliches Gespür für Empfindungen besaß, über das andere Menschen nicht mehr verfügten. Man redete in diesem Zusammenhang vom berühmten siebten Sinn, den nur noch Urvölker aufwiesen. Der heraufziehende Abend trug das Scharren der Stiefel hier und da durch die Stille. Die Straße war vorsorglich an beiden Enden gesperrt worden. Lediglich aus dem Nebenhaus drangen leise Töne einer Gitarre durch ein offenstehendes Fenster, auf der jemand nervtötend Akkorde übte. Gordon war mit seiner Gruppe an der Terrassentür angelangt, die nur angelehnt war. Für ihn stand endgültig fest, dass zuvor jemand in dieses Haus eingedrungen sein musste. Mit den Fingerspitzen schob ein Beamter die Tür endlos langsam auf, um kurz darauf in das dunkle Zimmer einzutauchen. Mehrere Kameraden folgten ihm und verschwanden ebenso geräuschlos.

Als man die Vordertür von innen öffnete, strömten auch von vorne zwei Gruppen ins Haus und verteilten sich auf die Räume. Gordon wartete im Flur darauf, dass Kampflärm von oben oder aus einem der unteren Zimmer erklang. Nichts geschah. Erst als von überall der Lärm eindringender Beamten und das Wort *gesichert* ertönten, wusste er, dass sie vergebens hier waren. Martinez hatte das Haus längst wieder verlassen. Wild schlug er mit der geballten Faust gegen die Wand und stöhnte enttäuscht auf. Kai und Leonie, die neben ihm auftauchten und ihre Waffen wieder in das Holster schoben, wagten nicht, eine Bemerkung zu machen. Sie wussten, was in Gordon genau in diesem Moment vor sich ging.

»Das darf doch nicht wahr sein«, schrie Gordon und stürzte aus dem Haus.»Das Dreckschwein muss das wieder einmal gerochen haben. Es können nur wenige Minuten vergangen sein, in denen er das Haus vor uns verlassen hat. Kai, lass sofort die Umgebung in einem Radius von zwanzig Kilometern abriegeln. Jeder Wagen soll kontrolliert werden, der das Gebiet verlassen will. Der muss sich noch in der Nähe aufhalten. Ich höre den Saukerl über uns lachen. Vielleicht beobachtet er uns sogar. Verdammt, ich könnte kotzen.«

»Reg dich nicht so auf, Gordon. Das wäre auch zu schön gewesen, den hier so schnell zu kassieren. Der wird bemerkt haben, dass Jonas ihn gesehen hat. Beim nächsten Mal wird der vorsichtiger zu Werke gehen. Ich vermute, dass Martinez nur die Lage gepeilt hat. Der ist verflucht vorsichtig – und genau das macht ihn so gefährlich.«

Leonie war ebenfalls davon überzeugt, dass Jonas sich nicht getäuscht hatte. Die offene Hintertür war ein klarer Beweis dafür, dass sich hier jemand aufgehalten hatte. Sie beobachtete Kai, der Gordons Anweisungen per Telefon weitergab. Ihr Blick glitt weiter, rüber zu dem Haus, in dessen Fenster in der oberen Etage das Gesicht von Jonas neben der geöffneten Gardine erschien. Er hatte das Geschehen mit Sicherheit beobachtet. Der Junge schien wirklich diesen Instinkt für aufziehende Gefahren zu besitzen. Sie fror bei dem Gedanken, dass er sich möglicherweise gerade in ihre Gedanken eingeklinkt haben könnte. Trotzdem gönnte sie ihm ein Lächeln, bevor er vom Fenster verschwand. Er ließ eine nachdenkliche Frau zurück, die sich Gordon anschloss, der mit müden Schritten auf das Haus zulief, in dem er diejenigen wusste, die er unbedingt beschützen wollte und musste.

»Bist du dir absolut sicher, dass es beide Male der gleiche Mann war?«

Gordon hatte beide Hände auf die Schultern seines Sohnes gelegt und zwang sich dazu, ihn nicht voller Ungeduld zu schütteln. Die Augen des Jungen blickten emotionslos an Gordon vorbei, als würde ihn die Frage nicht betreffen. Nur sein angedeutetes Nicken interpretierten Kai und Leonie als Zustimmung. Denise hatte Zuflucht am Küchentisch gesucht, wo sie den Kopf in beide Hände gestützt hielt. Zuvor schon hatte Mia Richter versucht, sie zu beruhigen, was ihr jedoch nur ansatzweise gelang. Sorgenvoll betrachtete Gordon, der eingetreten war, die Frau, die er einst abgöttisch geliebt hatte. Sie hatte sich von ihm losgesagt, was er ihr mit Sicht auf seine Alkoholexzesse nicht einmal übel nehmen konnte. Doch in einer solchen Situation wurde er sich der alten Gefühle wieder bewusst. Mitten in seine Gedanken platzten ihre Worte, die ihn bis ins Mark trafen und alle Anwesenden zusammenfahren ließen.

»Siehst du, wohin uns das alles geführt hat? Hättest du nicht einfach ein verdammter Bankangestellter werden können? Warum in Gottes Namen musstest du zur Polizei gehen und dich ausgerechnet um die Ausgeburten der Hölle kümmern? Du bringst uns nur in Gefahr damit. Hätte ich doch damals auf Papa gehört. Der hat es mir prophezeit, dass es eines Tages so kommen würde. Aber nein, du musstest ja zu jener Zeit sein Angebot ablehnen, dich in den Betrieb einschleusen zu lassen. Du könntest heute Vertriebschef sein, dein Sohn und ich müssten nicht um unser Leben fürchten. Aber nein – nun siehst du, was du aus unserer Ehe gemacht hast.«

Mittlerweile war Denise aufgesprungen und stand nur wenige Zentimeter entfernt vor ihrem Noch-Ehemann – ihr Gesicht glühte.

»Ich kann nicht mehr, Gordon. Wir müssen den Tatsachen ins Gesicht sehen. Ich habe es ein letztes Mal versucht, wollte uns sogar eine allerletzte Chance geben. Doch ich spüre, dass ich es nicht schaffen werde. Nicht nach dem, was heute passiert ist.«

»Hör zu, Denise. Ich kann dir versichern, dass ...«

»Lass das, Gordon. Zu oft habe ich diese Worte aus deinem Mund gehört. Es sind nur Phrasen, leere Worthülsen. Jonas und ich wollen nie wieder Zielscheiben für deine rachsüchtigen Kunden sein. Dir sind diese kranken Bestien scheinbar wichtiger als das Wohl deiner Familie. Ich will endgültig die Scheidung. Hast du mich verstanden?«

Ihre Nasen berührten sich fast, als sie ihm die Enttäuschung ins Gesicht spuckte und die letzten Worte wiederholte.

»Ich will die Trennung. Jonas werde ich vor dir und deinen Mordgesellen in Sicherheit bringen. Ich will nicht den Rest meines Lebens in Angst und mit einer Polizistin im Haus leben müssen.«

Gordon konnte sie auffangen, bevor sie erschöpft zusammenbrach. Er drückte sie fest an sich. Sekunden später riss sie sich weinend los und stieß den Mann, der unter Schock stand, zurück.

»Lass los. Geh zurück zu deinen Mördern und Saufkumpanen. Ich ziehe mit Jonas zu meinen Eltern.«

Als Denise die Küche verließ und im Schlafzimmer verschwand, hatte sich im Raum eine ungewöhnliche Stille ausgebreitet. Niemand wollte jetzt das erste Wort aussprechen. Gordon selbst war es, der es tat. Als wäre nichts passiert, richtete er die Frage an Kai.

»Sind die Straßensperren eingerichtet? Warum steht ihr alle nur rum? Gibt es nichts zu tun, Herrschaften? Das SEK soll abrücken. Wir werden zwei Posten hier zurücklassen. Ihr habt ja selbst gehört, dass sich unsere Aufgaben vor Ort erledigt haben werden. Meine Frau wird umziehen und bedarf dann nicht mehr unseres Schutzes. Bis dahin aber ...«, Gordon sah Mia Richter an, »... möchte ich Sie bitten, auf die beiden zu achten. Danke für Ihre Arbeit. Sie waren großartig. Jetzt muss ich zu meinem Sohn. Jeder weiß, was er zu tun hat. Abrücken!«

13

Das ungleiche Pärchen, das angelehnt an seinen grauen Mercedes Burger und Cola in sich reinstopfte, fiel keinem Besucher der Autobahnraststätte großartig auf. Hier hielten sich viele seltsame Gestalten auf, die sich auf der Durchreise noch einmal stärkten. Der Drogenhandel, der sich weitestgehend auf Marihuana beschränkte, war bekannt, wurde jedoch hier in der Nähe der niederländischen Grenze nur selten kontrolliert. Shila und Wolf versorgten sich hier mit Nachschub. Allerdings konnten sie mit den Kinderdrogen, wie sie Haschisch nannten, nichts anfangen. Ihr Dealer versorgte sie mit Kokain, ohne das sie nicht mehr leben wollten oder sogar konnten. Besonders Shila flippte total aus, wenn ihr der Nachschub nicht rechtzeitig zur Verfügung stand. Dann ging sie sogar massiv gegen Wolf vor, stahl ihm seine Ration und bedrohte ihn. Heute war wieder Übergabetermin.

Shila blickte genervt auf ihre Armbanduhr, in die sie sich auf Anhieb verliebt hatte, als sie in den Schubladen der Familie Rosbach nach Wertsachen gesucht hatten. Alles andere hatten sie bereits bei ihrem Stammhehler in Oberhausen zu Geld gemacht. Ein lohnender Fischzug, der nicht nur Geld in die leere Kasse gespült hatte, sondern gleichzeitig mit großem Vergnügen verbunden gewesen war.

Genießerisch leckte sich Shila das Ketchup von den Lippen und dachte gleichzeitig an die anregenden Schmerzensschreie von Klaus Molchert. Selten hatte sie besseren Sex empfunden als in dieser Nacht. Besonders törnte sie diese Ahnungslosigkeit des Pärchens an, das glaubte, abseits der gewohnten Pfade der sexuellen Befriedigung einen neuen Kick erhalten zu können. Ein Lächeln stahl sich auf Shilas Lippen, als sie das erstaunte Gesicht des Mannes vor sich sah, während sie ihm die Glieder an den Bettpfosten festband. Zu spät bemerkte er das kleine Mäppchen, aus dem sie theatralisch langsam ihre diversen Werkzeuge hervorholte. Die Erkenntnis, was mit ihm geschehen würde, kam einfach zu spät. Seine Schreie wurden vom Knebel unterdrückt.

»Was ist mit dir? Bist du schon wieder in irgendeinem Bett mit 'nem Kerl? Ich seh es dir doch an, dass du in Gedanken vögelst. Achte lieber auf die Bullen. Du weißt genau, dass die hier gerne in Zivil Streife fahren. Und nebenbei müsste Otte bald mit dem Stoff auftauchen.«

Wolf hatte Shila in die Seite gestoßen, die nicht merkte, dass ihr das rote Ketchup in den weiten Ausschnitt tropfte. Als er ihr mit einer Serviette für Sauberkeit sorgen wollte, schlug sie ihm kräftig auf die Hand.

»Nimm bloß die Pfoten da weg, du impotenter Affe. An mir fummelst du nicht rum. Versuch es noch einmal und du musst den Rest deines verfickten Lebens einhändig arbeiten.«

Wolf zog beleidigt seine riesige Hand zurück und rückte einige Zentimeter zur Seite. Ihn überraschte diese harsche Reaktion seiner Partnerin nicht mehr. Mit der Zeit hatte er sich daran gewöhnt, von ihr tyrannisiert zu werden. Schon zu oft musste er erleben, wie brutal Shila mit Menschen umgehen konnte, wenn sie entweder wütend wurde oder sie einer ihrer Lustanfälle überkam. Niemals würde er diese schlimmen Sachen mit den Opfern machen, obwohl auch er mittlerweile bei jedem weiteren Mord eine größere Freude empfand. Er gab zu, dass er Angst vor dieser gewalttätigen Frau hatte. Seine Augen suchten den Parkplatz ab, um Ottes Wagen bloß nicht zu übersehen. Sein Ford Mustang war auffällig.

Jetzt war es Wolf, dessen Gedanken abglitten in eine Zeit, als es ihm verdammt beschissen ging und er Shila kennenlernte ...

Alle, aber auch alle hatten ihm den Rücken zugekehrt, nachdem er die vier Jahre wegen grober Körperverletzung mit Todesfolge abgesessen hatte. Nun saß er hier an der Theke der Heliosklause und überlegte, wo er in der kommenden Nacht sein Haupt niederlegen konnte. Dass ihn keiner am Tor abgeholt hatte, würde er den ehemaligen Kumpels nicht verzeihen. Er hatte dichtgehalten, als man nach den anderen fragte, die am Überfall auf den Juwelier beteiligt gewesen waren. Der Dank war nun spürbar. Kein Cent aus dem Raubzug, dafür der Knast. Der Zorn trieb ihn dazu, das bisschen Entlassungsgeld an einem Abend auf den Kopf zu hauen.

Tief in Gedanken versunken vernahm er die Stimme an seiner Seite, deren sinnlicher Unterton daran erinnerte, dass es neben Essen und Trinken etwas gab, was das Leben erträglicher machte. Erotik pur quetschte sich auf den Hocker neben ihm und hauchte ein »Hallo, mein Großer. Du bist ja so allein« entgegen. Wolfs Blick fiel auf pralle

Schenkel, die unter einem viel zu kurzen Lederrock in einem rosa Schlüpfer endeten. Der großzügige Ausschnitt des Pullovers gestatte ihm einen Blick auf einen Busen, der einer Dolly Parton jederzeit Konkurrenz machen würde. Die Frau neben ihm wartete geduldig ab, bis Wolf seine Besichtigungstour beendet hatte und ihr ins Gesicht sah.

»Wenn du deine Hormone wieder in den Griff bekommen hast, könntest du darüber nachdenken, ob du mir einen Ginfizz spendierst. Ich bin bei Spendern häufig entgegenkommend, wenn du weißt, was ich meine. Was sagst du?«

»Hör zu, meine Schöne. An jedem anderen Tag würde ich dich in Champagner baden lassen, doch heute dürfte das etwas schwierig werden. Tut mir leid. Ich muss leider dein Angebot ausschlagen.«

Wolf hatte sich längst wieder weggedreht und wollte in seine Sorgenwelt zurückkehren, als sich fünf grelllackierte Fingernägel über seinen Arm schoben und sich in die Haut drückten. Wieder war es diese Stimme, die ihn den leichten Schmerz vergessen ließ.

»Könnte es sein, dass du seit Längerem auf Sex verzichten musstest? Wie lange haben sie dich weggesperrt?«

Nun lag die andere Hand dieser Frau in seinem Schoß und sorgte dafür, dass sich Gefühle in ihm ausbreiteten, die er kaum unterdrücken konnte.

»Oh, was fühle ich da? Ich sag dir was, mein großer Freund. Du zahlst jetzt deinen Deckel und dann werden wir bei mir zu Hause sehen, ob wir dir etwas Gutes antun können. Du siehst danach aus, als könntest du auch anderweitig Hilfe gebrauchen. Schnapp dir deine Tasche und komm mit – frag nicht nach dem Warum.«

Noch immer konnte Wolf es nicht fassen, was er vor wenigen Augenblicken erleben durfte. Shila, wie sich seine Gönnerin nannte, hatte sich ins Bad verabschiedet, nachdem sie ihm jeden Tropfen seines Samens aus dem Körper gezogen hatte. Eine Orgie, wie er sie sich in seinen kühnsten Knastträumen nicht hätte vorstellen können. Nun brauchte er erst einmal Ruhe und einen Happen zum Essen. Shila hatte ihm schon angedroht, dass sie ihn später auch in der Küche verwöhnen wollte. Wenn das ähnlich spektakulär würde wie der Sex, konnte er sich auf einiges gefasst machen.

»Ruh dich aus, Herkules. Mich findest du in der Küche. Ich werde dich holen, wenn ich fertig bin. Versprochen. Und Nachtisch gibt es dann als Zugabe.«

Das Versprechen, welches von einem Lachen untermalt wurde, ließ Wolf erschauern, da er dahinter etwas vermutete, wovon er in den letzten Stunden schon fast zu viel erhalten hatte. Wenn das die Vorspeise war, wie würde dann erst der Nachtisch ausfallen?

Wolf war überrascht, wie schmackhaft Shila das Hühnerfrikassee zubereitet hatte. Er strich sich mit der Hand über den Bauch und rülpste laut, was ihm von seiner Gastgeberin einen lobenden Blick einbrachte.

»Ich darf feststellen, dass es dir scheinbar geschmeckt hat. Oder? Ich habe mir gedacht, dass wir es uns auf der Couch ein wenig gemütlich machen und uns ein Video reinziehen. Ich denke, dass ich da was Passendes finden werde. Setz dich. Ich räume hier den Mist weg und bringe uns Bier mit.«

Nur einen Moment hatte Wolf die Augen geschlossen, als sich Shilas Hand über seinen Schritt legte. Er zuckte zusammen und stieß in einem Reflex ihre Hand weg.

»Oh, keine Sorge, mein Held, ich wollte nichts von dir. Da scheint sowieso nichts mehr zu gehen. Ich wollte dich nur wecken, denn jetzt holen wir uns die Belohnung des Abends ab. Entspann dich und genieße diesen Film.«

Wolf atmete erleichtert auf und verfolgte mit sparsamem Interesse, wie Shila den CD-Player startete. Auf dem Bildschirm tauchten erste Szenen auf, die ihn ungemein an die Filmreihe *Hostel* erinnerten, in der junge Männer in gruselige Keller in der Slowakei verschleppt werden, um dort schlimmste Folterungen zu erleiden. Solche Filme gehörten nicht unbedingt zu Wolfs Lieblingsgenre, wenn er unterhalten werden wollte. Shila hingegen rutschte unruhig hin und her und kuschelte sich an Wolf an. Als die Schreie der Gefolterten durch den Raum hallten, überzog sich Shilas Gesicht mit einem genüsslichen Lächeln. Wolf meinte sogar, ein Zittern ihres Körpers zu spüren. Ihre harten Brustwarzen stachen durch den dünnen Stoff ihrer Bluse.

Ungläubig verfolgte Wolf die aufsteigende Euphorie in den Augen seiner Gastgeberin, die dieses erbärmliche, sich ständig wiederholende Gemetzel zu genießen schien. Sie stieß kleine Jubellaute aus, wenn es besonders dramatisch wurde. Er sehnte sich den Moment herbei, in dem das stumpfsinnige Töten ein Ende finden würde. Es widerte ihn an, dabei zusehen zu müssen. Jemandem im Streit die Nase zerschlagen war eine Sache, aber dieses sinnfreie Töten und Zerstückeln von noch atmenden Menschen war einfach nur krank. Endlich tauchte das Insert *The End* auf dem Bildschirm auf, was Enttäuschung bei Shila zur Folge hatte.

»Gott sei Dank. Das hält ja kein Schwein aus. Einfach widerlich«, konnte sich Wolf nicht verkneifen.

Dass Shila sich von einem Moment auf den anderen versteifte, entging ihm nicht, rechnete dem Umstand aber keine Bedeutung zu. Erst als er die Klinge an seiner Kehle spürte, wusste er, dass seine Bemerkung bei Shila nicht gut angekommen war. Nichts war übrig geblieben von der wohligen Frivolität in ihrer Stimme, als sie ihn anzischte.

»Du kleiner Wichser solltest vorsichtiger sein mit deinen Bemerkungen. Schließlich könntest du damit jemand anderen beleidigen. Ich mag diese Filme und lass sie mir von solchen Versagern wie dir nicht madig quatschen. Das ist Vergnügen pur, wenn die Dreckskerle quieken vor Angst. Sie erwarten von den Frauen dort Unterwerfung und die Erduldung perversester Demütigungen. Die haben den Spieß einfach mal umgedreht. Sie haben den Schwanzlutschern gezeigt, dass sich Gewalt auch gegen sie selbst richten kann. Die Strafe haben sie verdient.«

Das Messer hatte längst Wolfs Haut eingeritzt, was Shila nicht zu stören schien. Er spürte, wie das Blutrinnsal an seinem Hals herablief und vom Stoff seines Unterhemdes gierig aufgesaugt wurde. Er versuchte, seine Atmung unter Kontrolle zu bekommen, und hob sehr vorsichtig eine Hand.

»Shila ... bitte beruhige dich. Das war nicht gegen dich gerichtet. Ich meinte nur den Film. Das ist doch pervers. Nimm endlich das Messer da weg.«

»Einen Scheiß werde ich. Du hast dir ja schon beim Hinsehen in die Hose geschissen. Bist du einer von denen, für die eine Frau nur zum Besteigen geboren wurde? Sind wir keine gleichwertigen Menschen neben euch Männern? Sag es mir endlich, damit ich dir deinen dreckigen Hals durchschneiden kann.«

Seine Zeit im Knast war oftmals von gegenseitiger Gewalt geprägt und er konnte sich schon allein wegen seiner animalischen Kraft durchsetzen. Doch niemals war er einem solchen Hass begegnet, wie er ihm aus Shilas Augen entgegensprang. Für ihn war klar, dass diese Frau keine leeren Versprechungen machte, wenn sie sagte: Ich töte dich! Er versuchte es auf eine andere Weise.

»Was ist los mit dir? Du wirst mir doch nicht wegen eines blöden Spruchs das Licht ausblasen. Komm wieder runter und klär mich auf, was wirklich dahinter steht. Und dann verpiss ich mich und lass dich in Ruhe. Aber nimm das verfickte Messer weg, sonst ...«

»Was sonst? Du kannst mir nicht drohen. Keiner von euch Kerlen kann das. Ich werde euch das Herz aus dem Leib schneiden und fressen. Hörst du mir zu? Ich fresse es einfach.«

Shila nahm für einen Moment das Messer vom Hals des erstarrten Mannes und sprach mehr zu sich selbst.

»Du willst wissen, was dahintersteckt? Dann sollst du es erfahren. Du bist übrigens der Erste, der das von mir hört. Darauf kannst du dir einen runterholen.«

Wieder blickte Wolf in Augen, die ihm zeigten, dass diese Frau besessen war von einem alles durchdringenden Hass. Er wagte nicht, eine falsche Bewegung zu machen. Fast ängstlich verfolgte er Shila mit Blicken, als sie aufsprang und zum Schrank eilte. Sie kam mit einem kleinen Döschen zurück, das sie mit zitternden Fingern öffnete. Wie Kokain verpackt wurde, war Wolf aus der Zeit im Knast wohlbekannt. Er selbst hatte es immer vermieden, sich das Zeug in den Kopf zu ziehen. Sein Geld war ihm dafür zu schade.

Jetzt beobachtete er Shila dabei, die sich eine Reihe durch die Nase zog und mit einem Seufzer zurück ins Polster fallen ließ. Es verging noch eine Minute, bis sie bereit war, zu sprechen.

»Ich war erst sechs. Doch das Dreckschwein kam fast jede zweite Nacht zu mir, damit ich es ihm besorgte. Ich habe in dieser Zeit Herpes bekommen, der mich noch heute heimsucht, wenn ich Oralsex mit ansehen muss. Papa hat es nie mitbekommen, wenn ich mich übergab. Dieses Schwein hat sich die Schlafhose hochgezogen und ist wieder in sein Bett geschlurft, in dem seine Frau auf ihn wartete. Morgens beim Frühstück hat er mir den Kakao eingeschüttet und vor Mama getan, als wäre nichts gewesen. Sie war dankbar für diese Szenen, in der ihr heile Welt vorgespielt wurde. Der Gebärmutterkrebs machte ihr genug zu schaffen und hat sie letztendlich dahingerafft. Ich war damals zwölf und bekam schon regelmäßig meine Tage. An ihrem Grab habe ich ihr geschworen, dass ich es tue.«

Wolf hörte fasziniert zu, als Shila ihre Lebensbeichte vor ihm, dem entlassenen Sträfling, ablegte. Sie schluckte und bemühte sich, die Tränen zurückzuhalten.

»Was hast du ihr versprochen, Shila?«

»Ich habe ihr versprochen bei allem, was mir damals heilig war, dass ich diesem Saukerl alles heimzahlen werde, was er uns angetan hatte. Den Plan dafür habe ich lange überdacht, denn ich wollte nicht wegen dieses Dreckschweins in ein Jugendgefängnis und mir damit selbst das Leben zerstören. Es musste aussehen, als hätte Papa sich abgesetzt und mich alleine gelassen. Mit einem Heim konnte ich leben, aber nicht mit dem Makel eines Verbrechens.

Irgendwann sind wir zwei an die Nordsee gefahren. Er hat mit mir eine Woche da verbringen wollen. Keiner dort hätte sich vorstellen können, dass es dieses Monster mit der eigenen Tochter trieb.«

Jetzt endlich tropften die ersten Tränen auf Shilas großen Busen. Sie drehte sich weg von Wolf, wollte ihm nicht in die Augen sehen, wenn sie das Schreckliche preisgab.

»Er wollte es gegen Abend mit mir in einer Umkleidekabine treiben, als fast alle Urlauber den Strand verlassen hatten und unter der Dusche standen. Keiner hat sein Stöhnen gehört – nur ich. Und ich habe es genossen, sage ich dir. Du kannst dir seine Fratze nicht vorstellen, als ich ihm mit einem Hieb den Schwanz abgeschnitten habe. Das Blut schoss mir ins Gesicht, was mir aber nichts ausgemacht hat. Ich habe es getrunken vor lauter Freude. Er starrte immer nur auf das Stück Fleisch, was sich in meiner Hand befand und nun mir gehörte. Als er laut losschreien wollte, habe ich ihm die Kehle durchgeschnitten. Dann war er endlich ruhig und röchelte nur leise. In der engen Kabine konnte ich ihm nicht ausweichen, sodass ich von seinem Blut besudelt war. Es war herrlich.«

Die Gänsehaut hatte mittlerweile Wolfs gesamten Körper überzogen. Er konnte nicht glauben, dass eine Zwölfjährige zu solchen Taten überhaupt fähig war. Er musste nicht lange warten, bis Shila fortfuhr.

»Jetzt wirst du dich fragen, wie ich den Mistkerl loswurde, ohne dass es jemand bemerkte. Das war der wunde Punkt in meinem Plan. Ich hatte lange vorher herausgefunden, dass es in Strandnähe eine Muschelbank gab, in der man tief einsank, wenn man sich dorthin verirrte. Ich habe die Leiche in der Kabine belassen, bis es dunkel war. Dann habe ich ihn, soweit es möglich war, in Stücke geschnitten, die ich alleine tragen konnte. Ihn in der Muschelbank zu vergraben, war leichter, als ich es mir vorgestellt hatte. Allerdings habe ich lange gebraucht, das Blut aus der Kabine zu spülen und den Sand rundherum zu erneuern. Du kannst dir nicht vorstellen, wie nett die Bullen zu mir waren, als ich ihnen in voller Panik mitteilte, dass mein geliebter Papa nachts vom Spaziergang nicht mehr zurückgekommen war. Die waren überzeugt davon, dass es Suizid war. Erst recht, als ich denen unter Tränen gestand, wie er unter dem Tod von Mama gelitten hatte.«

»Verdammt raffiniert von dir. Aber warum erzählst du es mir jetzt – so viele Jahre später? Ich könnte dich doch ...«

»Wirst du nicht. Denn dann bist du tot, bevor die Bullen mich abholen. Außerdem brauche ich dich.«

Die Offenheit machte Wolf sprachlos. Dennoch wollte er wissen, was sie damit meinen könnte.

»Wofür könnte ich dir nützlich sein?«

»Du sollst mich beschützen, starker Mann. Wir beide werden uns auf Reisen begeben und den Menschen da draußen zeigen, dass sie ihre Reichtümer besser mit jemandem teilen. Und das werden wir sein. Du wirst dir nicht vorstellen können, wie aufregend das sein kann.«

Wolf spürte den harten Schlag in seiner Seite und schrak hoch. Das Gesicht von Shila erschien vor ihm. Ihre Augen blitzten ihn an.

»Was ist mit dir, Wolf. Da hinten kommt Otte mit seinem Scheiß Ludenauto. Jetzt hast du aber geträumt. Vergiss nicht, dem Scheißkerl die Knete passend zu geben. Du weißt doch, dass der nie auf große Scheine rausgibt. Pass auf, dass dich bei der Übergabe keiner beobachtet.«

14

»Der Chef will dich sehen – sofort.«

Leonie beugte sich zu Gordon herunter, der am Bildschirm die neuesten Berichte vom vergangenen Tag durchsah. Sie flüsterte ihm das ins Ohr, damit es nicht alle Mitglieder der Soko mitbekamen. Seinem stummen Nicken folgte ein leiser Fluch.

»Scheiße, hat der nichts Besseres zu tun als uns von der Arbeit abzuhalten?«

Leonie ließ die Bemerkung unkommentiert und verzog sich mit einem Achselzucken wieder an ihren Schreibtisch. Gordon benötigte nur drei Minuten, bis er an die Tür klopfte, auf der das Messingschild mit dem Namen Kriminalrat Robert Kläver, Sekretariat prangte. Ein freundliches *Herein* folgte auf sein energisches Klopfen. Sigrid Volkert besaß diese natürliche Herzlichkeit, die man häufig bei Vorzimmerdamen vermisste, die nur geschäftsmäßige Arroganz gegenüber Besuchern zeigten.

»Hallo, Herr Hauptkommissar. Schön, Sie wieder einmal zu sehen.« Sie kniff Gordon ein Auge zu und machte eine Kopfbewegung in Richtung des Chefzimmers. Ihre Stimme senkte sich, als sie ihm zuraunte:»Der Alte hat heute schlechte Laune. Die Rechnungsstelle hat ihn vorhin angerufen. Seitdem läuft der mit einem langen Gesicht durch die Gegend und raunzt jeden an, der ihm über den Weg läuft. Besser nur nicken und nicht widersprechen. Der kommt ohne Wasser wieder zu sich.«

»Danke, Sigrid. Ich kann mir schon denken, was der Knötterkopf von mir will.«

»Ich hoffe das sogar, Rabe. Kommen Sie rein!«

Beide hatten nicht bemerkt, dass sich die Tür des Kriminalrats zwischenzeitlich geöffnet hatte und Kläver mit einer leeren Tasse dort wartete.

»Könnte ich einen frischen Kaffee haben, falls es Ihre Zeit zulässt? Fragen Sie den Hauptkommissar, ob er auch einen möchte. Und jetzt rein mit Ihnen, Rabe.«

Völlig unbeeindruckt von dem Theater folgte Gordon der Aufforderung und warf sich in den Besucherstuhl.

»Setzen Sie sich doch, Rabe«, meinte Kläver in einem Anfall von Zynismus und wies auf den bereits besetzten Stuhl. Er selbst machte es sich in seinem Hochlehnsessel bequem, der den relativ schmalbrüstigen Mann noch kleiner erscheinen ließ. Kaum hatte er die Beine übereinandergeschlagen und setzte zum Dialog an, als sich die Tür öffnete und Frau Volkert mit einem Tablett erschien. Betont langsam legte sie zwei Würfelzucker neben Gordons Tasse, während sie Klävers Tasse unberührt ließ.

»Sie nehmen doch immer zwei Stückchen Zucker, wenn ich mich richtig erinnere, oder?«

»Raus jetzt«, schnauzte Kläver, der das Spiel durchschaute und dem ein schnelles Ende bereiten wollte. Volkerts gespielt vorwurfsvollen Blick und ihr aufreizendes Lächeln ignorierte er.

»Wo waren wir stehen geblieben, Rabe?«

»Wir hatten noch gar nicht angefangen, Herr Kriminalrat. Was verschafft mir die Ehre für diese Audienz?«

»Für Ihren Zynismus habe ich derzeit kein Verständnis. Wir sitzen hier nicht ohne Grund zusammen. Es geht um die Kosten, die Sie durch unnütze Einsätze verplempern.«

»Und was bezeichnen Sie, besser gesagt, die Rechnungsprüfung, als unnütz? Ich denke mal nicht, dass wir über den Einsatz des SEK von gestern reden.«

»Allerdings. Hinzu kommen die Kosten für den Personenschutz Ihrer Familie. Ich meine, der ehemaligen Familie. Soweit ich informiert wurde, steht eine Trennung an.«

Im gleichen Augenblick, in dem er es aussprach, spürte Kläver, dass er hier einen strategisch großen Fehler gemacht hatte. Gordons Gesicht verfärbte sich, die Erregung, die ihn erfasst hatte, wurde sichtbar.

»Das haben Sie doch nicht wirklich zu mir gesagt, Herr Kriminalrat? Sie unterstellen mir, Steuergelder verplempert zu haben, um meine Familie vor einem irren Killer zu schützen? Ist es das, weshalb ich hier sitze? Werden Familien von Mitarbeitern der Polizeibehörden als zweitklassig eingestuft? Säße ich hier auch, wenn die Kinder des Polizeipräsidenten bedroht würden und ich eine Armada von Schutzpolizei abstellen müsste? Ich glaube das nicht.«

»Jetzt beruhigen Sie sich erst mal wieder. Ich sage ja nicht, dass sich diese Vorwürfe mit meiner Meinung decken. Das habe ich diesem Sesselpupser aus der Rechnungsprüfung auch deutlich gemacht. Ich stehe doch hinter Ihnen, Rabe. Verdammt, lassen Sie den Dampf nicht bei mir ab, sondern bei denen, die nur in Zahlen denken. Doch verstehen Sie mich bitte, wenn ich Sie darum bitten muss, zukünftig Einsätze genau zu überdenken. Der Letzte war doch scheinbar ein Schuss in den Ofen. Der Kerl läuft immer noch rum und bedeutet eine eminente Gefahr für die Bevölkerung. Was genau brachte Sie dazu, diesen Großeinsatz anzuordnen?«

Gordon hatte Mühe damit, seine innere Erregung zu unterdrücken. Nicht sichtbar für Kläver ballte er die Hände zu Fäusten und entspannte sie wieder.

»Es war aufgrund einer Beobachtung, dass sich ein Fremder um das Haus meiner Familie herumtrieb.«

»Haben Sie denn wenigstens vorher überprüft, ob das nicht nur eine wilde Spekulation oder eine der häufigen und wertlosen Verdächtigungen war? Wer hat Ihnen den Tipp gegeben?«

Gordon zögerte einen Moment, da er befürchtete, sich auf sehr dünnes Eis zu begeben, womit er recht behalten sollte.

»Es war mein Sohn, der den Mann gespürt hatte.«

Die Überraschung stand dem Kriminalrat ins Gesicht geschrieben. Nachdem er diese Aussage verinnerlicht hatte, kam prompt seine Reaktion.

»Ich habe mich gerade nicht verhört? Es war Ihr Sohn, der das spürte? Sie haben wirklich das Wort *spürte* benutzt? Ich weiß nun einmal, dass Ihr Sohn – Jonas heißt er, wenn ich nicht irre – unter Autismus leidet. Wurde ihm jemals bestätigt, dass er über hellseherische Fähigkeiten verfügt? Verdammt, Rabe, was versuchen Sie, mir hier zu verkaufen? Sie verlangen, dass ich Steuergelder und polizeiliche Großeinsätze bewillige, die auf dem vermeintlichen Spürsinn eines kranken Kindes beruhen. Niemand außer ihm hat diesen

Pablo Martinez in der Nähe des Hauses bemerkt. Nur Jonas meint, dieses Monster gespürt zu haben. Kommen Sie wieder zurück auf die Erde, Rabe. Wir haben in unserem Job keinen Platz für Esoterik und sonstigen Voodoo. Wir dürfen uns nur auf Fakten verlassen.«

Eine gefährliche Kälte erfasste Gordon und ließ ihn im Stuhl erstarren. Kläver schien das nicht zu beeindrucken und hielt dem eisigen Blick seines Ressortleiters stand.

»Sind Sie fertig, Chef? Darf ich jetzt auch was zur Sache beitragen? Dann hören Sie gut zu. Nur zu Ihrem klaren Verständnis möchte ich Sie darüber aufklären, dass Jonas nicht krank ist, sondern lediglich unter einer Form von Autismus leidet. Das ist keine Krankheit wie Tripper oder Fußpilz. Und was mir besonders wichtig ist bei der Beurteilung seiner Aussage: Noch nie in seinen vierzehn Jahren hat der Junge auch nur einmal die Unwahrheit gesagt, geschweige denn wissentlich gelogen. Es wird behauptet, dass diese Menschen zu einer Lüge gar nicht fähig sind, da sie die Notwendigkeit überhaupt nicht einschätzen können. Wir, die tatsächlich glauben, gesund und normal zu sein, benutzen Lügen, um die Wahrheit zu unseren Gunsten zu verbiegen. Ich glaube nicht daran, dass Autisten so denken. Was will ich damit sagen?«

Hier legte Gordon eine Pause ein, schien darüber nachzudenken, wie weit er gehen durfte. Als er zu einem Entschluss gekommen war, sprach er aus, was Kläver sicher nicht hören wollte.

»Diesen verfluchten Job bei der Mordkommission mache ich jetzt schon über zwanzig Jahre. Jeden Tag aufs Neue muss ich Entscheidungen treffen, die manchmal sogar Leben in Gefahr bringen. Immer wieder muss ich mich dabei auf meinen Instinkt, aber auch auf Hinweise von Menschen verlassen, deren Leben nur auf Lügen, Gewalt und Betrug aufgebaut ist. Und das betrifft nicht nur Verbrecher, sondern auch angesehene Geschäftsleute, deren Ruf untadelig scheint. Deren Schutzbehauptungen werden zu einhundert Prozent akzeptiert und nicht einen Moment in Zweifel gezogen. Problematisch wird Ihrer Meinung nach die Sache erst, wenn man einem Jungen glauben soll, der angeblich nicht richtig tickt.«

»Moment, das habe ich nicht ...«, versuchte Kläver einzuwenden. Gordon sprach unbeeindruckt weiter.

»Sie machen den großen Fehler, Menschen in Klassen oder Kasten wie in Indien einzuteilen. Dort haben wir vier davon. Sie selbst zählen sich wahrscheinlich zu den Brahmanen, worin sich die gelehrte Elite vereint. Leider finde ich meinen Sohn bei den Shudras wieder, die überhaupt nicht wahrgenommen werden, da sie arme Tagelöhner, schlimmstenfalls kranke Bauern sind. Lassen Sie mich dazu nur sagen, dass mir die Shudras in ihrer Ehrlichkeit weitaus lieber sind, als die verlogene Gesellschaft, die glaubt an der Spitze der Evolution zu stehen. Ich glaube meinem Sohn, Herr Kriminalrat. Mehr habe ich nicht zu sagen. Wenn Sie der Meinung sind, dass ich Fehler gemacht habe und vom Dienst suspendiert werden muss, tun Sie das. Nur unterstellen Sie niemals wieder meinem Kind, dass es die Unwahrheit sagt oder sogar verrückt sei. Ich wünsche Ihnen einen guten und erfolgreichen Tag.«

Gordon ließ, als die Tür hinter ihm ins Schloss fiel, einen Mann zurück, der ungläubig auf den Ausgang blickte. Bevor

Gordon das Vorzimmer verließ, konnte er noch den erhobenen Daumen von Sigrid Volkert erkennen, über deren Gesicht ein breites Grinsen lief.

15

Unter der Schutzkleidung war Dr. Lieken kaum zu erkennen. Trotzdem steuerte Gordon gezielt auf ihn zu, da er den Freund unter Tausenden herausgefunden hätte. Konzentriert durchschnitt Lieken eine entnommene Niere und pulte mit der Pinzette sorgfältig einzelne Kristalle hervor, die er in einer Petrischale ablegte. Als er den stillen Beobachter endlich bemerkte, zuckte der Mediziner heftig zusammen und fasste sich an die Brust.

»Was ist los, Klaus? Hast du geglaubt, dass einer deiner Kunden wieder auferstanden ist?«

»Tu das nicht wieder, du Irrer. Leicht hätte ich mich dabei verletzen können.«

Um seinen Hinweis zu untermauern, hob er das Skalpell hoch und hielt es Gordon unter die Nase.

»Siehst du dieses Instrument? Damit trenne ich dir ein Kopfhaar in der Länge durch. Ich muss die beschissene Klinge nicht unbedingt in meiner Hand stecken haben, nur weil mir ein gelangweilter Bulle einen Schrecken einjagen wollte.«

Gordon hob beschwichtigend die Hände und zeigte seinen unterwürfigen Dackelblick, der ihm schon häufig in solchen Situationen geholfen hatte.

»Ist ja schon gut, du Mimose. Ich hatte nicht vor, dich umzubringen. Wir sind doch Blutsbrüder und haben uns auf ewig geschworen, gegenseitig zu helfen und das Leben des anderen zu schützen. Darf ich dich was fragen?«

»Selbst wenn ich nein sage, wirst du trotzdem fortfahren. Also lass es raus.«

Das Grinsen auf Gordons Gesicht verstärkte sich kurzzeitig, verschwand jedoch, als er die Frage stellte.

»Ich meine, mich erinnern zu können, dass du bei den Opfern dieser beiden Doppelmorde Schamhaare gefunden hast. Registriert ist die DNA ja nicht, wie du sagst. Doch erwähntest du eigentlich, ob es sich um männliche oder weibliche DNA handelt?«

Dr. Lieken überlegte nur kurz, nickte dann.

»Ich meine schon, dass ich von einem Pärchen sprach. Warum fragst du?«

»Was mich interessiert, ist, ob du außer der üblichen DNA-Analyse weitere Untersuchungen angestellt hast. Du hast mir einmal selbst erzählt, dass dir Spuren aus den mutmaßlichen Tätern ganze Geschichten erzählen können. Was ist denn nun damit?«

Lieken stemmte beide Arme in die Seiten, nachdem er seinen Gesichtsschutz endgültig heruntergezogen hatte. Gordon spürte, dass er ihn an einem empfindlichen Nerv getroffen hatte.

»Wenn du nach dem Schulkindergarten nicht direkt zur Polizei gegangen wärst, hätte man dir Lesen und Schreiben beibringen können. Das steht alles in den Unterlagen, die ich euch rübergefaxt habe. Soll ich dem Herrn Hauptkommissar das auch noch vorlesen?«

»Jetzt tanz mal hier nicht so rum, Rumpelstilzchen. Ich habe zufällig das Fax bei, das wir erhielten. Da steht, dass die DNA beim BKA nicht bekannt wäre. Du hast nicht einmal unterschrieben. Also mach mal nicht so einen Aufstand.«

Statt eine Antwort zu geben, drehte sich der Mediziner um und stürzte wild fluchend zu einem Regal, in dem er diverse Schübe aufzog und endlich das fand, wonach er gesucht hatte. Mit einem triumphierenden Grunzen knallte er drei DIN-A-4-Blätter auf das Laken, mit dem er eine ältere Frau teilweise abgedeckt hatte.

»Reicht dir das, du arroganter Scheißer? Da hast du die gesamte Analyse mit Diagrammen und dem toxikologischen Nachweis über Alkohol und Drogen. Ich habe die Haare auf Ethylpalmitat testen lassen. Übermäßigen Alkoholgenuss können wir bei beiden Personen sicher ausschließen. Da waren alle Beteiligten relativ zurückhaltend. Allerdings haben wir Nachweise dafür gefunden, dass beide Täter Kokain konsumiert hatten – und das in beträchtlichen Mengen. Die Taten geschahen wahrscheinlich in einem Rauschzustand.«

Dr. Lieken ließ das Gesagte wirken und beobachtete den Freund aus Augen, die teilweise von seinen herunterhängenden Haaren verdeckt wurden.

»Die Seiten zwei und drei sind mir und allen anderen aus dem Team unbekannt. Könnte es sein, dass ...?«

»Moment, Gordon. Sprich jetzt nichts aus, was du später bereuen könntest. Ich werde es dir beweisen.«

Lieken zog Gordon am Ärmel in sein unaufgeräumtes Büro und steuerte auf das Faxgerät zu. In einem Körbchen daneben stapelten sich die Faxprotokolle. Mit erstaunlicher Ruhe kramte Lieken darin herum und zog ein Blatt heraus. Als er den Finger auf einen Eintrag legen wollte, stutzte er und ging die Liste ein weiteres Mal durch.

»Ist was nicht in Ordnung, Herr Doktor?«, meinte Gordon nachlegen zu müssen, obwohl er schon längst mitgelesen hatte.

»Das kann doch nicht ... das ist nicht möglich. Dieses Mistding hat tatsächlich nur eine Seite durchgeschickt. Ich muss mich bei dir ...«

»Lass das um Gottes willen, Klaus. Das führte zwar zu einer Verzögerung, aber ist nun einmal passiert. Das konntest du nicht wissen. Jetzt haben wir wenigstens weitere Punkte, denen wir nachgehen können. Wir wissen nun, dass wir es mit einem Mörderpärchen zu tun haben und dass sie Drogen schnüffeln. Die müssen sie ja irgendwoher bekommen. Ich sehe, dass eine hohe Menge in den Haaren nachgewiesen wurde. Es lässt vermuten, dass die beiden Täter nicht nur größere Mengen, sondern hoch konzentrierten Stoff konsumiert haben. Den bekommst du nicht bei jedem x-beliebigen Dealer. Die verschneiden ihre Lieferungen doch tausendmal. Das grenzt die Lieferanten ein. Ich spreche mal mit den Kollegen der Drogenfahndung.«

»Es ist trotzdem Scheiße, Gordon, was mir da passiert ist«, blieb Lieken weiter am Ball.

»Ist jetzt gut, Klaus. Das kann passieren bei den veralteten Techniken, die man uns zur Verfügung stellt. Wer faxt denn heute noch? Nur bei deutschen Ermittlungsbehörden kann man diese fossilen Gerätschaften heute noch finden. Lass uns jetzt die neuen Spuren verfolgen. Ach, bevor ich es vergesse. Hast du Lust, mal wieder mit mir was Gutes hinter die Kiemen zu schieben?«

Dem Rechtsmediziner war anzumerken, wie gut es ihm tat, dass diese Schlamperei kein Aufsehen erregen würde. Er war sich sicher, dass Gordon das glaubwürdig verpacken würde.

»Gerne doch. Aber nur unter der Bedingung, dass ich zahle.«

Nur zögernd schlug Gordon in die Hand ein, über die immer noch ein blutiger Handschuh gezogen war.

»Ich hätte schwören können, dass ich den Abend davor das Papierfach aufgefüllt hatte«, behauptete Leonie. »Das darf nicht noch einmal passieren. Aber jetzt wissen wir wenigstens, wie Liekens kompletter Bericht aussah. Ich muss sagen, dass ich bisher nie von einer Mordserie hörte, die von einem Pärchen durchgeführt wurde. Eigentlich ist das doch für Frauen atypisch, Morde in Serien auszuführen. Die bevorzugen doch die zumeist unspektakulären und unauffälligen Morde mit Gift oder dem vorgetäuschten Herztod.«

Kai sah von dem Berichtanhang der Rechtsmedizin hoch und korrigierte seine Kollegin in dem Zusammenhang.

»Da gab es schon Ausnahmen, allerdings meist in den Staaten oder in Großbritannien. Mir fallen da spontan Karla Homolka und ihr späterer Ehemann Paul Kenneth Bernardo ein. Die wurden wegen Vergewaltigung und Mord verurteilt. Man kannte sie besser unter der Bezeichnung Ken and Barbie of Murder and Mayhem. Vergessen wir nicht Bonny and Clyde. Das berühmteste Pärchen kommt allerdings aus England. Erinnert ihr euch an die Namen Fred und Rose

West? Die beiden waren der Hammer. Die bauten sich sogar einen eigenen Folterkeller. Mit Vorliebe quälten die darin etliche Kindermädchen, Teenager und sogar die eigene Tochter. Nachgewiesen wurden den beiden mindestens zweiundzwanzig Morde. Rose soll sogar am Anfang der Beziehung die eigene Stieftochter ermordet haben.«

Mit offenen Mündern hatten Gordon und Leonie den Darstellungen ihres sonst relativ zurückhaltenden Kollegen gelauscht. Leonie tätschelte ihm die Wange und konnte ihr Lob nicht zurückhalten.

»Wow. Wusste gar nicht, dass du im Bereich Kriminalgeschichte so bewandert bist. Wieso speicherst du solche schrecklichen Daten ab? Das hört sich ja absolut gruselig an.«

»Das ist mehr Zufall. Irgendwann habe ich im Fernsehen mal eine Dokumentation gesehen, in der das Thema behandelt wurde. Da gab es Hinweise auf Verfilmungen. Die habe ich mir alle angesehen. Nicht unbedingt empfehlenswert, wenn man in die Flitterwochen fahren möchte. Aber so ungewöhnlich sind diese Mörderkonstellationen gar nicht. Ich fand immer interessant, aus welchen Verhältnissen diese Menschen stammten. Rose und Fred West zum Beispiel stammten aus inzestuösen Verhältnissen. Ich denke, dass da ihr Rechenzentrum was abbekommen hat.«

»Hört sich interessant an. Vielleicht sollten wir mal mit unserem Psychologen darüber reden. Der wird den einen oder anderen Hinweis geben können, woher die Motivation kommen könnte. Das Bild der Tatorte weist ja immerhin Ähnlichkeiten auf und lässt auf Vorlieben schließen. Ich frage da mal nach. Nun werde ich gleich mal die Kollegen von der Drogenfahndung aufsuchen, um rauszufinden, wer in der Stadt besonders reinen Stoff anbietet. Wir haben zumindest jetzt zwei Ansatzpunkte. Ich möchte außerdem, dass ihr gezielt nach unaufgeklärten Fällen in Deutschland recherchiert, die ein solches Tatmuster aufweisen. Möglicherweise können wir den Weg der Täter nachverfolgen und die Schlinge weiter zuziehen. Ich bin dann mal nebenan bei den Kollegen.«

Leonie hielt Gordon am Arm zurück und senkte die Stimme, als sie ihn fragte: »Was wollte Kläver von dir? Du hast uns noch nichts erzählt.«

Beiden Kollegen fiel Gordons Zögern auf, als er überlegte, inwieweit er die beiden einweihen sollte. Er entschied sich für eine Notlüge.

»Nichts Besonderes. Er wollte auf dem Laufenden gehalten werden, was die Doppelmorde betrifft. Das hätte er auch am Telefon machen können. Ihr müsst euch keine Sorgen machen.«

Schon während er das Büro verließ, wusste Gordon, dass sie ihm das nicht abgenommen hatten. Er nahm sich vor, sie später ins Vertrauen zu ziehen – sie hatten es verdient, dass er ehrlich zu ihnen war.

16

Shilas Pupillen hatten sich in beängstigender Weise geweitet, was darauf hinwies, dass sie sich eine kräftige Portion Kokain gegönnt hatte. Die Rückenlehne ihres Sitzes hatte sie in eine bequeme Position gestellt, während sie den Eingang des Einkaufscenters beobachtete. Wolf hatte seinen imposanten Body auf dem Rücksitz des Wagens ausgebreitet und genoss die leise Musik, die aus den Lautsprechern ertönte. Er benötigte einen Moment, bis er auf die Frage seiner Partnerin eine Antwort fand.

»Wie viel Knete haben wir noch übrig? Dass Otte den Preis so stark angehoben hat, konnte ich nicht wissen. Der Schwanz soll ihm dafür abfaulen. Du bist nur von Ganoven umgeben, die einen abzocken wollen. Was ist denn nun, Schatzmeister? Kommt da mal langsam eine Antwort?«

Schon am Tonfall konnte Wolf erkennen, dass Shila kurz vor einem Wutanfall war. Wo andere Kokser vom Konsum lustig und gelöster reagierten, führte es bei seiner Partnerin vermehrt zu Aggressionen. Wenn kein anderes Objekt in der Nähe war, bekam er ihre Wut zu spüren, was einmal sogar dazu führte, dass sie ihm das Messer an die Kehle setzte. Und das nur, weil er ihr wenige Tropfen vom heißen Kaffee auf die nackten Schenkel verschüttet hatte. Er schrak hoch und suchte in seiner Hosentasche nach den restlichen Geldscheinen.

»Für ein Abendessen bei Burger King reicht es. Doch an Otte können wir uns damit nicht mehr wenden. Hast du was Neues ausbaldowert? Ich habe übrigens Kohldampf.«

Wolf konnte aus seiner Position gut erkennen, wie sich der mächtige Busen von Shila hob und senkte. Es zeigte ihm, wie stark ihre Erregung im Moment war. Sie war, abgesehen vom inhalierten Kokain, auf Entzug. Diese Nervosität entstand bei ihr, wenn sie Lust empfand. Er folgte ihrem Blick, der einem auffallend hübschen weiblichen Teenager folgte, die verzweifelt über den Parkplatz blickte, so als suchte sie nach ihrem Auto. Immer wieder drückte sie auf ihre Fernbedienung, in der Hoffnung, dass die Lichter ihres Fahrzeugs aufblinken könnten. Alle Bemühungen blieben ohne Erfolg. Sie setzte sich schließlich auf einen Treppenabsatz und fingerte in ihrer Tasche nach dem Telefon. Wolf wusste im gleichen Augenblick, dass die Uhr dieser jungen Frau gerade ablief. Wenn Shila sich auf ein Opfer fixiert hatte, gab es für sie kein Zurück mehr. Sie öffnete die Tür und rückte ihre Klamotten zurecht. Dann steuerte sie zielgenau auf das Mädel zu. Wolf kannte die Vorgehensweise von Shila und schwang sich auf den Fahrersitz. Vorsorglich startete er den Wagen und wartete ab.

»Hast du eine Ahnung, wo ich hier bin? Ich finde meinen verdammten Wagen nicht mehr«, eröffnete sie das Gespräch und ließ sich erschöpft aufstöhnend neben dem Mädchen nieder. »Ich weiß nur, dass es die Boxnummer zweiundsechzig war, aber nicht mehr welcher Buchstabe. Ich kann so langsam nicht mehr. Um halb sieben muss ich meine Tochter abholen und diese verdammte Mistkarre ist nirgendwo zu finden.«

Die junge Frau hatte ihre Überraschung schnell überwunden, als sie feststellte, dass sie neben einer Leidensgenossin saß. Erleichtert steckte sie das Telefon wieder weg und lachte etwas gezwungen.

»Na, dann bin ich wenigstens nicht die Einzige, der so was passiert. Ich suche meinen Wagen ebenfalls. Ich bin mir sicher, dass er am Rand eines großen Parkplatzes steht. Da stelle ich den Mini immer ab, damit keine Kratzer drankommen. Der gehört meinem Freund. Der reißt mir den Kopf ab, wenn ich ihm 'ne Macke ins Auto fahre. Wir können ja gemeinsam suchen. Was fahren Sie denn?«

Schnell überlegte Shila, welchen Fahrzeugtyp sie vorschieben sollte, und entschied sich für einen älteren Ford, den man noch nicht mit Fernschließung versehen hatte.

»Das ist dann nicht so gut. Meiner reagiert wenigstens schon auf das Signal. Kommen Sie, vielleicht haben wir ja Glück und wir stehen auf dem gleichen Gelände.«

Die Frau warf ihre tiefschwarzen Haare zurück, fasste ihre Einkaufstüte fester und wartete, bis Shila sich müde wirkend erhoben hatte. Die hatte längst Blickkontakt mit Wolf aufgenommen, der den beiden langsam fahrend folgte. Das Vorhaben entwickelte sich genauso, wie es sich Shila gewünscht hatte. Man entfernte sich immer weiter von der Zone, in der reger Betrieb herrschte. Zum Ende des Platzes wurde es zusehends ruhiger. Wolf fuhr näher heran und setzte sich genau neben die sich suchend umblickende Frau. Wenige Meter weiter parkte er ein und öffnete die hintere Tür, so als würde er nach etwas suchen. Shila warf sich gegen die junge

Frau und drückte sie erbarmungslos auf den Rücksitz. Das schmutzige Tuch hielt sie dem Mädel so lange über Mund und Nase, bis es ohnmächtig vor ihr liegen blieb. Niemand hatte diesen Zwischenfall bemerkt, was ein prüfender Blick von Wolf bewies. Minuten später parkte der graue Mercedes zwischen wildem Gestrüpp unweit des Mülheimer Flughafens.

Wolf hatte sich diskret zurückgezogen, nachdem er die Plane auf dem Rücksitz ausgebreitet hatte, die Blutflecken im Polster vermeiden sollte. Sein Blick war in die Ferne gerichtet. Er wusste, dass es Shila nicht nur um das Geld ging, das sie bei der Frau vermutete. Er kannte ihre Vorlieben und den abgrundtiefen Hass, den sie gegenüber schwarzhaarigen jungen Frauen hegte. Er erinnerte sich immer wieder in diesen Situationen an die Geschichte, die ihm Shila aus ihrer Zeit im Jugendheim erzählt hatte.

... Die Kinder wussten genau, womit sie sich den strengen Blicken der Erzieherinnen entziehen konnten. Fast den ganzen Tag über lief das Geschehen nach festen Regeln ab, was diverse Arbeiten auf dem Feld oder im hauseigenen Garten einbezog. Doch nach dem Abendessen durften sie alle für etwa zwei Stunden selbst bestimmen, womit sie sich beschäftigen wollten. Es gab Augenblicke, in denen sie völlig ohne Aufsicht andere Mädchen quälen konnten, die nicht einer festen Gruppe angehörten. Diese Mädchen waren zum Abschuss freigegeben, wie es immer hieß. Shila war vom Geschehen zu Hause geprägt und konnte sich keiner Gruppe unterordnen. Sie war eine Einzelgängerin, die grundsätzlich gemieden wurde, dadurch zum Ziel schlimmster Anfeindungen wurde. Immer wieder wurde sie von einer Mädchenhorde drangsaliert, deren Anführerin eine ausnehmend hübsche Schwarzhaarige war, die sich allerdings auf das Hetzen beschränkte. Ihre Vasallen waren es, die Shila immer wieder quälten. Der Diebstahl von persönlichen Gegenständen war das kleinste Übel. Mit dem Anbinden an Bäumen und Bewerfen mit Fäkalien sah das anders aus. Mit jedem Tag, den man ihr Schlimmeres antat, wuchs der Hass gegenüber der Anführerin. Es war eine verregnete Nacht, als in Shila der Entschluss reifte, dem ein Ende zu bereiten.

Rosa war die Abkürzung des eigentlichen Namens Rosalie. Nur so durfte man sie nennen, wenn man einer Bestrafung entgehen wollte. Sie bestand darauf, zum Schluss, wenn alle die Duschen verlassen hatten, ihr Reinigungsprozedere durchzuführen. Genau das war es, was Shila für sich nutzen wollte. Es war allgemein bekannt, dass sich Shila vor dem Zubettgehen vor dem Haus oder der Terrasse aufhielt, um das Geschnatter der anderen Mädchen nicht ertragen zu müssen. Es gab einen Nebeneingang, der in die Kellerräume des Hauses führte, in denen sich die Duschen befanden. Der selbst gebastelte Dietrich erfüllte genau seinen Zweck und öffnete ihr leise die Tür. Bis dahin konnte sie das Singen der verhassten Rosa hören, die völlig allein das Wasser über ihren prachtvollen Körper prasseln ließ. Längst hatte sich Shila ihrer Kleider entledigt, um nicht mit durchnässten Klamotten zwischen den anderen Mädchen aufzutauchen. Das Küchenmesser, das sie sich ausgeliehen hatte, lag gut in der Hand, die nicht einen Moment zitterte. Diesmal war es nicht dieser verhasste Schwanz des Vaters, sondern der Hals dieser aufgeblasenen Tussi, den sie durchschneiden wollte.

Rosa spürte nicht einmal, dass jemand hinter ihr auftauchte. Erst als sich eine Hand über ihren Mund legte und die Klinge ihren Hals berührte, versteifte sie den Körper und stellte für einen Moment die Atmung ein. Leise drangen die Worte an ihr Ohr, die ihre Panik wachsen ließen.

»Wie ist das, wenn man Angst hat? Sag es mir, du Miststück. In wenigen Augenblicken werde ich dir die Kehle durchschneiden. Das Blut wird in hohem Bogen aus der Halsschlagader schießen – mit jedem Herzschlag. Poch ... poch ... poch. Du kannst nicht mehr schreien, da deine Stimmbänder ebenfalls durchtrennt wurden. Poch ... poch ... poch. Dein Blut wird durch den Abfluss verschwinden, aber auch dein verficktes Leben mit ihm. Du wirst so schwach, dass du ohnmächtig zusammenbrichst. Dann stirbst du. Aber das tust du mit dem Wissen, dass ich weiterleben werde. Morgen früh, nachdem sie deinen beschissenen Leichnam längst gefunden haben und sich fragen werden, wer das wohl getan haben mag, werde ich ruhig zum Frühstück gehen und meine Unschuld beteuern.«

Shila verstärkte mit einer gewissen Freude den Druck auf Rosas Kehle und genoss das Beben in den Gliedern des Mädchens.

»Willst du rückwärts zählen oder soll ich es für dich tun? Dein Leben endet hier in dieser Dusche, bevor es richtig begonnen hat. Eigentlich schade. Aber es war eh nichts wert, so wie dein Charakter, Rosa. Du hast es einfach nicht verdient, erwachsen zu werden. Du bist schon jetzt eine arrogante Schlampe. Zehn ... neun ... acht ...«

Unvermittelt zog Shila das Messer über die zarte Haut des Halses und umklammerte fest den nackten Leib des Mädchens, das sich befreien wollte. Die Zuckungen wurden immer schwächer, bis Shila sie einfach auf den Boden gleiten ließ. Seelenruhig griff sie nach dem Handtuch des Opfers und trocknete sich die Wassertropfen, die sie erreicht hatten, ab.

Zwei Mädchen aus der Rosa-Gruppe hatten sich einige Meter neben Shila auf der Terrasse eingefunden, als ein schriller Schrei durch das Haus hallte ...

Wolf richtete sich darauf ein, in Kürze die Überreste des Mädchens entsorgen zu müssen. Wenn Shila den Rausch des Tötens durchlebt hatte, war sie völlig erschöpft und so von Glücksgefühlen erfüllt, dass mit ihr nicht zu reden war. Sie befand sich dann in einer anderen Welt voller Frieden und sexueller Befriedigung. Wolf konnte nur hoffen, dass sich die Entführung auch finanziell gelohnt hatte.

17

»Gut dass du auftauchst, Gordon. Kommissar Wohlert von der Drogenfahndung bat um Rückruf. Du darfst aber gerne runterkommen. Dann hat noch Denise angerufen. Es wäre dringend. Und Kläver ...«

Gordon winkte ab und unterbrach Leonie damit.

»Wie klang Denise? War sie panisch, sodass sie und der Junge in Gefahr sein könnten?«

»Nein, eigentlich nicht. Ich würde sagen, dass sie eher bedrückt, also traurig war. Kläver meinte, dass er um etwa elf vorbeikommen würde. Aber Wohlert hörte sich interessant an. Hau ab, wir halten die Stellung. Ich muss immer noch diesen bescheuerten Bericht zum Suizid schreiben.«

»Sollte Denise noch mal anrufen, sage ihr, dass ich mich nachher bei ihr melde. Ich habe schließlich noch diesen von ihr so verteufelten Brotjob und muss meine Brötchen verdienen. Schließlich will sie ja monatlich ihren Unterhalt.«

»Ho ho, höre ich da tiefen Frust raus, Gordon? Ich dachte schon, ihr hättet wieder Frieden geschlossen. Das hört sich aber ganz anders an. Nun ja, ist nicht meine Baustelle. Entschuldige, dass es mir so rausgerutscht ist.«

Gordon winkte ein weiteres Mal ab und verschwand eilig aus dem Büro. Im Drogenbereich herrschte eine gewisse

Unruhe, da sich einige Beamte auf einen Einsatz vorbereiteten. Trotzdem wurde Gordon mit einem freundlichen Hallo begrüßt. Dino Wohlert, der tief über eine Mappe gebeugt am Schreibtisch saß, gönnte Gordon einen kurzen Blick und ein Knurren, das man mit Wohlwollen als Begrüßung bezeichnen konnte. Er zeigte seinem Besucher mit einer Handbewegung, dass er ihm gegenüber Platz nehmen sollte.

»Bin sofort bei dir. Nimm dir solange einen Schluck von der schwarzen Brühe da drüben.«

Eine Kopfbewegung wies Gordon den Weg zur Maschine, die wohl schon Stunden einen Bratkaffee warmhielt. Er ignorierte die Aufforderung und beobachtete seinen ehemaligen Freund aus Ausbildungszeiten beim Markern eines Berichtes.

»So, das ist erledigt«, meinte Dino Wohlert und warf den Pferdeschwanz seines schon stark ergrauten Haares nach hinten. »Jetzt habe ich Zeit für dich. Keinen Kaffee? Kann ich verstehen. Ich ziehe uns beiden einen am Automaten. Kleinen Augenblick. Immer noch keine Milch, dafür zweimal Zucker?«

Er wartete Gordons Nicken nicht ab und erschien nach drei Minuten mit den Pappbechern. Zwei Männer saßen sich gegenüber, die über geballte Erfahrung in ihrem Aufgabenbereich verfügten. Wohlert brach das Schweigen, nachdem er einen kräftigen Schluck genommen hatte.

»Du suchst also nach einem meiner Kunden, der möglichst reinen Stoff unters Volk bringt. Richtig? Da kommen doch schon einige Vögel infrage. Ich muss dir ja nicht erklären, wie oft die Ganoven den Stoff verschneiden, um den höchsten Gewinn abschöpfen zu können. Aber in der

Yuppieszene hat sich mit der Zeit herumgesprochen, wer die beste Ware liefert. Reines Kokain wirst du trotzdem kaum bekommen, wobei das auch für den Konsumenten gefährlich sein dürfte.

Doch was wir in letzter Zeit erleben müssen, ist haarsträubend. Du glaubst gar nicht, was die Drecksdealer alles untermischen, nicht nur zur Gewinnoptimierung, sondern um die Wirkung zu verstärken. Normal war bisher Zucker und Kreatin zum Strecken. Das war gestern.

Wir hatten letzte Woche einen Toten, bei dem wir Reste in den Taschen fanden. Weißt du, was Levamisol ist?«

Gordon schüttelte den Kopf.

»Hätte mich auch gewundert. Das ist ein Anthelminthikum, das gegen parasitäre Würmer bei Tieren eingesetzt wird. Es verursacht beim Menschen Agranulozytose, eine starke Verminderung weißer Blutkörper. Mit diesem Mittel verschneiden die Dreckschweine das Kokain. Es ist eines der häufigsten Streckmittel, obwohl das im Einkauf teurer ist als das Kokain selber. Warum mischt man das dazu?

Dazu muss man wissen, dass Levamisol die Menge an Dopamin steigert, das im Gehirn ausgeschüttet wird. Kokain blockiert das Protein, welches Dopamin weitertransportiert. Kurz gesagt: Levamisol erhöht die Wirkung von Kokain und damit den Rausch beträchtlich. Überdosierungen sind daher gefährlich geworden. Und du suchst jemanden, der einen Täter bedient? Hat denn Dr. Lieken bestimmte Stimulanzien im Blut gefunden?«

Gordon kramte seinen Bericht hervor und suchte nach der Auflistung. Dino nahm ihm das Papier aus der Hand und suchte selbst danach.

»Da haben wir es doch schon, Gordon. Kokain selbst kann im Körper nicht lange nachgewiesen werden, es wird in der Leber relativ schnell abgebaut. Allerdings kann das Abbauprodukt Benzoylecgonin erkannt werden. Außerdem führt das Labor Spuren von Levamisol und Ketamin auf. Ich hoffe, dass wir die Spurennachweise mit den Analysen der Kokainfunde abgleichen können, die wir bei unseren Dealern sicherstellen konnten. Dazu benötigen wir allerdings sehr viel Glück, denn die Lieferanten und die Verschnittarten wechseln ständig. Lass mir die Analyse hier. Ich kümmer mich darum.«

Der Zeiger der Uhr näherte sich unaufhaltsam der Elf. Gordon hatte sich innerlich auf die Begegnung mit Kriminalrat Kläver eingestellt und war gewillt, keinen Millimeter von seiner Meinung abzuweichen, die Kläver zur Genüge kannte. Immer wieder spürte er die forschenden Blicke von Kai und Leonie auf sich, die ihren Chef kannten und die Angespanntheit längst registriert hatten. Als sich die Tür endlich öffnete und der Kriminalrat erschien, trat augenblicklich Stille ein.

»Was ist denn hier los? Ich habe ja kein Blasorchester erwartet, aber ein fröhliches Guten Morgen Herr Kläver wäre doch das Mindeste, was man an einem so sonnigen Tag erwarten darf. Guten Morgen, Leute. Nun? Jetzt aber.«

»Guten Morgen, Herr Kläver«, kam es aus verschiedenen Ecken, jedoch ohne die eingeforderte Euphorie.

»Geht doch, meine Damen und Herren. Ich wollte mir mal vor Ort ansehen und anhören, wie es vorwärtsgeht. In meiner Dachkammer bekommt man ja kaum etwas mit. Frau Volkert war der Meinung, dass ich mich mehr unters Volk mischen sollte, da ich mich viel zu lange da oben einsperre. Recht hat sie. Da bin ich und erwarte einen regen Austausch. Vorher habe ich etwas mit Ihnen, Herr Rabe, zu besprechen. Darf ich mich setzen?«

Längst hatte Kläver auf dem Stuhl an Gordons Schreibtisch Platz genommen, die Tür verschlossen und sich zu ihm hingebeugt.

»Ich ... ich wollte Ihnen sagen, dass unser Gespräch nicht so gut gelaufen ist, wie ich es mir gewünscht hätte. Vielleicht habe ich mich nicht in allen Punkten so richtig, ich meine geschickt ausgedrückt. Das mit Ihrem Sohn ... es tut mir aufrichtig leid. Man sagte mir, dass tatsächlich jemand in dem Haus gewesen sein müsste. Somit habe ich dem Jungen unrecht getan. Sagen Sie ihm, dass ...«

»Soll das eine Entschuldigung werden? Wissen Sie, Herr Kriminalrat, wenn Sie mir einen reinwürgen wollen, kann ich damit leben. Natürlich nur, wenn es berechtigt ist. Aber egal. Darüber kann man diskutieren. Doch ich lasse auf keinen Fall zu, dass man meinen Sohn da mit hineinzieht. Das Kind muss mit einem Handicap leben, das ihn schon genug straft. Das ist zumindest unser Empfinden. Er selbst kennt diesen Unterschied nicht zu uns, die wir diese Einschränkung nicht haben. Er, so denke ich, ist in seiner Welt ebenso glücklich wie andere Kinder in ihrer. Er kennt es nicht anders. Doch nehme ich Ihre Entschuldigung gerne an und werde den Vorfall vergessen. Falls Sie etwas über unsere Ermittlungen erfahren möchten, darf ich Sie zum Tisch bitten. Und ...« Gordon hielt seinen Vorgesetzten zurück, der sich schon auf den Weg machen wollte. »... Danke. Ich mag

Menschen, die das Gespräch suchen, wenn sie glauben, einen Fehler gemacht zu haben.«

Kläver war die Erleichterung anzumerken, als er in die Hand einschlug, die Gordon ihm entgegenhielt. Die Gespräche verstummten augenblicklich, als sich die beiden Männer an den Tisch setzten, wo bereits Kai und Leonie neben dem Rest des Soko-Teams auf sie warteten.

18

Es klingelte mindestens fünfmal, bevor sich Denise am Telefon meldete. Gordon wollte schon genervt aufgeben, als ihre Stimme dann doch zu hören war.

»Störe ich? Dann rufe ich später noch mal an. Aber eigentlich warst du es ja, die mich sprechen wollte. Was gibt es Wichtiges, dass du mir Beachtung schenken möchtest?«

»Können wir uns auch wie normale Ehepartner unterhalten? Ich werde dir nicht allzu viel deiner wertvollen Zeit rauben. Es geht um den Jungen. Frage mich bitte nicht, wie er davon erfahren konnte. Aber er weigert sich, mit zu meinen Eltern zu ziehen. Er hat sich in sein Zimmer verzogen und spricht nicht ein Wort mit mir. Ich komme einfach nicht an ihn ran.«

Er wollte es eigentlich nicht sagen, konnte jedoch die Worte nicht zurücknehmen, die längst seine Lippen verlassen hatten: »War das überhaupt jemals der Fall?«

»Wie meinst du das, Gordon?«

»Du weißt genau, wie ich es meine. Als dir damals der Arzt mitteilte, dass unser Sohn unter Autismus leidet, und das für den Rest seines Lebens, bist du doch zusammengebrochen und hast dich eine Woche lang bei deinen Eltern eingeschlossen. Glaubst du, dass ich das vergessen habe? Ich will nicht behaupten, dass es heute noch so ist, aber du hast es persönlich genommen. Ich meine diese Einschränkung bei unserem Kind. Du konntest es einfach nicht akzeptieren, dass die Frucht deines Leibes nicht so makellos war, wie du es dir ausgemalt hattest. Ich habe all die Jahre darüber hinweggesehen und gespürt, dass du dir zumindest Mühe gegeben hast. Doch eines hast du niemals schaffen können.«

Hier machte Gordon eine bedeutsame Pause. Denise schwieg am anderen Ende, wagte nicht, ihn zu unterbrechen.

»Den Jungen hast du unterschätzt. Ich habe mich mit deinen Gefühlen ihm und mir gegenüber arrangiert. Doch ich glaube, dass Jonas dazu nicht bereit, möglicherweise nicht fähig war. Dass ihm Empathiefähigkeiten abgehen, ist selbst dir bekannt, aber das allein wird nicht der Grund für seine häufige Ablehnung dir gegenüber sein. Selbst zu Fremden fühlt er sich ab und zu hingezogen. Bei dir vermisst er die vorbehaltlose Zuneigung, die er von der leiblichen Mutter erwarten dürfte.

Bitte nimm mir das nicht übel. Aber es musste raus. Mich hat es erstickt, weil ich das Betteln nach deiner Liebe in seinen Augen sah. Du kannst das – das weiß ich. Du musst es nur zulassen, ihn so anzunehmen, wie Gott ihn geschaffen hat. Jonas trägt die geringste Schuld daran, dass es zwischen uns ständig blitzt. Er sieht nicht ein, dass er darunter ebenfalls leiden soll.«

Gordon lauschte, hörte weiterhin das Rauschen in der Leitung. Dazwischen ein leises Schluchzen.

»Bist du noch da, Denise? Bitte antworte mir doch. Es tut mir leid, dass ich so direkt war. Natürlich liebst du den Jungen. Ich ... ich bin ein Arschloch.«

Gordon ließ den Kopf sinken und dachte darüber nach, welchen Schaden er wohl in diesen vergangenen Minuten angerichtet haben mochte. Längst war das Rauschen in ein sich schnell wiederholendes Tuten übergegangen. Endlos müde und enttäuscht über sich selbst legte er das Telefon zurück in die Schale. Keine Sekunde zu früh, denn Kai stürmte in Gordons Büro und verkündete aufgeregt:»Pablo ist wieder gesehen worden. Komm bitte.«

»Wir haben sofort einen Wagen losgeschickt, um den Brief abholen zu lassen. Müsste jeden Augenblick hier sein.«

Gordon starrte entgeistert auf Leonie, die sich wieder entfernen wollte.

»Welchen Brief, verdammt? Was faselst du da, Leonie?«

»Hat dir das noch keiner gesagt? Ach ja, du hast ja lange telefoniert. Also. Da tauchte ein Mann mit südländischem Aussehen an einem Kiosk in der Altenessener Straße auf und übergab an die Inhaberin einen Brief, den sie unbedingt der Polizei übergeben sollte. Ohne ein weiteres Wort soll der wieder verschwunden sein. Adressiert war der Brief an dich. Die Frau konnte sich gut an den Typen erinnern, da sie schon vor Wochen die Geschichte um das Phantom in der Presse verfolgt hatte. Kein Wunder, die Zeitungen liegen ja den ganzen Tag vor ihr. Sie hat Pablo Martinez sofort wiedererkannt, obwohl er jetzt lange schwarze Haare und eine dunkle Brille trägt.«

»Warum hat mich keiner von euch benachrichtigt?«

»Jetzt bleib mal auf dem Teppich, Gordon«, schaltete sich Kai dazwischen. »Du hast mit Denise telefoniert und sahst nicht danach aus, als würdest du dich gerne stören lassen.

Abgesehen davon hätte es die Sache nicht beschleunigt. Pablo wird mittlerweile über alle Berge sein und den Brief haben wir sofort abholen lassen.«

Wütend auf sich selbst steckte Gordon beide Hände in die Taschen seiner Jeans. Jeder konnte erkennen, wie sich die Fäuste schlossen und wieder öffneten. In dem Augenblick, als er etwas sagen wollte, öffnete sich die Tür und ein Polizeibeamter betrat zögernd den Raum. Der zuckte erschrocken zurück, als ihm ein großer Mann im Jeansanzug den Brief aus der Hand riss, den er wie eine zerbrechliche Vase vor sich hertrug. Kai bedankte sich bei dem Beamten und schob ihn wieder aus dem Büro. Jeder verfolgte Gordon, der den Brief vorsichtig auf den Besprechungstisch legte. Mit leicht zittrigen Fingern schob er den Brieföffner in die obere Lasche und begann damit den Verschluss zu trennen. Zum Vorschein kam ein handelsübliches weißes DIN-A-4-Blatt, das Gordon entfaltete. Keiner wagte zu sprechen. Alle warteten gespannt darauf, dass ihr Chef den Text vorlas.

Es wird bald ein Ende haben. Wie fühlt man sich, wenn die Entscheidung darüber ansteht, wer überleben darf? Du musst sie treffen. Bald. Ich vergesse nicht, was du mir angetan hast. Einer muss dafür sein Leben geben. Ich werde einen von euch mitnehmen in das ewige Reich, wo es Frieden für alle gibt.

Du wirst in die flehenden Augen deiner Frau Denise sehen müssen, aber auch in die deines Kindes. Alle werden darum bitten, dein Leben für das ihre herzugeben, denn ich habe mir geschworen, einen von euch auszulöschen und mitzunehmen in die Ewigkeit. Suche mich nicht, denn ich werde dich finden.

Gordon hatte die Nachricht des Killers stockend vorgelesen. Jeder im Raum spürte, wie er um Fassung rang. Er bemerkte nicht einmal, wie Kai sich zurückzog und eine Nummer auf dem Handy wählte. Seine Anordnung war mehr geflüstert.

»Mia, bring sofort die beiden in Sicherheit. Ich lasse euch von einem Einsatzkommando abholen. Er muss in der Nähe sein und will die beiden holen!«

Als Kai sich umdrehte, sah er nur noch, wie Gordon seine Schublade im Schreibtisch aufriss, die Dienstwaffe herausholte und in das Holster schob. Dann stürmte der Hauptkommissar aus dem Raum. Einsam lag das Schreiben auf dem Tisch. Es schien plötzlich für alle magisch zu leuchten.

19

»Wo sind sie?«

Polizeimeisterin Mia Richter schrak heftig zusammen und tastete nach ihrer Waffe, als Gordon Rabe unvermittelt um die Hausecke auf sie zueilte, während sie mit dem Feldstecher die Umgebung absuchte.

»Verdammt, Herr Rabe, Sie hätten mich fast zu Tode erschreckt. Warum nehmen Sie nicht den Hauseingang vorne? Wie leicht hätte ich Sie erschießen können?«

»Wie denn, mit beiden Händen am Fernglas? Sie wären längst tot, wenn ich Martinez gewesen wäre. Ich will Ihnen aber keinen Vorwurf machen. Was gibt es Neues? Wie lange sind Sie wieder hier? Ich vermute mal, dass drinnen alles gut ist. Ich sehe mal rein.«

»Leider konnte ich erst vor zehn Minuten anfangen. Wir hatten einen Einsatz in Kray. Aber die beiden scheinen wohlauf zu sein.«

Gordon stoppte vor der Terrassentür und drehte sich um.

»... scheinen wohlauf zu sein? Heißt das, dass Sie das nicht überprüft haben?«

»Ihre Frau konnte ich schon begrüßen. Der Kleine, sagte sie mir, ist oben in seinem Zimmer. Gesehen habe ich ihn nicht, wenn es das ist, was Sie meinen.«

Ohne weiter zu diskutieren, bahnte sich Gordon den Weg, indem er den Vorhang zur Seite fegte und die Treppe zum oberen Geschoss hinaufrannte. Erst als er vor dem Zimmer stand, in dem er Jonas wusste, blieb er, mehrfach durchatmend, stehen.

»Jonas? Darf ich reinkommen? Papa ist hier. Ich will mit dir reden.«

Gordon rechnete mit keiner Spontanreaktion, dafür kannte er das Krankheitsbild des Jungen zu genau. Alles geschah bei ihm mit starker Verzögerung. Sekunden verstrichen, in denen Gordons Geduld auf eine starke Probe gestellt wurde. Zaghaft klopfte er, um den Jungen auf sich aufmerksam zu machen. Nichts geschah. Hinter der Tür herrschte absolute Ruhe.

»Was machst du da oben? Lass ihn in Ruhe. Jonas muckt wieder rum. Das habe ich dir schon am Telefon erzählt. Der will eben mit niemandem reden – scheinbar auch nicht mit dir. Mach nicht so ein Theater wegen eines Briefes und erzähl mir mal, was dieser Mann überhaupt von uns will.«

Den Einwand von Denise ignorierte Gordon und klopfte erneut an die Tür, jetzt aber energischer. Als sich drinnen immer noch nichts regte, drückte er die Klinke herunter. Ohne Erfolg. Der Junge hatte die Tür von innen verschlossen. Eine Maßnahme, die er schon, als er vor Monaten ausgezogen war, strikt untersagt hatte. Schlagartig wurde ihm bewusst, dass hier etwas nicht stimmte. Mit aller Wucht warf er sich gegen die Tür und stand schwer atmend in einem Raum, der verlassen schien. Gordon stürmte zum offenstehenden Fenster, dessen Gardinen vom Wind wild hin und her geweht wurden. Direkt unter ihm konnte er das Vordach zum

Kellereingang erkennen, auf dem Gordon die auseinandergeplatzte Fernbedienung des Fernsehers entdecken konnte. Sein Blick glitt über die Vorgärten der Nebenhäuser, durch die der Verbrecher mit Jonas geflohen sein musste.

»Nein, nicht der Junge. Bitte nicht Jonas. Der hat doch nichts damit zu tun. Warum vergreifst du Saukerl dich immer nur an den Schwächsten? Nimm mich, dann können wir es ein für alle Mal klarmachen.«

»Mit wem sprichst du, Gordon? Wo ist Jonas?«

Denise war der Lärm in Jonas Zimmer nicht entgangen und war Gordon gefolgt. Sie stand mit vor den Mund gelegter Hand und verzweifelt umhersuchenden Augen mitten im Zimmer. Als sich zwei harte Hände um ihre Schultern legten und sie heftig schüttelten, erschrak sie.

»Du fragst mich, wo Jonas ist? Ist das dein Ernst? Warum hast du den Jungen stundenlang allein hier oben sitzen lassen? Sag es mir? Ich habe dir unser Kind anvertraut. Oh, mein Gott, was will er mit dem unschuldigen Jungen? Du hättest verdammt noch mal nach ihm sehen müssen!«

Denise wirkte wie gelähmt, ließ alles geschehen und schwieg. Der Schock hatte sie fest in den Klauen. Sie versuchte erst gar nicht, sich aus dem harten Griff von Gordon zu befreien, starrte nur ins Leere. Die herabrollenden Tränen hinterließen Streifen in ihrem tadellosen Make-up. Wie eine willenlose Puppe ließ sie sich an die Brust des Mannes drücken, den sie einmal abgöttisch geliebt hatte. Als Mia Richter den Raum betrat, wurde sie Zeuge eines Zusammenbruchs zweier Menschen, die in Not ihr Leid offen zeigten. Zaghaft zerrte sie am Ärmel des Hauptkommissars, der nur schwer aus dieser Starre erwachte.

»Herr Rabe, was kann ich tun? Wo ist Jonas?«

Langsam löste er sich von Denise, die absolut desorientiert auf der Stelle stehen blieb. Gordon strich ihr über das verweinte Gesicht und blickte Mia Richter bittend an.

»Könnten Sie sich um meine Frau kümmern? Ich muss den Jungen suchen. Benachrichtigen Sie bitte meine Mitarbeiter im Präsidium. Alle verfügbaren Kräfte sollen nach dem Jungen suchen. Ich fahre die nähere Umgebung ab. Ich ... ich muss ihn finden, bevor ...«

Gordon hatte den Raum verlassen, bevor er den Satz zu Ende gesprochen hatte.

Hastig riss Gordon das Telefon an das Ohr, während er den Wagen durch die Straßen des Ortsteils lenkte.

»Wo bist du? Wir müssen die Einheiten koordinieren, die die Umgebung absuchen sollen. Versprichst du dir überhaupt was von einer Suche durch die Hundertschaften? Leonie und ich sind der Meinung, dass wir Jonas so nicht finden werden. Wenn Pablo den in seinen Händen hat, wird er sich melden. Er wird ihm nichts tun – warum auch? Er wird den Jungen als Pfand und Druckmittel gegen dich einsetzen. Warum sagst du nichts?«

»Hör zu, Kai. Du magst recht haben, doch können wir jetzt nicht untätig herumsitzen und abwarten. Es heißt doch, dass der Irre jetzt langes schwarzes Haar trägt und sich mit einer dunklen Brille tarnt. Lass ein Phantombild herstellen und an alle Dienststellen im Umkreis, an jeden Einsatzwagen verteilen. Man soll Ausschau halten nach dem Typen. Wenn man ihn sieht, darf nichts gegen ihn unternommen werden. Auf keinen Fall. Ich muss erst wissen, was er mit

Jonas gemacht hat. Wir können nicht riskieren, dass wir einen toten Entführer, aber nicht die Position des Opfers haben. Hast du verstanden? Wenn man ihn sieht, will ich das sofort wissen. Er will mich. Das soll er haben, verdammt – aber nicht den Jungen.«

Kai konnte keine Rückfrage stellen, da das Gespräch an dieser Stelle endete. Mit zusammengepressten Lippen suchte Gordon jede Haustür, jeden Busch und jedes geparkte Auto ab. Immer wieder tauchte vor seinem Auge das Gesicht des Jungen auf, so als würde er fragen wollen: Warum ausgerechnet ich, Papa? Der Hass gegenüber dem Mörder Martinez wurde übermächtig und drückte ab und zu eine Zornesträne heraus. Das Telefon holte ihn wieder zurück in die Realität.

»Tut es weh, Rabe? Tut es richtig weh? Das ist gut so. Denn so ist es immer, wenn man befürchtet, das man jemanden verlieren wird.«

»Was willst du von dem Kind, du elendes Schwein? Das wäre nicht nötig gewesen. Ich wäre auch so zu dir gekommen. Versteckst du dich hinter einem kleinen Jungen, um mich zu bekommen? Wie feige ist das denn? Du enttäuschst mich. Hast du nicht selbst gesagt, dass du dich nur an Frauen rächst? Nun beweist du, dass dein Geschwafel nichts weiter ist als heiße Luft. Du bist nur ein billiger Soziopath, der seine Kräfte an jedem misst, der schwächer ist als du selbst. Du hast nicht die Eier in der Hose, dich mit Gleichstarken zu messen. Was bezweckst du mit der Entführung? Ein Bravourstück war das jedenfalls nicht. Tauschen wir. Gib den Jungen frei und du bekommst mich – unbewaffnet. Wo immer es sein wird.«

»Bist du fertig? Wenn du glaubst, dass du mich mit deinem Testosteron-Geschwafel über Männlichkeitsgehabe in meiner Ehre getroffen hast, muss ich dir sagen, dass es mich nicht kratzt, was du denkst. Ich hinterfrage nicht die Wünsche meines Herrn. Ich muss dir übrigens ein Kompliment machen. Jonas ist ein besonderes Kind. Er gerät nicht so außer Kontrolle wie sein Vater. Er besitzt die Fähigkeit, das Unvermeidliche zu akzeptieren. Wir haben uns gut unterhalten.«

»Wenn du ihm auch nur ein Haar ...!«

»Nein, komm, Rabe. Du siehst zu viele von diesen Actionfilmen«, unterbrach Pablo den wütenden Hauptkommissar. »Die Sprüche könnten von Bruce Willis oder von Rambo stammen. Das ist deiner nicht würdig. Lass uns wie vernünftige Menschen miteinander reden. Hör mir genau zu. Jonas geht es gut. Das wird so bleiben, wenn wir unser Problem innerhalb von vierundzwanzig Stunden vom Tisch haben. Dein Leben gegen seines. So einfach ist das. In meiner Hosentasche befindet sich ein Zettel, auf dem die Adresse steht, wo ihr den Jungen findet. Dort überlebt er maximal vierundzwanzig Stunden. Wir beide treffen uns noch heute. Nur der Sieger bekommt das Kind. Das ist doch fair, oder?«

In Gordon fand ein Kampf statt, der es ihm schwer machte, eine vernünftige Haltung einzunehmen. Schließlich zwang er sich zur Ruhe und setzte seine gesamte Hoffnung darauf, dass Pablo Martinez einen Fehler machte. Ihm war klar, dass der Mann vor ihrem Treffen alles daran setzen würde, dass sämtliche Trümpfe auf seiner Seite lagen. Er musste trotz alledem das Risiko eingehen.

»Wie soll das ablaufen? Werden wir uns wie in *High Noon* öffentlich duellieren?«

»Du beleidigst meine Intelligenz, Rabe. Es wird auf meine Art stattfinden. Wir werden uns an einem von mir bestimmten Ort treffen. Ich will dich genau dort treffen, wo du mich verrecken lassen wolltest. Du wirst dich erinnern. Keine Waffen und du lässt deine Leibgarde zu Hause. Ich erwarte dich um genau sechzehn Uhr. Sehe ich eine Sterbensseele, von der ich annehme, dass sie zu deinem Haufen gehört, siehst du Jonas niemals wieder. Du hast mein Wort, dass die Adresse in meiner Tasche ist.«

Die Leitung war tot. Hinter Gordon hupte ein ungeduldiger Autofahrer, da der Wagen des Hauptkommissars mitten auf der Straße zum Stehen gekommen war.

20

»Das kannst du nicht tun, Gordon. Er wird dir keine Chance geben.«

Leonie stand direkt vor Gordon und schüttelte ihn. Kai hatte sich ans Fenster gestellt und sah seinem Chef dabei zu, wie er sich die schusssichere Weste überzog. Auch er hatte vergeblich versucht, den Mann umzustimmen.

»Dieser Fuchs hat sich diese beschissene Stelle gut ausgesucht. Nur Gestrüpp und dichter Baumwuchs. Was der auch immer vorhat, du kannst dabei nur verlieren. Ich habe dort absolut kein freies Schussfeld. Ich kenne die Gegend genau. Wir können uns nur durch den Wald nähern, da nur eine Straße dorthin führt. Wenn der dich erledigt hat, können wir immer noch nichts tun. Niemand kann sich sicher sein, dass er den Zettel mit der Adresse tatsächlich bei sich trägt. Wir sind darauf angewiesen, dass diese Bestie uns das Versteck von Jonas nennt, wenn er sich in Sicherheit glaubt. Ein raffinierter Kerl. Du bist ein Opfer – ob du willst oder nicht.«

Gordons Gesicht hatte sich in eine ausdruckslose, kalte Maske verwandelt. Keiner wusste besser als er, was ihn dort an der Ruhr erwartete. Es musste eine winzig kleine Chance für ihn geben. Und genau diese musste er erkennen und nutzen. Jonas sollte leben, selbst wenn es sein eigenes Leben kosten würde. Das war er dem Vierzehnjährigen schuldig. Schließlich lagen noch viele Jahre vor ihm. Er rückte den kleinen Revolver zurecht, den er diesmal direkt unter der Achsel versteckt hielt. Völlig unvorbereitet würde er nicht in die Falle laufen.

Leonie stieß Gordon ungehalten vor die Brust und stützte ihre Hände auf der Schreibtischkante ab. Mit gesenktem Kopf sprach sie mehr zu sich selbst, jedoch so laut, dass die anwesenden Männer der Soko jedes Wort verstehen konnten.

»Was ist los mit dieser Welt? Da zieht ein bescheuerter Macho im Namen Gottes oder des Satans durch die Straßen, um alle Frauen dieser Welt für das zu bestrafen, was ihm seine große Liebe antat. Muss man zwingend Hoden besitzen, um so eine Scheiße auch nur zu denken?«

Kais Antwort kam prompt und wurde vom Rest des Teams durch anerkennendes Murmeln scheinbar bestätigt.

»Du scheinst zu vergessen, dass wir derzeit einen Fall bearbeiten, bei dem es mit großer Gewissheit eine Frau ist, die mordend durchs Land zieht. Vielleicht hat man das vom Grundsatz her gemeint, als man von Gewaltenteilung sprach. Der Satan hat da keine festen Vorlieben.«

»Könnt ihr euch jetzt ein wenig auf das konzentrieren, was vor uns liegt? Denkt gefälligst darüber nach, wie wir dem Saukerl einen Stock zwischen die Beine werfen können. Ich habe noch eine Stunde. Möglicherweise sind das meine letzten sechzig Minuten. Ich will euch nicht als Streithähne in Erinnerung behalten.«

Trotz seiner inneren Aufgewühltheit fand er zu seiner gewohnt festen Stimme zurück. Sein Blick richtete sich auf Kläver, der den Raum betreten hatte. Seine Hände legten sich auf Gordons, als sich der das Klettband der Weste fest an den Körper drückte.

»Ich kann Sie sowieso nicht umstimmen, Rabe. Deshalb bleibt mir nur übrig, Ihnen alles Gute zu wünschen. Sie werden das Tier zur Strecke bringen, da bin ich mir sicher. Der weiß gar nicht, mit wem er sich da einlässt. Und alle anderen hier will ich in Bereitschaft sehen. Kommt die Gelegenheit, meine Herren, schickt ihn dahin, wohin er gehört. Die Hölle wartet schon auf ihn. Der darf nicht ungeschoren davonkommen. Verliert mir den Dreckskerl nicht aus den Augen, bis wir den Zettel haben.«

So hatte bisher keiner von ihnen den Kriminalrat erlebt. Gerade hatte er das Regelwerk, das er bei jeder passenden Gelegenheit predigte, selbst außer Kraft gesetzt. Die Stille hielt an, nachdem Kläver längst den Raum wieder verlassen hatte.

Dass ausgerechnet heute ein solch verregneter Tag sein musste, gefiel Gordon überhaupt nicht. Die Wolken hatten den Fluss und vor allem das Ufer in unangenehmen Dunst getaucht, sodass die Sicht auf maximal einhundert Meter begrenzt wurde. Von der anderen Flussseite war mit Sicherheit keine klare Sicht möglich, wo sich drei Scharfschützen schon vor einiger Zeit einquartiert hatten. Immer wieder fluchten sie leise vor sich hin, wenn der Wind den Regen in Böen über das Wasser trieb.

Gordon ließ den Wagen ausrollen und stellte ihn so ab, dass ihm ein schneller Start möglich werden würde, sollte er das Abenteuer überleben. In Sekundenschnelle hatte der Regen seinen Jeansanzug komplett durchnässt, ließ den Stoff schwarz erscheinen. Nur die schusssichere Weste verhinderte, dass die Nässe bis auf die Haut durchsickerte. Er wusste bis jetzt nicht, wie er sich schnellstmöglich von der Weste befreien könnte, falls er ins Wasser fiel. Dort konnte der vermeintliche Schutz für ihn zur Todesfalle werden. Doch so weit war es noch nicht. Er straffte sich ein letztes Mal, sah, dass sich der Zeiger seiner Armbanduhr nur wenige Sekunden vor der vereinbarten Uhrzeit befand. Das Gleiche würde in diesem Moment Kai auf der anderen Seite des Flusses tun und mit ihm zittern. Er drückte das Gebüsch zur Seite, das ihm die Sicht auf eine kleine Lichtung nahm, die dadurch entstanden war, als der schwere Lieferwagen vor Monaten dort durchgepflügt war. Drinnen saßen damals er, Pablo Martinez, eine Frau, deren Namen er bis heute nicht nachgefragt hatte, und die mumifizierte Leiche von Ines Martinez-Gomez. Die Bilder des damaligen Geschehens zogen wieder wie ein Film vor seinen Augen vorbei. Er meinte sogar, die Schmerzen in den Wunden erneut zu spüren, die er sich bei der Aktion zugezogen hatte. Dann tauchte dieses Gesicht vor ihm auf, das zuerst Angst und Panik, danach puren Hass ausdrückte, weil Gordon nicht ihn, sondern die Frau im hinteren Laderaum rettete. Er schüttelte den Kopf, um die Bilder daraus verschwinden zu lassen. Er musste zu voller Konzentration zurückfinden.

Das Rauschen des dichten Regens wurde immer lauter und unterdrückte jedes weitere Geräusch, was ihm das Herannahen eines Menschen hätte verraten können. Gordon gab zu, dass sich neben der Entschlossenheit eine gewisse Portion Angst ausbreitete. Seine Sinne waren geschärft. Seine Augen versuchten, die vorüberziehenden Regenwolken zu durchdringen. Meter für Meter näherte er sich dem Ufer, in dessen Wasser der Lieferwagen eingetaucht war. Er meinte sogar, die andere Uferseite erkennen zu können, an dem er die Männer wusste, die notfalls schießen würden. Mit dem Daumen wischte er über das Ziffernblatt, das ihm verriet, dass er fünf Minuten über der verabredeten Zeit war. Die Enttäuschung über Pablos Unpünktlichkeit mischte sich mit dem Wissen, dass es für ihn geschenkte Lebenszeit bedeutete. Er rief den Namen des Killers.

»Martinez, mach es nicht so spannend. Lass es uns erledigen, oder hast du plötzlich doch Angst bekommen? Ich gebe dir fünf Minuten, dann fahre ich zurück. Mein Leben gegen das meines Sohnes hast du gesagt. Komm und hole es dir. Ich warte auf dich.«

Gordon war wieder einige Schritte am Ufer entlang gegangen, als er ihn sah. Der durchnässte Zettel hing schlaff am Baum herunter, ließ die Zeilen dennoch deutlich erkennen. Der Schrei, der seine gesamte Verzweiflung zum Ausdruck brachte, wurde sogar am gegenüberliegenden Ufer gehört.

21

»Es wird alles wieder gut, Frau Rabe. Vertrauen Sie Ihrem Mann. Er wird Jonas finden.«

Polizeimeisterin Richter war sich nicht sicher, ob ihr Denise Rabe überhaupt zuhörte, als sie die Frau mit den auf Armen gestütztem Kopf am Küchentisch aufsuchte. Das Wasserglas, das man ihr hingestellt hatte, war unberührt. Leises Schluchzen, das Mia durch Mark und Bein ging, erinnerte die Polizistin daran, was sie empfand, als vor sechs Jahren ihr damals vierjähriges Mädchen von einem betrunkenen Autofahrer gegen eine Hauswand gequetscht wurde. Wäre sie damals schon Polizistin gewesen, hätte sie den Kerl auf der Stelle mit ihrer Dienstwaffe erschossen. Ja, sie wusste, was es heißt, ein Kind zu verlieren.

Selbst als Mia sich neben sie setzte und der Hausherrin den Arm um die Schultern legte, zeigte diese keinerlei Reaktionen. Doch als Denise den Kopf hochriss und wild um sich blickte, schrak Mia Richter zusammen und riss ihren Arm zurück. Denise hatte irgendetwas gehört, was der Polizistin entgangen sein musste. Jetzt hörte sie es auch – dieses leise Klopfen an der Tür zum Garten. Als Denise aufspringen wollte, drückte Mia sie wieder auf den Stuhl zurück und legte ihren Finger auf die Lippen, um ihr zu anzudeuten, dass sie unbedingt schweigen und sitzen bleiben sollte. Denise wischte sich die Tränen mit dem Ärmel ihrer Bluse ab und lächelte sogar. Immer wieder flüsterte sie mehr zu sich selbst: »Jonas, es ist der Junge. Jonas kommt zurück. Ich wusste es.«

Nochmals zeigte Mia ihr an, dass sie unbedingt in der Küche bleiben sollte. Mit einem glatten Zug holte sie ihre Waffe aus dem Holster und lud durch. Die Küchentür, die halb offen stand, nutzte sie als Deckung und wagte einen Blick ins Wohnzimmer. Allerdings konnte sie dabei nicht die gesamte Fensterfront zum Garten überblicken. Vorsichtig setzte sie einen Fuß in die Diele, sodass jetzt endlich der Blick frei war. Denise, die jede Bewegung der Beamtin verfolgt hatte, sprang auf, als sie sah, dass Mia Richter die Waffe wieder wegsteckte und sie heranwinkte.

»Jonas, Gott sei Dank, es ist Jonas. Der Junge ist zurück!«

Fast hätte Denise Mia zu Fall gebracht, als sie an ihr vorbeilief und die Tür zum Garten aufriss. Mit einem Schrei der Erleichterung umarmte sie ihren Sohn, so als hätte sie ihn schon Monate nicht mehr in den Armen gehalten. Der hingegen blickte verständnislos von einem zum anderen. Mia verfolgte die dennoch rührende Szene mit einem Lächeln und kam näher. Auch sie konnte die Worte verstehen, die beide Frauen lähmte.

»Ich wusste, dass man uns mit Freude begrüßen würde. Ich wollte etwas zurückbringen, was ich mir ausgeliehen hatte. Wir haben uns gut unterhalten. Jonas ist ein sehr aufmerksames Kind.«

Mia Richter fand relativ schnell wieder ihre Fassung. Sie tastete vorsichtig nach ihrer Waffe. Fast zu spät bemerkte sie die Hand des Mannes, die eine großkalibrige Pistole umklammert hielt und auf sie zielte.

»Das wäre eine unkluge Entscheidung, es jetzt zu versuchen. Du bist tot, bevor du den Boden berührt hast. Eigentlich müsstest du wissen, wie groß das Loch ist, das eine 45er in deinen Körper reißen würde. Leg deine Spielzeugpistole langsam auf den Boden und schieb sie rüber zu mir. Nun mach schon – wir haben schließlich nicht endlos Zeit. Ich erwarte Besuch.«

Mit zitternden Händen befolgte Mia den Befehl des langhaarigen Mannes, der seine schwarz geränderte Brille in die Haare gesteckt hatte. Seine Augen drückten eine Kälte aus, die hypnotisch wirkte, obwohl stets ein Lächeln auf seinen Lippen lag. Ein Kontrast, der die Polizistin erschauern ließ.

»Was ... was wollen Sie von uns? Haben Sie meinen Sohn zurückgebracht, um jetzt uns zu ...?«

Die schallende Ohrfeige stoppte Denise mitten in ihrer Frage. Sie musste Jonas loslassen, um sich vor einem Sturz zu bewahren. Noch immer verfolgte Jonas emotionslos das Geschehen, setzte sich neben seine Mutter und hielt ihre Hand.

»Das darfst du nicht tun.«

Es waren die ersten Worte, die Jonas aussprach, während er sogar vorwurfsvoll auf Pablo Martinez blickte. Der hatte mittlerweile den letzten Schritt ins Zimmer getan und verschloss die Tür hinter sich. Pablo begab sich in die Hocke und sah den Jungen an.

»Ich habe es dir versprochen, dass ich niemandem etwas tun werde. Die Bedingung war aber, dass sich deine Mutter gut benimmt. Erinnerst du dich? Sie wollte jedoch gerade etwas sehr Böses aussprechen. Dafür musste ich sie bestrafen. Das verstehst du doch, oder?«

Jonas nickte zum Erstaunen der beiden Frauen, grenzte diese nonverbale Aussage allerdings mit einer weiteren Bemerkung ein.

»Du darfst aber auch nicht böse sein.«

Das Lachen des Mannes zerrte an den Nerven der Frauen, denen jede Einschätzung fehlte, wie sie den Besuch des Serienmörders und das Verhältnis zu Jonas werten sollten. Die Angst setzte sich wie ein Virus bei ihnen fest. Beide wussten, dass sie einen notorischen Frauenhasser vor sich hatten, der seine Morde aufs Brutalste ausführte. Aus welchem Grund sollte er jetzt damit aufhören? Mias Blicke glitten durch den Raum, sie suchte nach einem Gegenstand, eine Waffe, mit der sie ihr und das Leben von Denise verteidigen konnte. Die Waffe fiel aus, da die schon in der Innentasche des Monsters verschwunden war. Sie zuckte zusammen, als sich die kalten Augen des Besuchers auf sie richteten.

»Worüber denkst du nach? Du gibst einfach nicht auf. Ist es nicht so? Du möchtest mich gerne töten, nicht wahr? Sag es mir. Womit würdest du mich in diesem Augenblick am Liebsten umbringen?«

»Wenn ich ein Mann wäre ...«, presste Mia hasserfüllt heraus, »... mit bloßen Händen. Ja, ich müsste dabei an die vielen Frauen denken, denen du so viel Leid zugefügt hast. Endlos langsam würde ich dir die Luft aus dem Leib pressen, damit du elendig erstickst.«

Wieder war es da, dieses schreckliche Lachen. Pablo Martinez zog sein Jackett aus und warf es, sich immer noch über die Drohung von Mia amüsierend, über die Sofalehne. Die 45er zeigte drohend auf Mia. Sein Lächeln erstarb und erzeugte bei Mia die klare Erkenntnis, dass sie dieses Haus nicht lebend verlassen würde. Der Kerl hatte sie mit klaren Mordabsichten aufgesucht und würde sich von diesem Plan nicht abbringen lassen. Ungläubig starrte sie auf Pablo, der seine Waffe achtlos auf das Sakko warf und die Arme ausbreitete. So stand er plötzlich vor Mia, einem Kreuz gleich und hatte den Blick zur Decke gerichtet. Ohne Mia weiter zu beachten, schloss er die Augen.

»Herr, es soll so sein, dass ich deinen Befehlen gehorche. Der Weg wird danach für mich zu Ende sein, das hast du prophezeit. Ich werde diese letzte Aufgabe erfüllen, so wie es deine Vorsehung mir zeigte. Sie sind es beide nicht wert, das Leben in Sünde weiterzuführen.«

Woher Mia den Mut und die Kraft nahm, aufzuspringen und sich gegen Martinez zu werfen, konnte sie sich nicht erklären. Beide stürzten zwischen Sofa und Couchtisch, wobei sich Mia die Schläfe an der Tischkante aufschlug. Augenblicklich lief ihr das Blut ins Auge und nahm ihr die klare Sicht. Der ungleiche Kampf dauerte nicht lange, bis der jetzt wieder lachende Killer die Oberhand gewann und sich auf Mias Bauch kniete. Während sich Pablos Hände um den schmalen Hals der Polizistin legten, stieß sie ihm mit aller Verzweiflung Zeige- und Mittelfinger in die Augen. Der Schrei, den er ausstieß, war nervenzerfetzend und ließ Mia den Druck reduzieren. Die Gelegenheit ließ Pablo nicht ungenutzt und schlug seine Faust in das Gesicht der Frau. Bevor Mia das Bewusstsein verlor und die Hände des Mörders sich wieder um ihren Hals legten, konnte sie das

Brechen der eigenen Gesichtsknochen hören. Dann erlöste sie eine gnädige Ohnmacht.

Der Schuss, der Pablo Martinez in den Hinterkopf traf und ihm das halbe Gesicht wegriss, verhallte im Haus, in das plötzlich absolute Stille einzog. Jonas griff nach der Fernbedienung und schaltete auf seinen Lieblingssender.

Als Gordon begleitet von einer Heerschar an Polizisten in den Raum stürzte, hielt Denise noch immer die schwere 45er in den Händen und starrte auf die beiden Menschen, deren Blut jetzt den Teppich durchtränkte. Vorsichtig entwandt Gordon Denise die Waffe und drückte die apathisch wirkende Frau an seine Brust. Sein Blick wanderte zu Jonas, dessen Gesicht keine Reaktion auf das erkennen ließ, was soeben vor seinen Augen geschehen war. Die Frage des Vaters, wo er mit Martinez gewesen war, ließ der Junge unbeantwortet. Gordon hoffte darauf, irgendwann später einmal davon zu erfahren. Der Tag würde kommen.

22

»Wie geht es Ihrer Frau?«, wollte Kriminalrat Kläver wissen, als er ohne einen Gruß in die Besprechung des Soko-Teams platzte. Seine Hand lag auf der Schulter von Gordon. »Die Ärzte meinen, dass sie gute Chancen hat, dieses Trauma irgendwann wieder loszuwerden. Allerdings glauben die, dass ihr dabei eine starke Familie im Rücken eine große Hilfe wäre. Ich bin mir allerdings nicht sicher, ob sie das genauso sieht. Wir können nur abwarten, was die Therapie bringen wird, die man ihr angeraten hat. Sie weigert sich, eine solche anzutreten, da Jonas dann ohne sie dastehen würde. Sind wir ehrlich, ich kann den Jungen über einen längeren Zeitraum bei meinem Job nicht alleine zu Hause lassen. Sie wissen selbst, wie das mit den Arbeitszeiten läuft. Da müssen wir uns was einfallen lassen.«

»Das verstehe ich gut, Rabe. Wäre es für Sie eine Option, wenn ich den laufenden Fall und die Soko-Leitung an jemand anderen übergeben würde? Dann könnten Sie sich besser dem Jungen widmen und hätten vorerst überschaubare Zeit für Ihre Familie. Ich denke mal nicht, dass Sie schon alles aufgegeben haben. Wir kommen alle einmal an den Punkt, wo es in der Ehe einen Riss gibt. Polizisten kennen das.«

Kollektives Kopfnicken bestätigte diese Erfahrung des Kriminalrats. Gordon überlegte nicht lange und würgte die Diskussion über einen Wechsel in der Verantwortung schon am Anfang ab.

»Ich weiß Ihre Fürsorge zu schätzen und danke Ihnen dafür. Doch so, wie es derzeit aussieht, wird meine Frau die Scheidung einreichen, womit sich das Thema schon erledigt haben dürfte.«

»Aber das kannst du doch gar nicht ...«, wandte Leonie ein, wurde jedoch sofort von Gordon unterbrochen.

»Bitte, Leonie. Da kann kein Außenstehender mitreden. Das wurde mir knallhart serviert. Wir können Dinge, damit meine ich Gefühle, im Leben nicht erzwingen. Kommen sie bei einem der Partner abhanden, ist nichts mehr zu retten. Ich habe das Spiel verloren und muss sehen, wie das weiter mit dem Jungen läuft. Aufgeben werde ich ihn niemals. Doch lasst uns heute nicht meine Ehekrise zum Thema des Tages machen. Da draußen läuft noch immer ein Mörderpärchen rum, das wir von der Straße holen müssen. Dazu gibt es bisher keine heiße, aber es gibt zumindest eine Spur. Kommissar Wohlert von der Drogenfahndung hat hart gearbeitet und uns ein paar Namen geliefert.«

»Interessant, Rabe«, bemerkte Kläver und zog sich einen Stuhl ran. »Was hat die Drogenabteilung mit unserem Fall zu tun?«

»Das können Sie nicht wissen, Herr Kläver. Wir konnten nachweisen, dass die Täter bei beiden Morden unter Kokaineinfluss standen. Ich habe den Kollegen darum gebeten, nach Dealern zu suchen, die Kokain mit einer besonderen Zusammensetzung auf dem hiesigen Markt anbieten. Es ist in der Regel so, dass die Konsumenten mit der Zeit einen festen Dealer haben, dem sie vertrauen. Ansonsten laufen sie immer Gefahr, an verschnittenes oder sogar giftiges Kokain zu geraten. Wohlert hat uns dazu eine Liste erarbeitet. Wir werden gemeinsam an dieser Stelle ansetzen.«

Klävers Stirn legte sich in Falten, als er seinen Einwand vorbrachte.

»Glauben Sie ernsthaft, dass auch nur einer von denen seine Kunden anschwärzt und so gleichzeitig den Handel mit Suchtmittel eingesteht? Würde ich doch auch nicht tun. Was versprecht ihr euch davon?«

Es war spürbar, dass jeder in der Gruppe den gleichen Gedanken hatte, aber niemand bereit war, diesen preiszugeben. Gordon versuchte zumindest, eine Andeutung zu machen.

»Herr Kläver. Keiner von uns hier ist so blauäugig, das zu glauben. Das bedeutet, dass wir anders vorgehen müssen. Wir kommen in der Szene mit unseren Vorschriften nicht immer zum Ziel. Dabei stoßen wir nur auf eine Wand des Schweigens. Wir haben es mit Dealern zu tun. Wie das Wort Dealer schon sagt, müssen wir ...«

»Halt, Rabe, mehr möchte ich gar nicht von Ihnen hören.« Kläver hatte beide Hände erhoben und so Gordons Darstellung unterbrochen. »Ich werde mich aus dieser konspirativen Sitzung entfernen und weiter versuchen, meinen Glauben an Recht und Gesetz zu erhalten. Nur bitte, meine Damen und Herren, bleiben Sie in einem Rahmen, den ich decken kann, und enttäuschen Sie mich nicht. Ihnen allen einen erfolgreichen Tag.«

An der Tür drehte er sich um und kam zum Tisch.

»Ich vergaß etwas verdammt Wichtiges. Entschuldigung, deshalb bin ich ja auch eigentlich gekommen. Wie geht es der Kollegin Richter? Ich hörte, dass sie bei ihrem heldenhaften Einsatz erheblich verletzt wurde. War schon jemand im Krankenhaus? Ich habe es mir für morgen terminiert. Wird sie das Ganze gut überstehen?«

Leonie war es, die sich zur Sprecherin machte. Mit ruhiger Stimme schilderte sie, was ihr selbst eine schlaflose Nacht beschert hatte.

»Ich war vorhin bei ihr und habe die Grüße von uns allen übermittelt. Frau Richter hat die Anerkennung aller verdient. Sie hat, um das Leben anderer zu retten, ihr Eigenes riskiert und dabei ...«. Hier stockte Leonie und sah in gespannte Gesichter der Kollegen. Als die Fragen ausblieben, fuhr sie fort. »... sie hat dabei ihr ungeborenes Kind verloren. Mia war im dritten Monat schwanger. Der Dreckskerl hatte sich auf ihren Leib gestützt und die Gebärmutter eingequetscht, bevor er ihr das Jochbein mehrfach brach. Die Wunde an der Schläfe konnte genäht werden und wird ohne Folgen bleiben. Ich denke, dass sie lange brauchen wird, um dieses Trauma wieder loszuwerden. Hätte Denise nicht geschossen, wären sie beide ebenfalls ein Opfer dieser Bestie geworden. So viel dazu. Ich persönlich ziehe den Hut vor so viel Mut und Opferbereitschaft. Am Wochenende werde ich noch einmal nach ihr sehen. Eine tolle Kollegin, auf die wir stolz sein können.«

Kläver beteiligte sich beim allgemeinen Klopfen auf die Tischplatte und verließ schweigend den Raum. Gordon wartete einen Moment, bis sich alle wieder beruhigt hatten und die Gespräche abflauten.

»Ich danke der Kollegin Felten für die netten Worte zum Einsatz von Mia Richter. Schließlich wird sie damit tatsächlich verhindert haben, dass wir zwei weitere tote Frauen zu beklagen haben. Ob der Wahnsinnige meinen Sohn verschont hätte, wird für immer sein Geheimnis bleiben. So wie er es auf der Nachricht vermerkt hatte, wollte er mit diesen Morden seine Aufgabe abschließen. Warum sonst sollte er mir mitteilen, wo er sich aufhalten wird? Das Schwein ist tot und uns bleibt erspart, ihn in einer Forensik zu verpflegen. Soll er in der Hölle braten.«

»Vergiss Denise nicht, ohne deren mutiges Einschreiten das Biest sein Werk hätte vollenden können«, fügte Kai an und erntete dafür heftigen Beifall. Gordon ließ das Statement des Kollegen unkommentiert und las die Namen der Dealer vor, die jetzt den Besuch der Soko-Mitarbeiter zu befürchten hatten.

Kommissar Wohlert zog Gordon am Jackenaufschlag zurück in die Mauernische und wies stumm auf die beiden Männer, die den Ford-Mustang verließen und in der Amphütte verschwanden. Beiden Ermittlern war die Gaststätte nur zu bekannt, da sie hier schon oft fündig wurden, wenn sie der Unterwelt einen Besuch abstatten wollten. Wer bis spät in der Nacht einen Kneipenbesuch plante, war hier immer willkommen. Voraussetzung war, dass man sich damit arrangieren konnte, neben Ganoven auch außergewöhnliche Paradiesvögel anzutreffen. Ein illustrer Haufen, der hier zusammenkam, um spät in der Nacht einen Teller Bratkartoffeln mit Schweinskopfsülze oder eine Portion Miesmuscheln zu genießen.

»Der schmächtige Kerl mit den Goldketten um seinen dürren Hals ist Otte. Den anderen Kerl mit dem Stiernacken kenne ich nicht, Otte hat scheinbar einen neuen Bodyguard. Gehen wir rein?«

Statt einer Antwort marschierte Gordon los und überprüfte dabei den Sitz seiner Waffe. Schon zu oft musste er Kurzschlusshandlungen bei Männern erleben, denen sie eigentlich nur Fragen stellen wollten. Kaum hatten sie den schweren Vorhang beiseitegedrückt, empfing die Polizisten ein Duftgemisch aus Alkohol, Parfum, Essen und vor allem Stimmengewirr. Kaum hatte man sie bemerkt, ebbte dieser Lärm für einen Moment ab. Die meisten Besucher rochen auf Meilen Entfernung den Bullen. Kurz darauf war das Interesse an ihnen verflogen und alle widmeten sich wieder ihren Gesprächen. Dino Wohlert drängte Gordon zur kurzen Ecke des Tresens, wo sich Otte und sein Begleiter niedergelassen hatten. Provozierend laut kam die Frage des Keepers: »Was darf ich den Herren von der Polizei denn servieren?«

»Wir hätten gerne zum Feierabend zwei Pils. Darf ich dir eins ausgeben, Otte?«

Nur einen kurzen Moment wirkte Otte irritiert, überwand diesen Augenblick jedoch mit routinierter Gelassenheit.

»Das ist ja mal eine Überraschung, Wohlert. Was verschafft mir die Ehre Ihres Besuches und der Freigiebigkeit? Das kennt man ja gar nicht bei euch Bullen. Geht bestimmt über Spesen, oder?«

Otte stieß Beifall heischend seinen Kumpel in die Seite, der nur dümmlich grinste. Beide Polizisten hegten die Vermutung, dass diesem Muskelberg die Ironie der Antwort völlig entgangen war. Otte zeigte dem Keeper zwei Finger, der prompt vier Pils auf die Theke stellte und ebenso viele Striche auf dem Bierdeckel von Wohlert vermerkte. Mit einem *Prost die Herren* verabschiedete er sich wieder und kümmerte sich um andere Gäste. Während Dino Wohlert das Glas zum Antrinken hob, beobachtete Gordon zwei Männer im nikotinbeschlagenen Spiegel hinter dem Flaschenregal, die es genossen, die Zunge in den Hals des Partners zu versenken. Ein Akt der Verbrüderung, der hier kaum für Aufsehen sorgte, es sei denn, ein eifersüchtiger Verflossener war ebenfalls anwesend und zickte rum. Gordon hatte diesbezüglich hier schon heftige Auseinandersetzungen erlebt. Er widmete sich wieder der Aufgabe, wegen der sie dieses Etablissement aufgesucht hatten. Der Kollege Wohlert hielt sich nicht allzu lange mit Vorreden auf und kam zur Sache.

»Ich gebe zu, dass es kein Zufall ist, dass wir gerade heute bei dir auftauchen. Hast du einen Moment? Können wir an den freien Tisch dort hinten gehen? Es muss ja nicht jeder mitkriegen, was wir zu bequatschen haben.«

Erstaunlich schnell erhoben sich die beiden Männer und machten sich auf den Weg. Gordon hielt den Muskelberg am Ärmel zurück.

»Sie nicht. Wir müssen mit Otte allein sprechen. Das ist ... sagen wir mal ... mehr privat. Trinken Sie eins auf unsere Rechnung. Dauert nicht lange.«

Otte hielt den Riesenkerl zurück, der ihm trotz Gordons Aufforderung folgen wollte.

»Ist schon klar, Geier. Ich erledige das. Bis gleich.«

Gordon stieg das billige Rasierwasser unangenehm in die Nase, das Otte eine Spur zu großzügig verwendet hatte.

Nachdem er das lange, äußerst gepflegte Haar sorgfältig nach hinten gelegt hatte, blickte er erwartungsvoll auf Dino.

»Wir kennen uns jetzt schon eine ganze Weile, Otte, sodass ich nicht lange drumrumreden will. Wir suchen jemanden, den du auch kennen könntest, eigentlich sogar kennen müsstest.«

»Moment, Wohlert. Jetzt mach mal halblang. Hast du was gegen mich in der Hand? Nein! Das hast du nicht. Warum in Teufels Namen sollte ich dir helfen wollen? Ich habe eine reine Weste, bin bei meinem Onkel als Lagerist beschäftigt und habe einen festen Wohnsitz. Was willst du von mir?«

Dino Wohlert hielt Gordon zurück, der dem Schnösel den Marsch blasen wollte. Stattdessen zog Wohlert sein Telefon aus der Tasche. Mit einem Blick auf das Display erkannte Gordon, dass sein Partner die Nummer der Zeitansage anwählte. Nach wenigen Augenblicken, in denen Otte ihn verwundert anstarrte, legte Wohlert los.

»Hi Manne. Alles im Lot? Entschuldige, wenn ich dich so spät störe. Hast du *Polle* schon weggesperrt oder könnte der noch einen Einsatz hinkriegen? Ich sitze hier mit meinem Partner und einem Verdächtigen in der Amphütte. Draußen steht ein knallroter Ford Mustang, so eine Ludenkarre, bei der wir eine größere Menge Stoff vermuten. Wie lange brauchst du ...? Moment, bin gleich wieder da.«

Otte hatte längst Dinos Arm runtergedrückt und machte das Zeichen zum Beenden des Gesprächs.

»Ich melde mich später noch mal, Manne. Es hat sich möglicherweise sogar erledigt.«

Ottes Gesicht war rot angelaufen, so sehr musste er seine Wut unterdrücken.

»Verflucht, lass den Scheißköter im Käfig. Ich will nicht, dass der mir die Polster zerkratzt. Was willst du wissen? Wisst ihr was? Ihr seid richtige Schweine. Das musste mal raus. So, leg los.«

Dinos Grinsen heizte Ottos Wut weiter an. Deshalb mischte sich Gordon ein.

»Hör zu. Keiner will dir hier und heute an die Karre pissen. Zumindest mir ist es scheißegal, wie viel Stoff du den Geldsäcken heute Nacht verkaufst. Ich suche zwei, die sich das Zeug in die Birne pfeifen und danach Menschen massakrieren. Habe ich mich verständlich ausgedrückt? Dieses Pärchen, das wir suchen, würde auch vor dir nicht haltmachen, wenn du ihnen den Stoff verweigerst und sie bescheißt. Die töten aus reinem Vergnügen. Und jetzt zur Sache. Unser Labor hat herausgefunden, dass es wahrscheinlich ist, dass das Kokain, das sie konsumieren, aus deinem Vorrat stammt. Frag jetzt besser nicht danach, wie wir das herausgefunden haben. Denk einfach nur darüber nach, ob du solche Freaks unter deinen Kunden vermutest. Ich sage es ganz deutlich. Es handelt sich mit großer Wahrscheinlichkeit um ein Pärchen. Was ist? Klingelt da was?«

»Verflucht, das ist Kacke. Ich kann doch nicht meine Kunden ans Messer liefern. Wenn sich das rumspricht, bin ich im Arsch. Dann kann ich Pizza ausliefern gehen.«

Dino griff erneut zum Telefon und erlebte einen fast durchdrehenden Dealer, der alles von seiner gespielten Souveränität eingebüßt hatte. Fast weinerlich bettelte er darum, dass Dino das Telefon wieder wegsteckte.

»Ich kann mir vorstellen, wer das sein könnte. Doch ich habe keinen Namen. Der Typ, der alles mit mir abwickelt, ist

145

ein Riesenbaby, so ein richtiges glatzköpfiges Monster. Der taucht immer mit einer Frau auf, die mordsmäßige Titten hat und im Auto sitzen bleibt. Ich denke, dass die eine Perücke trägt. Mal ist die blond, mal wieder schwarz. Die rufen mich an, wenn sie Stoff brauchen. Dann treffen wir uns auf irgendeinem Parkplatz. Mehr weiß ich nicht. Das müsst ihr mir glauben.«

»Hast du die Telefonnummer, von der du angerufen wirst?«, wollte Wohlert wissen.

»Was denkst du von mir? Ich belasse keine einzige Nummer auf meinem Handy. Wird mein Handy konfisziert, habe ich sämtliche Beweise im Speicher, die mich in die Kiste bringen. Nee, Freunde, da ist bei mir nichts zu holen. Sonst noch was? Ich muss noch was tun heute Nacht.«

»Ich will dich morgen in meinem Büro sehen. Punkt zwölf. Dann müsstest du ausgeschlafen haben. Du wirst mit unserem Zeichner ein geiles Porträt der beiden herstellen. Punkt zwölf. Haben wir uns verstanden? Wenn nicht, würde sich *Polle* gerne bei dir zu Hause umsehen. Der spürt jedes Gramm Stoff auf. So sauber kannst du deine Hütte gar nicht schrubben.«

Gordon und Dino ließen Otte nachdenklich zurück und zahlten ihren Deckel am Tresen.

23

»Wo finde ich den Mann mit dem Hund? Die Aussage werdet ihr doch schon aufgenommen haben, oder?«

Gordon nahm Kai beiseite und sah sich gleichzeitig suchend um. Schließlich folgte er der ausgestreckten Hand und bemerkte den älteren Herrn inmitten einiger Polizeibeamten. Beide machten sich auf den Weg, um die Aussage des Mannes ein weiteres Mal zu hören.

»Mein Name ist Hauptkommissar Rabe vom Morddezernat, das ist mein Kollege Kommissar Wiesner. Man sagte mir, Sie hätten die Tote gefunden, besser gesagt Ihr Hund. Ein Beagle, wenn ich nicht irre? Ein schönes Tier.«

Stolz sah Rudolf Mollmann, wie er sich später vorstellte, auf seinen Hund. Gordon fuhr fort.

»Laufen Sie häufig diesen Weg? Der scheint ja nicht ständig genutzt zu werden – schon fast unheimlich.«

»Da haben Sie recht, Herr Hauptkommissar. Aber *Richie*, so haben wir ihn genannt, ist mal wieder ausgebüxt, als ich ihn für einen Moment von der Leine ließ. Ich fand ihn dann dort drüben, wo die vielen Leute sind, beim Buddeln. Das ist eine Leidenschaft von ihm. Er ist völlig verrückt auf Kaninchenbauten. Aber diesmal hat er was anderes gefunden. Ich habe mich fast übergeben, als ich den Kopf dort ...«

Gordon unterbrach den Mann an dieser Stelle.

»Haben Sie irgendwas angefasst, oder haben Sie sofort die Polizei gerufen?«

»Um Gottes willen. Im Leben nicht hätte ich da was berührt. Das stinkt ja schlimm. Haben Sie noch mehr von der Frau ...?«

Gordon überging die Frage und stellte selbst eine.

»Haben Sie auf die Uhr gesehen, als Sie den Hund und die Leichenteile dort fanden?«

»Aber sicher. Es war genau 08:17 Uhr. Ich weiß ja, dass es für Sie wichtig ist.«

Kai überflog das Protokoll der Erstaussage des Mannes und nickte bestätigend. Er hakte nach.

»Ich sehe, dass Ihr Anruf um 08.56 Uhr in der Leitstelle einging. Wieso entstand eine so große Zeitspanne bis zu Ihrem Anruf?«

»Das ... das habe ich schneller nicht geschafft. Ich wohne drüben in der Siedlung. Das sind immerhin über zwei Kilometer.«

»Ich nehme an, Sie besitzen kein Mobiltelefon, Herr Mollmann«, schaltete sich Gordon wieder ein.

»Nein, nein, das ist Teufelszeug. Das brauch ich nicht.«

»Da dürften Sie möglicherweise einem Irrtum unterliegen, wie der aktuelle Fall ja beweist, aber es ist Ihre Entscheidung«, ergänzte Gordon und fuhr fort. »Ist Ihnen in der Zeit davor etwas aufgefallen? Personen, ein fremdes Auto etwa?«

»Nein, Herr Hauptkommissar. Ich sagte ja schon, dass ich hier sonst nicht herlaufe. Das war ja nur, weil *Richie* ...«

»Alles ist gut, Herr Mollmann. Kein Problem. Ihre Telefonnummer vom Festnetz haben wir ja. Wenn wir noch

Fragen haben, dürfen wir Sie sicherlich anrufen. Vielen Dank für Ihre Hilfe und einen schönen Tag. Tschüss *Richie*.«

Gordon strich dem Rüden über den Rücken, was dieser mit einem aggressiven Knurren quittierte. Beide Ermittler wandten sich ab, um Klaus Lieken, der mittlerweile am Fundort angekommen war, zu begrüßen.

»Über Langeweile können wir uns alle nicht beklagen, wie ich sehe. Übrigens habe ich vor Tagen diesen Pablo Martinez auf dem Tisch gehabt. Da hat Denise aber ganze Arbeit abgeliefert. Vom Gesicht war ja nicht mehr viel übrig. Den Bericht habe ich zwar noch nicht fertig geschrieben. Aber eines vorab, Gordon. Der Kerl hätte es wahrscheinlich nicht mehr lange gemacht. In dem Teil des Gehirns, das Denise nicht weggeblasen hat, fand ich Reste eines Tumors. Der Drecksack muss starke Kopfschmerzen gehabt haben. Nun ja, das hat sich schließlich für ihn erledigt. Was haben wir denn hier? Da hat sich jemand große Mühe gegeben, die Leichenteile zu verstecken. Doch vorher hat er die junge Dame grob zerteilt. Warum dann die Einzelteile in einem Loch entsorgt wurden, lässt nur eine These zu.«

Kai und Gordon warteten stumm auf die Fortsetzung.

»Jemand tat das nicht, um uns in die Irre zu führen, sondern weil er oder sie Spaß daran hatte, einen Menschen zu zerstückeln. Außerdem lässt sich das besser transportieren. Wie ich an den Schnitträndern erkenne, wurde dazu ein grobes Werkzeug benutzt. Ich tippe auf einen Fuchsschwanz oder Ähnliches. Kein glatter Schnitt zu erkennen. Was mir Sorgen bereitet ist etwas anderes. Kommt mit.«

Beide Ermittler folgten Lieken zu einer Plane, die er anhob. Ein aufgeschnittener Torso fiel ihnen ins Auge und brachte die ansonsten abgebrühten Männer dazu, sich für einen Moment abzuwenden. Lieken verscheuchte die Fliegen, die sich inzwischen auf den Leichnam gestürzt hatten.

»Wie ihr selbst erkennen könnt, hat man die Innereien ausgeräumt und nur das Herz an alter Stelle belassen. Mich erinnert es an etwas. Der Unterschied besteht nur diesmal darin, dass es sich in den anderen Fällen jeweils um einen Mann handelte. Ihr wisst, wovon ich rede?«

»Jetzt muss mir mal jemand die Logik darin erklären. Bei den beiden anderen Morden ist nachgewiesen, dass sie von einer Frau ausgeführt worden sein müssten.« Kai kratzte sich an seinem kahlen Schädel. »Warum sollte sich jetzt die Lage geändert haben? Ich bin gespannt, ob Sie die gleichen Spuren von dieser ominösen Frau auch hier finden. Ist es dem Weib doch egal, was sie meuchelt? Ich hätte bisher darauf getippt, dass sie ein ausgeprägter Hass gegenüber Männern antreibt. Da liege ich wohl falsch, wie man sieht. Es besteht natürlich die Möglichkeit, dass es diesmal der Partner war, der sie kopierte. Der Lehrling übt und zeigt seiner Meisterin, dass mit ihm zu rechnen ist. Bin auf die Ergebnisse gespannt, Herr Doktor.«

»Bitte denken Sie aber daran, dass, wenn es die Frau wieder erledigte, wir kaum Hoffnung haben dürften, Schamhaare wie zuvor zu finden. Würde mich schon wundern. Aber es reicht ja irgendein anderes, winziges Detail vom Körper des Täters. Sie glauben gar nicht, was wir heutzutage im Labor daraus zutage zaubern. Morgen wissen wir sicher mehr.«

Gordon wirkte nachdenklich, als er sich die anderen Funde betrachtete, die sie ebenfalls in der Grube fanden.

»Jetzt heißt es für uns, herauszufinden, wen wir hier haben. Es kann sein, dass noch keine Vermisstenmeldung vorliegt. Wo siehst du den Todeszeitpunkt, Klaus?«

Dr. Lieken kam wieder aus der Hockstellung hoch und wiegte den Kopf, was bei ihm selten vorkam, denn seine Schnelldiagnosen stimmten meistens.

»Ich muss zugeben, dass ich da nicht sicher bin. Die Teile wurden unverpackt vergraben. Da haben sich mittlerweile Fliegenlarven draufgesetzt, die in der Erde nicht vorkommen. Diese Aussagen findest du nur in Kriminalfilmen. Niemand kann das derzeit seriös bestimmen. Lass mich da mal im Institut in aller Ruhe reinschauen, dann gibt es sicher Hinweise auf Zersetzungen. Doch grob gesagt ... die Frau lag keine zwei Tage in diesem Loch. Mehr bekommt ihr nicht von mir.«

»Das ist ja schon etwas«, bedankte sich Gordon und begleitete seinen Freund zum alten Ford, der sich zwischen den modernen Fahrzeugen der Polizei wie ein Fossil aus längst vergangenen Zeiten abhob. Gordon wartete ab, bis der Anlasser endlich den Motor zum Laufen brachte und Lieken hinter der nächsten Kurve verschwand. Er hatte sich schon oft gefragt, was Klaus davon abhielt, sich einen Luxusschlitten zuzulegen. Das Geld war allemal und im Überfluss vorhanden. Seine Vermutung war, dass er sich mit dieser Äußerlichkeit von der vermögenden Seite seiner Frau abheben wollte. Allein das reichte schon aus, seine Freundschaft mit dem Mann zu begründen.

24

»Proper, proper. Hat Otte nur an die Riesentüten gedacht, als er diese Frau zeichnen ließ? Die besteht ja fast nur aus Brust. Guck dir das mal an, Leonie.«

Die Kollegin riss Kai das Papier aus der Hand und lachte laut auf.

»Das ist doch wieder typisch für euch Kerle. Ihr reduziert Frauen nur auf diese Merkmale. Mich wundert, dass sich dieser Hirni überhaupt daran erinnerte, welche Haar- und Augenfarbe die besaß. Aber interessant finde ich die Darstellung des Kerls. Da muss ihm das Bild von Popeye im Kopf rumgegeistert sein. Ein Pärchen, das eigentlich überall auffallen dürfte. Ist das Zufall oder hat er die Augen der Frau bewusst so kalt dreinblicken lassen? Da bekommt man ja Gänsehaut. Zum Lachen geht die wohl in den Keller. Ich sehe hier Rübezahl nach einem Friseurbesuch und Frankensteins Braut auf Droge. Den beiden möchte ich auch nicht in die Hände fallen. Was hat Gordon gesagt, was wir damit tun sollen? Wir können die Bilder ja wohl kaum an die Presse geben und behaupten, dass dies die mutmaßlichen Killer sind.«

Kaum hatte Leonie die Frage ausgesprochen, als Gordon in Begleitung eines in Jeansanzug bekleideten Jungen in der

Bürotür auftauchte. Er riss überrascht die Augen auf, als sich Jonas an ihm vorbeipresste und auf Leonie losstürmte. Auch die staunte nicht schlecht über das, was geschah. Jonas schlang seine Arme um die Hüfte der Polizistin und legte seine Wange an ihren Bauch. So verharrte er schweigend, bis Leonie seine Arme löste und sich zu ihm hinunterbeugte.

»Es ist schön, dich zu sehen, mein Freund. Wir haben schon so oft über dich gesprochen und uns gefragt, wann du zu Besuch kommst und uns wieder hilfst. Dein Tipp mit den Augen beim letzten Fall war Gold wert. Ohne dich hätten wir den Kerl nie erwischt. Komm mit. Du musst mir unbedingt erzählen, wo du mit dem Mann, diesem Pablo warst. Das ist ein Rätsel für uns alle.«

Leonie legte ihren Arm um die Schulter des Jungen, der für sein Alter noch relativ klein war und schob ihn zu ihrem Schreibtisch. Wieder einmal konnte niemand sagen, wie die Gefühlslage bei Jonas war. Sein Gesicht wirkte ausdruckslos, als er sich den großen Notizblock heranzog und einen Bleistift aus dem Ständer zog. Fasziniert beobachtete Leonie ihn dabei, wie er kunstvoll und routiniert Bäume und Sträucher malte, wobei sich allmählich das Bild einer von Bruchsteinen umgebenen Höhle darstellte. Zum Schluss schrieb er etwas darunter, was sie nicht erklären konnte. Es erinnerte sie an Schriftzeichen aus dem fernen Osten: полый.

Jonas schob ihr das Blatt hin und stellte sich ans Fenster, um den vorbeifließenden Verkehr zu beobachten. Kai war währenddessen damit beschäftigt, das definitiv russische Wort im Internet übersetzen zu lassen. Mit vorgehaltener Hand flüsterte er Leonie zu, dass es mit dem Wort Höhle beschrieben werden konnte.

»Soll ich dir was sagen?«, erklärte Kai nun etwas lauter. »Eine solche Höhle habe ich mal in der Isenburg-Ruine am See gesehen. Wenn ich heute Abend nach Hause fahre, mache ich den Schlenker über die Heisinger Straße. Ich bin mir ziemlich sicher, dass ich diese Höhle dort finden werde. Dann wissen wir wenigstens, wohin der den Jungen verschleppt hatte.«

Gordon war der Unterhaltung mit großem Interesse gefolgt und konnte seine Augen nicht von Leonie nehmen, die völlig verändert, viel lockerer an ihrem Schreibtisch saß und auf den Rücken von Jonas starrte. Ein Lächeln umspielte ihren Mund. Ein Augenblick des Glücks schien sie erfasst zu haben.

»Was hast du da? Ist das die Zeichnung von Otte? Zeig mal her.«

Gordon stand vor Leonies Schreibtisch und langte nach der Zeichnung.

»Mein Gott, wo hatte Otte bloß seine Augen, als er die Frau traf? Und wie groß mag dieser Gorilla wohl sein? Das Pärchen muss doch zu finden sein.«

Verständnislos blickte er auf seine Partner, als die losbrüllten und kaum zu beruhigen waren.

»Habe ich was Dummes gesagt?«, wollte Gordon wissen.

»Nein, nein, Gordon, das nicht«, meinte Kai, sich noch immer den Bauch haltend, »... man könnte nur meinen, dass du an der Tür gelauscht hast. Das Gleiche haben wir kurz vorher auch gesagt. Wir machen eine Ausschnittsvergrößerung von dem Bild der Frau und schicken nur die männlichen Kollegen damit los. Du wirst sehen, dass wir die Maus in Windeseile hinter Gittern haben. Alle mit Körbchengröße ab H werden verhört. Wäre doch gelacht, wenn die uns durch die Lappen ging.«

Beide Männer mussten grinsen, als es jetzt Leonie war, die ihnen einen vorwurfsvollen Blick zuwarf.

»Muss ich den Herren Kommissaren eine kurze Aufklärung bezüglich Hashtag MeToo geben? Diese Diskussion ufert so langsam aus, ihr Machos. Lasst es damit gut sein!«

Die Kinderstimme, die vom Fenster kam, ließ alle drei aufhorchen.

»Was ist MeToo?«

Entsetzte Gesichter waren die einzigen Reaktionen, bis sich Leonie aufraffte, tätig zu werden.

»Seht ihr? Das habt ihr jetzt davon. Jonas, was hältst du davon, wenn wir zwei uns hier abseilen und für einen Moment in die Kantine gehen? Dort können wir das Thema bei einem leckeren Eis besprechen. Währenddessen können die beiden Männer hier Recht und Gesetz aufrechterhalten. Frauen und Kinder sind an diesem Ort derzeit stark gefährdet. Kommst du mit?«

Statt einer Antwort marschierte der junge Mann zur Tür und wartete dort mit den Händen tief in den Hosentaschen der Jeans auf seine große Freundin. Alle drei standen sie im Raum und starrten auf das Bild, was sich ihnen bot. Eine originale Kopie des Vaters, so wie er wahrscheinlich vor dreißig Jahren vor seinen Eltern stand. Der Junge hob nur kurz eine Hand, als er mit Leonie den Raum verließ. Gordon war der Stolz des Vaters anzusehen. Lange blieb ihm nicht, das Gefühl zu genießen, denn das Telefon bettelte um Aufmerksamkeit. Am Display erkannte er, dass Dino Wohlert nach ihm verlangte.

»Hi, Gordon. Wir müssen dem Otte mit unserem Besuch kräftig Feuer unter dem Hintern gemacht haben. Der hat mich gerade angerufen, weil ihm was Wichtiges eingefallen ist. Er glaubt zu wissen, dass es sich bei dem Fahrzeug der beiden Kunden um einen Mercedes vom älteren Typ 123 handelt. Farbe schätzt er auf Dunkelgrau bis Dunkelgrün. So genau konnte er es nicht sagen. Hilft dir doch sicher weiter, oder?«

»Das kann man wohl sagen. Wir haben eine Zeichnung anfertigen lassen, die nach seinen Angaben jetzt an die Streifen draußen geht. Dieses verdammte Killerpärchen müsste damit zu finden sein. Es besteht der Verdacht, dass die beiden aktuell einen weiteren Mord an einem jungen Mädchen verübt haben könnten. Die entwickeln sich zu einer gefährlichen Seuche. Ich danke dir, Dino. Du hast was gut bei mir.«

25

Der Burgerladen war lediglich zur Hälfte gefüllt und der
Lärm hielt sich in Grenzen. Einer Gruppe Heranwachsender
musste der Konsum von Alkohol den Geist vernebelt haben.
Sie bewarfen sich mit Pommes und Ketchupschälchen. Als
einer von ihnen die Coke umkippte, schallte ihr Gelächter
unangenehm laut durch den gesamten Laden. Ein schmal-
brüstiger langhaariger Bursche, den die anderen ständig mit
Spargel ansprachen, sprang auf und wischte sich die Soße
vom offen stehenden Hemd.

»Scheiße, Mann. Das habe ich heute zum ersten Mal an.
Die bepisste Soße kriege ich doch nie mehr raus aus dem
Stoff. Ich geh zum Klo.«

Sein Weg führte ihn an einem Tisch vorbei, der zur Zeit
nur von einer Frau besetzt wurde. Sie schaffte es routiniert,
die in Mayonnaise getauchten Pommesstäbchen zum Mund
zu führen, ohne dass ein Tropfen davon auf ihren riesigen
Busen tropfte. Der wurde nur sparsam von einem weiten
Dekolleté bedeckt. *Spargel* verlangsamte seinen Gang und
blieb fasziniert neben dem Tisch stehen. Erst wenige Sekunden waren vergangen, in denen *Spargels* Mund sich immer
weiter geöffnet hatte, als die Frau endlich reagierte und von
ihrem Essen hochblickte.

»Fällt nur ein Tropfen von deinem ekligen Sabber auf mein Essen, reiß ich dir die Klöten ab. Hat dich deine Mami endlich aufgehört zu säugen? Jetzt möchtest du wieder an die Milchbar, Kleiner, oder irre ich mich? Verpiss dich aufs Klo und hol dir einen runter. Nur lass mich in Ruhe.«

Längst hatten die Kumpels mitbekommen, dass Spargel aufgehalten worden war. Sie drehten sich johlend um.

»Fass mal rein ins volle Leben, Spargel. Da musst du aber schon beide Hände nehmen für eine Titte.«

Der coole Spruch wurde von allen am Tisch bejubelt. Shila wischte sich die Finger an einer Serviette sauber und sah erwartungsvoll auf Spargel, der sich, angestachelt von seinen Freunden, zu neuen Taten ermutigt fühlte. Die in aller Ruhe abwartende Frau am Tisch machte ihn unsicher, was durch ihre Ankündigung verstärkt wurde.

»Du wirst doch jetzt nicht vor deinen Freunden kneifen, oder? Spargel nennen die dich? Das bezieht sich doch bestimmt auf deinen unterentwickelten Johannes, oder irre ich mich da? Ich will mal eine Prognose wagen. Falls du wirklich so bescheuert bist und mir in den Ausschnitt fasst, solltest du dich daran gewöhnen, ohne Schwänzchen leben zu müssen. Das werde ich dir nämlich hier vor allen Leuten ruckzuck abschneiden.«

Spargel sprang einen halben Schritt zurück, als Shila das geöffnete Stilett neben das Tablett legte, auf dem allmählich das Essen kalt wurde. Ein zynisches Lächeln zeigte sich in ihrem Gesicht, als sie die immer größer werdende feuchte Stelle im Schritt des Burschen erkannte.

»Ich denke, jetzt hat sich das mit dem Klo schon erledigt. Geh zurück zu deinen beschmierten Kumpels und halt zukünftig die Fresse, wenn du auf eine gut aussehende Dame triffst.«

Tatsächlich drehte sich Spargel vom Tisch weg und lief breitbeinig zu seinen Freunden. Jetzt erfüllte das Gelächter den gesamten Raum, was schließlich in einer gefährlichen Ruhe endete. Zwei der zuvor Lautesten erhoben sich und kamen provozierend langsam, das feste Ziel Shila im Blick, auf ihren Tisch zu. Nach wie vor stopfte sich Shila die jetzt kalten Pommes in den Mund, hatte jedoch stets die beiden bulligen Typen im Blick.

»Wir haben gehört, dass du miese Schlampe unseren Freund mit einem Zahnstocher bedroht hast. Das gehört sich einfach nicht.«

»Meint ihr Vögel etwa das hier?«

Spielerisch ließ Shila das scharfe Messer durch ihre Hand gleiten, wirbelte es wie ein Zauberkünstler herum und stieß es letztendlich mit der Spitze in die Tischplatte. Nachvibrierend blieb die Klinge aufrecht stehen. Die jungen Männer schienen für einen Moment beeindruckt und wechselten einen Blick.

»Habt ihr im Zirkus alle solche Euter? Du bist bestimmt in eurem Zeltdorf die Muttersau. Dürfen wir da mal dran?«

Die Hand des links von Shila stehenden Jungen stieß recht schnell vor in Richtung Busen. Jedoch nicht schnell genug, um zu verhindern, dass sich vorher die Klinge in seinen Handteller bohrte. Ungläubig starrte er auf die Hand, aus deren Mitte das Blut quoll. Von dem Messer war nichts mehr zu sehen. Der Partner des Verletzten drehte sich zum Tisch um, an dem der Rest der Kameraden abwartete, welcher Spaß ihnen noch serviert werden könnte.

»Kommt her, das Miststück hat versucht, Leon umzubringen. Die hat ein Messer.«

Das laute Stühlerücken zog jetzt die Aufmerksamkeit aller im Laden auf sich. Es trat eine Stille ein, die sogar Shila nach einem Fluchtweg suchen ließ. Gefährlich langsam näherten sich die restlichen vier Jungs und kreisten Shila komplett ein. Das Thema Flucht konnte sie zu den Akten legen. Jetzt ging es hier nur darum, ohne Verletzungen und Polizei aus der Scheiße herauszukommen. Sie konnte beobachten, dass eine der Angestellten das Telefon am Ohr hatte und immer wieder zum Tisch herübersah.

Trotzdem überzog ein siegessicheres Lächeln Shilas Gesicht, was die Angreifer einen Moment zu lange zögern ließ. Der reichte aus, dass der Stuhl, den Wolf angehoben hatte, drei Mann gleichzeitig zu Boden streckte. Das Holz zersplitterte auf ihrem Rücken und machte den Weg für zwei angsteinflößende Fäuste frei. Die trafen links wie rechts in die Gesichter der jungen Männer, die keinerlei Kampferfahrungen besaßen und fürchterliche Prügel einstecken mussten. Nur wenige Sekunden waren vergangen, bis Wolf seine Partnerin am Arm fasste und sie aus dem Burgerladen zerren wollte. Sie befreite sich aus seiner Umklammerung und machte einen Schritt zurück zum Tisch. Ein schneller Griff und sie hatte die Tüte mit dem Cheeseburger in der Hand.

»Der ist bezahlt, den lasse ich nicht hier. Warum kommst du so spät, du Irrer?«

»Ich war pissen, als du den Zoff bekamst. Die sagten, dass das mit der Bestellung dauern würde. Hat doch gereicht, oder? Jetzt sollten wir uns aber beeilen, bevor die Bullen kommen. Die Kiste steht verdammt ungünstig und ist eingekeilt. Lass uns erst einmal zu Fuß abhauen. Den Wagen holen wir später.«

»Und Sie sind sich sicher, dass die beiden sich kannten und zusammen abgehauen sind? Ich zeige Ihnen gleich ein Foto, ich meine damit eine Phantomzeichnung. Schauen Sie sich die bitte genau an und sagen Sie mir, ob Sie einen davon wiedererkennen. Moment, ich bin gleich wieder da.«

Polizeimeister Schecker verließ für wenige Minuten den Burgerladen und erschien mit einer Kladde, der er einen Ausdruck entnahm und dem Verletzten vorhielt.

»Jau, das ist die Schlampe, genau. War mir sofort klar, dass die was auf dem Kerbholz hat. Welche Frau greift denn einen Mann an, der einfach so an ihr vorbeigehen will? Die gehört in eine Anstalt. Wären meine Kumpels nicht dabei gewesen, hätte die mich abgestochen.«

»Jetzt machen Sie mal halblang, junger Mann«, unterbrach Polizeimeister Schecker den schmalbrüstigen Burschen, der noch immer seine Nase abtastete, die ihm der fremde Riesenkerl höchstwahrscheinlich gebrochen hatte. Die Ambulanz musste jeden Augenblick eintreffen. »Nach Aussage der anderen Gäste haben Sie und Ihre Kumpane den Streit begonnen, indem Sie die Frau belästigt haben. Die zwei sind geflüchtet, um eine Eskalation mit Ihnen allen zu vermeiden. Schließlich wart ihr klar in der Überzahl.«

»Was soll das denn jetzt? Sind wir wieder schuld daran, wenn so ein Schläger unbeteiligte Gäste zusammenprügelt? He? Der Gorilla hat uns von hinten angegriffen, obwohl mir meine Freunde nur helfen wollten. Die Fotze hatte ein Messer.«

161

»Jetzt reicht es aber. Ihre Fäkaliensprache können Sie sich sparen. Seien Sie froh, wenn die Frau keine Anzeige wegen sexueller und körperlicher Belästigung erstattet.«

Obwohl Schecker fast davon überzeugt war, das gesuchte Mörderpärchen knapp verpasst zu haben, ekelte ihn die Sprache des Jungen an. Tagtäglich musste er sich mit diesen Möchtegern-Rambos herumärgern, die Passanten belästigten. Endlich waren sie einmal auf Gegner gestoßen, die ihnen einen blutigen Denkzettel verpasst hatten. Mitten in seine Gedanken platzten etliche Helfer des Rettungsdienstes, die sich um die teils erheblich verletzten Männer kümmerten. Die Zeit nutzte Schecker, um die Nummer anzuwählen, die als Erstkontakt unter der Phantomzeichnung angegeben worden war.

»Kommissar Wiesner am Apparat Rabe. Was gibt´s?«

»Hier spricht Polizeimeister Schecker vom Revier 13. Ich befinde mich in einem Einsatz bei dem Burgerladen in der Hollestraße. Es kam hier zu einer Schlägerei zwischen Jugendlichen und zwei weiteren Personen, wobei die beteiligten Erwachsenen flüchtig sind.«

»Sie wissen, dass Sie die Nummer des Morddezernates angewählt haben? Inwieweit betrifft uns das? Kam jemand zu Tode?«

»Nein, Herr Wiesner. Aber nach Aussage der Zeugen könnte es sich bei der anderen Partei um die beiden Gesuchten handeln, deren Fotos ihr in Umlauf gebracht habt. Einer der Jugendlichen hat bestätigt, dass eine starke Ähnlichkeit mit den Gesuchten vorhanden ist. Ich werde dazu weitere Gäste befragen, die das Geschehen beobachten konnten. Was sollen wir in der Sache weiter unternehmen?«

Schecker vermutete schon, dass die Leitung unterbrochen wurde, als sich Kai Wiesner wieder meldete.

»Entschuldigen Sie die kurze Unterbrechung, aber ich habe eine Kollegin zurückgeholt, die Feierabend machen wollte. Wir sind gleich bei Ihnen. Lassen Sie niemanden weg, der etwas zur Sache aussagen kann. Es ist wichtig. Wir sind auf dem Weg.«

»Hast du Gordon schon benachrichtigt? Er plante meines Wissens nach, mit Jonas in diesen neuen Star-Trek-Film zu gehen«, wollte Leonie wissen, während sie sich auf den Beifahrersitz fallen ließ.

»Ach, deshalb meldet er sich nicht. Habe ihm trotzdem eine Nachricht auf den Pager geschickt. Wir hören uns das erst mal vor Ort an, bevor wir eine Großfahndung rausschicken. Vielleicht ist das ja falscher Alarm. Wovon habe ich dich denn abgehalten?«

»Wie kommst du darauf, dass ich etwas vorhaben könnte?«, wollte Leonie wissen.

»Du hast ein neues Parfüm drauf. Ganz einfach. Wie heißt denn der Neue?«

Kai lachte, als Leonie ihm die Faust in die Seite stieß.

»Du denkst nur an das eine, du Spinner. Heute war Lesen angesagt. Habe mir einen neuen Thriller besorgt. Alle sagen, dass der spannend wäre.«

»Das würde ich mir noch mal überlegen. Die haben meistens wenig Ahnung von unserem Job und stellen uns entweder als Deppen oder Superhelden dar. Nimm dir lieber einen Liebesroman zur Hand, obwohl der noch weiter von der Wirklichkeit entfernt ist.«

Leonie wusste, dass eine diesbezügliche Diskussion mit dem Spießer Kai kaum etwas brachte. Sie spürte lediglich in ihrem Inneren, dass dieser Tag noch einige Überraschungen für sie bereithalten würde. Wie recht sie damit hatte, konnte sie zu diesem Zeitpunkt nicht wissen.

26

Die Polizeikollegen hatten einige Gäste vom Durchgangspublikum abgesondert in einer Ecke versammelt. Die Erleichterung war Schecker sogleich anzumerken, als Leonie und Kai eintrafen und ihm die Last der Verantwortung abnahmen.

»Das wird aber auch Zeit. Die Leute meutern schon, weil wir sie aufgefordert haben, zu warten. Die sind ziemlich sauer und bezeichnen das als Freiheitsberaubung und polizeiliche Willkür. Würden Sie jetzt übernehmen?«

Kai, der fast alle im Raum um einige Zentimeter überragte, ging nicht auf die Sorgen des Kollegen ein und begab sich mitten in den Tumult.

»Ruhe bitte. Hören Sie mir nur einen Moment zu. Sie wurden hier nicht ohne Grund festgehalten, meine Damen und Herren. Wir hoffen, dass Sie uns wichtige Hinweise liefern können, die wir in einem weiteren Fall von Gewaltanwendung dringend benötigen. Niemand möchte Sie drangsalieren. Glauben Sie mir. Aber es ist wichtig, dass wir eine genaue Beschreibung des Tathergangs und der flüchtigen Personen bekommen. Alle, die etwas zum Aussehen der beiden Personen aussagen können, bitte ich darum, sich auf diese Seite zu stellen. Es wird nicht allzu lange dauern. Diejenigen, die sich nicht sicher sind, ob sie eine klare Aussage machen können, dürfen selbstverständlich gehen. Bitte bedenken Sie, dass jedes Detail wichtig für die Ermittlungen sein kann.«

Der Tumult endete damit, dass sechs Personen blieben und sich der überwiegende Teil der Gäste fluchend auf den Weg nach draußen machte. Leonie und Kai besetzten jeweils einen Tisch und baten die Zeugen zu sich. Nacheinander schilderten sie den Tathergang weitestgehend übereinstimmend, sodass klar wurde, dass die Aggressionen zwar von der Jungenmeute ausging, die Frau am Tisch jedoch mit einer gefährlichen Waffe hantiert hatte. Der zum Schluss auftauchende Schläger ähnelte immer mehr dem Bild, das bereits Otte geliefert hatte. Leonie und Kai waren sich sicher, die gesuchten Killer nur um wenige Minuten verpasst zu haben.

Die Polizisten waren mittlerweile wieder abgezogen, als die beiden Ermittler nachdenklich an einem Ecktisch saßen und einen Moment nur ihren Gedanken nachhingen. Gordon musste tatsächlich mit Jonas im Kinosaal hocken. Ansonsten hätte er sich längst bei ihnen gemeldet. Leonies Augen waren in die Ferne gerichtet, verfolgten die Bewegungen auf dem Parkplatz. Mehr beiläufig kam die Frage, die Kai kaum verstand, da zwei Tische entfernt eine Mädchengruppe laut auflachte.

»Hieß es nicht bei Otte, dass die beiden einen älteren Mercedes, Typ 123 fahren würden? Du kennst dich doch darin besser aus als ich. Ist das drüben neben dem weißen Skoda nicht so ein Fahrzeug? Ich tippe mal trotz Dämmerung auf Dunkelgrau. Der parkt da schon, seit wir hier angekommen sind. Solange futtert doch keiner in einem Schnellrestaurant. Entweder gehört der einem Angestellten oder die Gesuchten haben den auf der Flucht stehen lassen.« Kai drehte sich um und betrachtete das Auto näher.

»Respekt, du hast richtig getippt. Könnte Baujahr um 1980 sein.«

Ohne ein weiteres Wort erhob sich Kai und verschwand zwischen den wartenden Kunden an der Theke. Nachdem sich die Buhrufe wieder gelegt hatten, sprach Kai nur einen Moment mit einer Bedienung. Leonie konnte das energische Kopfschütteln der jungen Dame beobachten und reagierte auf das Heranwinken des Kollegen. Beide näherten sich vorsichtig dem Wagen, der von Staub und Dreck überzogen war. Kai notierte sich das Nummernschild und griff zum Telefon. Im Büro wusste er um diese Zeit noch einen Kollegen.

»Hi, Siegfried, Kai hier. Wir befinden uns auf der Hollestraße. Bist du so nett und findest heraus, auf wen der Mercedes mit dem folgenden Kennzeichen zugelassen wurde?«

Leonie, die das Gespräch zwar verfolgte, hatte ihre Besichtigung des Fahrzeuginnenraumes begonnen. Durch die fast blinden Scheiben konnte sie einiges an Gerümpel erkennen. Unter anderem eine Wolldecke, die jemand zusammengeknubbelt in die Ecke der Rücksitzbank geworfen hatte. Leere Papiertüten und Flaschen lagen auf dem Boden und ließen die Vermutung zu, dass der Besitzer des Wagens zumindest einen großen Teil seiner Zeit hier zubrachte. Ein dunkler Fleck auf der hinteren Sitzbank erregte ihre besondere Aufmerksamkeit. Sie winkte Kai heran und zeigte aufgeregt in den Innenraum. Der ließ einen Moment später die Stablampe aufleuchten, die jeder von ihnen stets mit sich führte.

»Blut. Das könnte Blut sein. Wir warten ab, bis wir den Besitzer kennen und lassen die Karre notfalls öffnen. Das wäre der Hammer, wenn wir die Dreckschweine dadurch festsetzen könnten. Ohne Auto kommen die nicht weit.«

Leonie kam wieder um das Heck des Wagens herum und zupfte an Kais Ärmel.

»Mir kommt da so ein Gedanke. Was würdest du davon halten, wenn wir die Kiste vorerst so stehen lassen? Ich meine damit, dass wir sie einfach nur beobachten lassen. Was würdest du tun, wenn du schnell verschwinden müsstest, wo es Streit gab? Allerdings steht immer noch dein Auto da, auf das du angewiesen bist. Irgendwann werden die Bullen wieder verschwunden sein und alles beruhigt sich. Dein Auto steht auf einem Parkplatz, wo es kaum bei dem regen Verkehr auffallen dürfte. Hier ist vierundzwanzig Stunden geöffnet.«

»Ich weiß, worauf du hinaus willst. Die Idee gefällt mir – die gefällt mir sogar gut. Ich würde mich als Erster zur Verfügung stellen. Vom Fenster, wo wir vorhin saßen, können wir alles gut überblicken. Kannst du mich nach drei Stunden ablösen. Irgendwann muss ich mal 'ne Mütze Schlaf haben. Nach weiteren drei Stunden werde ich dir eine Ablösung schicken. Moment, es klingelt.«

»Das ist ein Ding. Danke dir, Sigfried. Wir bleiben vor Ort. Nein, du musst nichts unternehmen. Wir beobachten den Wagen weiter und informieren euch, wenn sich was tut. Danke dir für die schnelle Hilfe.«

Kais Gesicht wurde von einem Grinsen überzogen.

»Leonie, du hattest einen guten Riecher. Die Schilder wurden geklaut und gehören an einen Skoda. Ich glaube, wir haben die Mörderbande bald. Wir machen es so, wie ich es mit dir besprochen habe. Ich hoffe, dass uns Gordon nach dem Kino zurückruft. Jetzt hau ab und leg dich aufs Ohr. Ich weck dich, wenn du dran bist.«

Leonie wollte sich abwenden, als sich Kais Telefon wieder meldete. Erleichtert drückte er auf die Sprechtaste, als er Gordons Nummer erkannte.

»Tut mir leid, aber ich wollte den Kurzen nicht wieder mitten im Film enttäuschen. Hoffentlich habe ich nichts Wichtiges verpasst. Was ist passiert?«

Kai fasste die Geschehnisse des Einsatzes zusammen und schloss den Bericht mit dem aktuellen Vorhaben. Als er schon glaubte, dass sich Enttäuschung oder Wut in Gordon aufbaute, meldete sich dieser wieder.

»Das habt ihr richtig beurteilt. Die Idee mit der Beobachtung ist gut und könnte wirklich klappen. Allerdings würde ich vorschlagen, dass sich in der Nähe ein Einsatzfahrzeug mit unseren Leuten bereithält. Ich will nicht riskieren, dass uns die Bande durch die Lappen geht, weil nur eine Person auf Posten ist. Ihr solltet in solchen Fällen mindestens zu zweit sein. Folgendes: Du machst die erste, Leonie die zweite Schicht. Ich sorge dafür, dass sie dann abgelöst wird. Gleichzeitig steht immer ein Einsatzteam bereit, das euch vor Ort und bei der Festnahme unterstützt. Wir müssen davon ausgehen, dass die beiden bewaffnet sind. Und mal unter uns, Kai. Wenn ein Mann eine ganze Gruppe von kräftigen Jungens zusammenschlägt, wirst selbst du als kampferprobter Polizist an deine Grenzen stoßen. Lasst euch also helfen. Ich komme morgen früh dazu, wenn Jonas in der Schule ist. Haltet die Augen offen und seid vorsichtig. Nichts auf eigene Faust unternehmen! Ich bringe jetzt den Burschen an meiner Seite ins Bett. Der hat schon kleine Augen.«

27

»Halt, warte. Hier stimmt was nicht.«

Wie ein Falke nach Beute suchte Shila die Umgebung des Parkplatzgeländes ab. Sobald sich etwas in den Fahrzeugen bewegte, wurde es einer Sichtprüfung unterzogen. Noch immer hielt sie Wolf am Ärmel seiner Jacke zurück. Ihrem Blick entging nicht das kleinste Detail. Obwohl sie nichts Verdächtiges an den geparkten Fahrzeugen feststellen konnte, blieb sie argwöhnisch. In den vielen Jahren ihrer ziellosen Wanderung durch die Welt des Verbrechens hatte sie gelernt, ihrem Instinkt zu folgen. Auf Wolf konnte sie sich in diesem Punkt nicht verlassen. Der ließ sich nur von dem Urinstinkt eines wilden Tieres leiten, benötigte jedoch einen Leitwolf an seiner Seite, der ihn führte. Pure Kraft und Gehorsam der Obrigkeit gegenüber bestimmten sein wertloses Leben. Warum es gerade diese Gedanken waren, die Shila genau in diesem Augenblick durch den Kopf gingen, konnte sie sich selbst nicht erklären. Es waren wohl genau diese Tugenden, die ihn für sie wertvoll machten. Ein williges Werkzeug, das sie nach Belieben manipulieren konnte, hatte sie in diesem Muskelberg gefunden. Als Mann für sie verachtenswert, erfüllte der Idiot dennoch seinen Zweck.

Shilas Augen erfassten jedes Fenster des Burgerladens, wobei zu dieser frühen Stunde kaum ein Besucher Interesse zeigte, abgesehen von einzelnen Truckerfahrern oder Außendienstlern, die sich auf der Fahrt zum Kunden ein schnelles Frühstück gönnten. Sie selbst verspürte ein Grummeln in der Magengegend und hätte sich gerne dort drin eine Mahlzeit gegönnt. Obwohl sie davon überzeugt war, dass die gesamte Mannschaft von gestern Abend ausgetauscht worden war, verzichtete sie auf den Besuch. Ihr Blick ruhte auf einem weiblichen Gast, der hinter der Scheibe des letzten Fensters saß und nur in großen Abständen lustlos an der Kaffeetasse nippte. Immer wieder glitt der Blick dieses Gastes über den Parkplatz, so als wollte die maskulin wirkende Frau mit dem Bubikopf eine Verkehrszählung vornehmen. Bei Shila klingelten die Alarmglocken.

»Siehst du diese Schlampe am letzten Fenster? Die sitzt da jetzt schon verflucht lange und scheint sich zu langweilen. Entweder hat die ihre lesbische Freundin gestern aus der Bude geworfen oder die wartet auf etwas. Wolf, da stimmt was nicht. Die Frau kann von den Bullen sein, die unseren Wagen observiert. Bestimmt ist sie ein Bulle – das spüre ich. Was machen wir jetzt bloß? Ich will nicht noch eine Nacht unter der Brücke pennen. Wir haben unsere Plörren im Kofferraum. Ich will die Klamotten unbedingt da rausholen.«

Wolf nahm die Zielperson ins Visier und verfolgte jede ihrer Bewegungen.

»Wenn die tatsächlich den Wagen beobachtet«, ließ Wolf gleichzeitig seine geistigen Ergüsse fließen, »können wir die Kiste nicht mehr benutzen. Die können wir jetzt vergessen.«

Fast ungläubig musterte Shila ihren Partner, wobei zugleich pure Verachtung erkennbar wurde.

»Das hast du wieder einmal genial dargestellt. Hast du im Ernst angenommen, dass ich den Wagen danach auch nur einen Meter bewegt hätte? Spar dir deine Schlussfolgerungen und denk lieber darüber nach, wie wir unsere Sachen aus dem Kofferraum bekommen. Wenn wir das jetzt tun, legen die uns Handschellen an, bevor wir den Deckel wieder schließen.«

Wolf spürte einmal mehr diese Ablehnung und Überheblichkeit bei seiner Partnerin, die er schon oft zum Teufel gewünscht hatte. Würde er sie allerdings verlassen, war er sich sicher, von diesem Augenblick an stets um sein Leben bangen zu müssen. Er hatte sich der Gattin des Teufels verschrieben und musste nun die Konsequenzen tragen. Punkten konnte er nur bei ihr, wenn er ihr zu Diensten war – ohne Wenn und Aber. Seine Gedanken überschlugen sich und suchten nach einer Lösung. Die war so dermaßen simpel, dass sogar er daraufkam.

»Ich fackel einfach die Hütte ab. Dann hole ich in dem Durcheinander unsere beschissenen Klamotten aus der Karre und wir klauen uns einen anderen Wagen.«

Die Überraschung, die sich in Shilas Gesicht abzeichnete, war echt. Ihr Grinsen zeigte pure Begeisterung. Anerkennend klopfte sie dem Riesenkerl auf den Rücken.

»Das hätte sogar von mir kommen können, Großer. Die Idee ist sogar super. So machen wir das. Lass uns ausbaldovern, wo wir das Feuer legen. Einfach genial. Sollen die sich weiter den Arsch plattsitzen – uns erwischen die niemals.«

Leonie verfluchte innerlich die eigene Idee, den hässlichen Mercedes da draußen zu observieren, als sie Mühe bekam, die Augen offen zu halten. Viele Fahrzeuge wurden auf dem Parkplatz bewegt, nur das eine nicht. *Hatten sie sich geirrt? Gehörte der Wagen nicht den Gesuchten?* Sie weigerte sich, diesen Gedanken zu Ende zu bringen, trank frustriert von eigenen Zweifeln den mittlerweile kalten Kaffee aus. Die Kaffee-Flatrate hatte sich in ihrem Fall ausgezahlt, da sie sich schon die fünfte Tasse abholte. Kaum stand sie vor dem Automaten, als sie die aufkeimende Unruhe im Küchenbereich innehalten ließ. Zwei Angestellte verließen ihre Positionen an den Maschinen und rannten wild herumschreiend vor die Bedienungstheke.

»Feuer ... Feuer ... die Fetttonne brennt. Ruft die Feuerwehr, sonst brennt die ganze Bude ab!«

Schnell erkannte Leonie, dass aus dem hinteren Bereich dichter dunkler Rauch hervorquoll, und riss ihr Telefon aus der Tasche. Schnell hatte sie die 112 angewählt und wartete auf die Leitstelle. Ihre Meldung ging in dem schrillen Ton der Feuermeldeanlage unter. Sie erhielt prompt neben dem Dank für den Anruf die Bestätigung, dass parallel der Feuermelder bei ihnen den Alarm ausgelöst hätte. Erleichtert stopfte Leonie das Telefon in die Tasche und drängte die wenigen Gäste, die partout das Geschehen mit dem Smartphone filmen wollten, ins Freie. Das Chaos war perfekt, zumal die Alarmanlage in einer Tour den schrillen Ton weiterverbreitete. Die ersten Flammen leckten an der Deckenverkleidung entlang und suchten nach Brennbarem. Der gesamte Raum füllte sich mit gefährlichem Rauchgas. Die letzten Bediensteten hatten mittlerweile das Freie erreicht und diskutierten lautstark. Eine ältere Mitarbeiterin, die noch Löschversuche gestartet hatte und nach Luft rang, lag auf dem Rücken und riss in ihrer Verzweiflung an der Kleidung ihrer Kollegen. Von Weitem hörte man die Sirenen der herannahenden Feuerwehr. Über dem Gelände hatte sich eine gewaltige Rauchsäule aufgebaut, die nach Westen abzog, wo sich die hohen Gebäude der Essener Innenstadt vor dem Rosa der aufgehenden Sonne abzeichneten.

Erste Sanitäter kümmerten sich um die Dame, die mit einer Atemmaske versehen in das Rettungsfahrzeug verlegt wurde. Im Eiltempo ging es Richtung Krankenhaus. Leonie wusste nur zu gut, dass die Chancen für die tapfere Frau schlecht standen, da Rauchgasvergiftungen gefährlich waren. Die meisten Opfer bei Feuereinsätzen starben an einer Rauchgasvergiftung, was dem Normalbürger weitestgehend unbekannt war.

Die Kollegen der Polizei hatten längst das gesamte Gelände abgesperrt und Leonie angeboten, sich in einem der Einsatzfahrzeuge auszuruhen. Sie lehnte dankend ab und suchte wieder nach dem Telefon, um Gordon über den Vorfall zu informieren. Während sie über den Parkplatz wanderte, um ruhig telefonieren zu können, fiel ihr Blick auf den Wagen, den sie stundenlang im Auge behalten hatte. Ihr Arm mit dem Telefon senkte sich.

»Scheiße ... Scheiße ... Scheiße. Dieses verfluchte Dreckspack. Die haben uns ausgetrickst.«

Entsetzt starrte sie auf den geöffneten Kofferraumdeckel.

28

Niemand im Besprechungsraum wollte das Gespräch beginnen. Die Männer blätterten geschäftig in ihren Unterlagen und vertieften sich schließlich in mehr privates Geplänkel. In Leonie baute sich das Bedürfnis auf, a la Chruschtschow im Jahre 1960 mit dem Schuh auf den Tisch zu klopfen und die ignoranten Kerle anzuschreien. Nikita hatte damals zumindest erreicht, dass die Rede des philippinischen Delegierten bei der UN-Vollversammlung unterbrochen wurde und er seine Wutrede halten konnte. Gordon, der mit Kriminalrat Kläver den Raum betrat, hielt sie davon ab, sich bei den Kollegen unbeliebt zu machen.

»Kollegen«, eröffnete Gordon zur Überraschung aller das Gespräch. »Ich möchte direkt zu Beginn eines deutlich machen. Was heute Morgen auf der Hollestraße passierte, ist eine gewaltige Sauerei. Das katapultiert uns wieder fast an den Anfang der Ermittlungen.«

Die ersten Blicke richteten sich auf Leonie Felten.

»Doch lasst mich gleichzeitig feststellen, dass niemanden ... ich wiederhole das gerne ... niemanden hier in der Runde eine Schuld trifft. Dass uns die beiden Gesuchten durch die Lappen gingen, ist auf keinen Fall die Schuld einer einzelnen Person. Wer unserer Kollegin Leonie das in die Schuhe schieben möchte, darf sich vorher bei mir melden. Das kann man dann gerne ausdiskutieren. Keine falsche Scham, meine Herren. Wer glaubt, dass ihm das nicht passiert wäre, darf sich jetzt gerne dazu äußern.«

Er sah in die Runde und bemerkte viele gesenkte Häupter, aber auch stille Bestätigung. Vor allem bei Kai.

»Niemand? Dann können wir an dieser Stelle festhalten, dass dieses Killerpärchen uns quasi vorgeführt hat ... uns alle. Mit diesem genialen Ablenkungsmanöver konnten die beiden alle persönlichen Dinge, die sich wahrscheinlich noch im Wageninneren befanden, herausholen, ohne dass wir es bemerkten. Ebenfalls will ich es nicht versäumen, Ihnen mitzuteilen, dass die Mitarbeiterin, die das Feuer noch löschen wollte, es nicht geschafft hat. Sie ist noch im Rettungswagen an einer Rauchgasvergiftung verstorben. Dieses Opfer setzen wir auf die Rechnung der beiden Gesuchten.«

Die Betroffenheit über die Nachricht, aber auch über die Warnung des Chefs bezüglich einer möglichen Schuldzuweisung war sichtbar und sorgte dafür, dass Stille einkehrte. Kläver übernahm das Wort.

»Ich schließe mich vollumfänglich der Erklärung von Hauptkommissar Rabe an. Jetzt heißt es für uns, darauf zu hoffen, dass die KTU bei der Untersuchung des Fahrzeuges Spuren findet, die uns später Namen und dazu passende Gesichter liefern. Ich bin mir sicher, dass wir die mutmaßlichen Täter schnell dingfest machen können. Falls nötig, werde ich weiteres Personal für die Suche abstellen. Der Fall hat oberste Priorität im Haus.«

»Danke, Herr Kläver«, unterbrach ihn Gordon, der sich erhob. »Ich gehe fest davon aus, dass die Verbrecher versuchen werden, schnellstmöglich einen neuen, fahrbaren Untersatz zu bekommen. Lange hat sie das Tauschen der Kennzeichen davor bewahrt, entdeckt zu werden. An ihrer Stelle würde ich mich auf diese Erfahrung stützen und es genauso wiederholen. Was bedeutet das für uns?«

Kai beantwortete die Frage mit klaren Worten und erntete dafür allgemeine Zustimmung.

»Wir sollten ab heute sämtliche Meldungen von Autodiebstählen bei uns hier zusammenführen. Das betrifft auch das Entwenden von Kennzeichen. Es dürfte mithilfe der IT-Abteilung sicher kein Problem darstellen, sämtliche in Frage kommenden Fahrzeuge in Kombination mit den gestohlenen Kennzeichen darzustellen. So viele werden es nicht sein. Diese Kombinationen geben wir raus an die Kollegen auf der Straße. Das sollten wir jedem Polizisten im Kreis einimpfen, damit diese Bestien kein weiteres Opfer mehr liefern können.«

Kollektives Klopfen auf die Tischplatte bestätigte die Qualität dieses Vorschlags. Auch Kläver nickte anerkennend. Leonie drückte Kai sogar unter dem Tisch stumm die Hand, was dieser mit einem dankbaren Lächeln quittierte. Gordon teilte einzelnen Gruppen Aufgaben zu und löste die Versammlung der Soko-Mitglieder für heute auf. Als sich der Raum weitestgehend geleert hatte und er nachdenklich auf die Zweigertstraße hinuntersah, spürte er die Anwesenheit einer Person hinter sich. Die Stimme drang an sein Ohr, während sich eine Hand um seine Taille schlang.

»Danke. Ich hoffe nur, dass es ehrlich gemeint war und nicht nur der Beruhigung der Kollegen dienen sollte. Ich hätte einfach besser aufpassen sollen und diese Finte erkennen müssen. Wir haben oft darüber diskutiert, Gordon. Es gibt in unserem Job nur selten Zufälle. Und das heute Morgen war keiner. Das hätte ich spüren müssen.«

Fast zu heftig drehte sich Gordon der Kollegin zu und griff nach dem Arm, der immer noch auf seiner Taille lag.

»Wie lange kennen wir uns schon? Ist ja auch egal. Natürlich wollte ich mit meiner Warnung vorsorgen, dass erst gar nicht die Diskussion über eine Schuld aufkommt. Jeder von uns hätte sich zuerst um den Brand gekümmert. Da hängen Leben dran, wie es eindrücklich bestätigt wurde. Du hast richtig gehandelt, Leonie. Basta.

Und noch zwei Dinge, damit dieses Thema vom Tisch kommt. Wenn ich der Meinung bin, dass einer in meinem Team Scheiße gebaut hat, sage ich ihm oder ihr das ins Gesicht. Es wird nicht vor versammelter Mannschaft sein. Bevor ich den Anschiss allerdings loslasse, hinterfrage ich, wie ich selbst an der Stelle des Kollegen gehandelt hätte. Finde ich keine Lösung dafür, die das Dilemma verhindert hätte, halte ich die Schnauze und stelle mich hinter denjenigen. Haben wir uns verstanden?

Wisst ihr was? Ich lade euch trotz der Rückschläge drüben bei *Little Italy* ein. Aber erst heute Abend. Jetzt wird ein neuer Schlachtplan ausgearbeitet.«

29

Die Halle, in der die KTU den Mercedes auf Spuren unter-
suchte, war um die Mittagszeit relativ verwaist. Die drei
Ermittler fanden das gesuchte Fahrzeug auf der herunter-
gefahrenen Hebebühne. Erst als sie sich näherten, bemerkten
sie den Kollegen, der mit dem Oberkörper im offenen
Kofferraum steckte und mit einem Handstaubsauger in den
Ecken tätig war. Als er die drei Personen bemerkte, stellte er
das Gerät ab und schien hocherfreut darüber, seine Arbeit
unterbrechen zu dürfen.

»Hi, Gordon. Was führt dich zu uns Technik-Schnüfflern?
Gehört die Karre hier zu einem deiner Fälle?«

»Du hast es auf den Punkt richtig getroffen, Victor. Bist
du schon ein Stück weitergekommen? Das sind übrigens
meine Kollegen Leonie Felten und Kai Wiesner. Wir suchen
das Mörderpärchen, das mit großer Wahrscheinlichkeit
diesen Wagen für seine Raubzüge und Morde benutzte. Was
machst du gerade?«

Gordon wies auf den Staubsauger, den Victor immer noch
in der Hand hielt.

»Ach, weißt du, die meisten Täter glauben immer, wenn
sie was zu transportieren hätten, was nicht nachgewiesen
werden darf, dass eine Plane im Kofferraum ausreicht. Alle

Spuren werden vermieden und gut ist. Irrtum. Die vergessen immer, dass mikrofeine Spuren sich überall absetzen können. Denk mal an Talkum, Sandkörner, Haare und Hautschuppen, die sich lösen können. Im Staubsauger ist ein besonderer Filter, der selbst die feinsten Teilchen festhält und uns im Labor gute Hinweise darauf geben kann, was da zum Beispiel im Kofferraum transportiert wurde. Wir können dir später genau sagen, von welchem Hersteller ein Sack Blumenerde stammt. Nachdem ich alte Blutspuren auf der Matte fand, die jemand versucht hat, rauszureiben, habe ich mir gedacht, die Suche da drin auszuweiten. Jetzt ermitteln wir die Blutgruppe und hoffen, weitere Beweise finden zu können.«

»Das würde zumindest beweisen, dass die einige ihrer Opfer damit weggeschafft haben.« Leonie richtete ihren Blick, während sie das sagte, auf die Heckscheibe. »Ich sehe hier Fingerabdrücke, die ihr gesichert habt. Sind die schon durch den Computer gegangen?«

»Das läuft gerade, liebe Kollegin. Aber das ist noch nicht alles. Wir haben davon jede Menge am Lenkrad und am Deckel des Handschuhfachs gefunden. Wir haben uns zwischenzeitlich die Vergleichsabdrücke vom ehemaligen Fahrzeugbesitzer besorgt, um die aussortieren zu können. Jetzt gilt es zu bedenken, dass wir auch die Abdrücke von irgendwelchen Automechanikern finden werden, die das Auto in früheren Jahren gewartet haben. Das dürfte ein absolut glücklicher Zufall sein, wenn wir einen Treffer landen würden. Doch Zuversicht ist mein zweiter Vorname.«

»Wie ich hörte, habt ihr schon Haare gefunden und abgeglichen. Es handelt sich also definitiv um das Auto des

Paares. Wenn wir passende Fingerabdrücke im Computer finden, haben wir die beiden an den Eiern«, mischte jetzt Kai mit, erntete jedoch sofort einen flotten Spruch von Leonie.

»Nur einen, mein Schatz, nur einen. Das dürfte bei der Frau problematisch werden – ich meine, das mit den Eiern.«

Trotz der ernsten Lage schallte das Lachen aller durch die immer noch leere Halle. Gordon bemerkte bei seinem weiteren Besichtigungsgang den dunklen Fleck auf dem Polster der Rückbank und rief nach dem Kollegen.

»Hat das eine besondere Bewandtnis, dass ihr diesen Fleck dort gekennzeichnet habt?«

Victor näherte sich der offenstehenden Tür und bemerkte dazu: »Das ist ein Speichelfleck. Hier muss jemand geschlafen haben, wobei ihm oder ihr der Speichel aus dem Mundwinkel floss. Wir kennen ja die Analyse von Dr. Lieken. Fast identische toxische Spuren fanden wir auch darin. Es dürfte jetzt keinen Zweifel mehr daran geben, dass euer Killerpärchen in diesem Auto – ich denke, das kann man so nennen – seine Tage und Nächte verbrachte. Wenn ihr mich fragt, führen die ein beschissenes Leben. Das Morden und Stehlen scheint sich nicht zu lohnen.«

Dafür erntete Victor stummes bestätigendes Nicken.

Kai und Leonie hatten sich in die Kantine verabschiedet, als Gordons Telefon auf sich aufmerksam machte. Das Display zeigte ihm eine Nummer aus dem eigenen Haus.

»Gut, dass ich Sie erreiche, Herr Rabe. Wir haben die Listen, die Sie haben wollten, erstellt. Ich spreche von den geklauten Fahrzeugen und Kennzeichen.«

»Führt uns das weiter, Herr Schwieder, oder sind das zu viele?«

»Nein, nein, das sieht gut aus. Wir hatten mit wesentlich mehr gerechnet. Gut, bei den Autos kommen wir in den letzten zwei Tagen auf immerhin siebzehn, aber es wurden nur zwei Kennzeichen abmontiert. Das grenzt unsere Suche gewaltig ein. Ich habe mir erlaubt, die Fahndung nach diesen beiden Kennzeichen rauszugeben. Das müsste mit dem Teufel zugehen, wenn wir die nicht schnell finden würden.«

Gordon konnte seine Skepsis nach den vielen Rückschlägen nur schwer verbergen.

»Sehen Sie, Schwieder, genau mit dem haben wir es aber zu tun. Über diese beiden Killer muss der Satan seine schützende Hand halten. Hat schon jemand vom BKA angerufen wegen eines Fingerabdruck-Abgleichs?«

»Nichts von gehört, Chef. Haben wir denn endlich was gefunden?«

Gordon klärte den Kollegen des Soko-Teams über die Neuigkeiten aus der Spurensicherung auf und beendete das Gespräch. Gerade als er sich ebenfalls in die Kantine bewegen wollte, störte das Telefon erneut. Ein tiefer Seufzer begleitete seine Begrüßung, nachdem er die Nummer auf dem Display erkannte.

»Hi, Denise. Schön, deine Stimme zu hören. Geht es dir besser?«

Als er schon dachte, dass sie wieder abgebrochen hatte, meldete sich die brüchige Stimme seiner Frau.

»Ich ... ich will nach Hause. Hol mich hier raus ... bitte, Gordon. Es geht mir gut, das musst du mir glauben. Die machen mich hier völlig kirre mit der Fragerei. Ich muss

Dinge tun, die ... die sind verrückt. Vorhin sollte ich irgendwelche Bilder ausmalen und erklären, warum ich bestimmte Farben gewählt habe. Die behandeln mich hier, als hätte ich behauptet, die Jungfrau Maria zu sein.«

Schon längst hatte sich Gordon auf die Fensterbank eines Flurfensters gesetzt und blickte auf das riesige Gerichtsgebäude. Die Ärzte sprachen bei seinem letzten Besuch von einem schweren Trauma, das Denise erlitten hätte. Man riet dazu, sie in eine Fachklinik zu verlegen, um Spätfolgen zu vermeiden. Dagegen stand im Augenblick die Bitte einer Frau, die noch immer tiefe Gefühle in ihm weckte. Ein Kampf tobte in ihm, als er einen Versuch startete.

»Denise, ich verstehe dich gut. Glaube mir. Aber nimm das, was du erlebt hast, nicht auf die leichte Schulter. Das musst du erst einmal verarbeiten. Ich weiß, wovon ich da spreche. Gerade du solltest gut einschätzen können, wohin das führen kann. Schließlich war es nicht nur der Durst, der mich damals in den Alkohol getrieben hat. Nur noch ein paar Tage, dann ...«

»Nein!«

Gordon erschrak, da diese Äußerung mit enormer Überzeugung in das Telefon geschrien wurde. Im Hintergrund hörte er leise Stimmen, die allerdings von Denise abgewürgt wurden.

»Gehen Sie weg. Ich schreie hier so laut, wie ich es für richtig halte. Lassen Sie mich mit meinem Mann telefonieren!«

Gordon lauschte. Hörte aber nur undefinierbare Geräusche am Hörer, bis er die jetzt wieder ruhigere Stimme von Denise vernahm.

»Was glauben die eigentlich, mit wem die hier sprechen? Ich bin doch kein Psycho, verdammt. Würde mich nicht wundern, wenn die gleich mit der Jacke ankommen.«

»Denise, beruhige dich. Soll ich vorbeikommen? Wir müssen eine Lösung finden. Ich muss nur gleich Jonas von der Schule abholen.«

»Ja, bitte. Ihr müsst mich aus diesem Irrenhaus befreien.«

»Sei bitte vernünftig, Denise. Das ist kein Irrenhaus. Du bist nur zur Beobachtung in der Psychiatrie des Klinikums. Das geschieht zu deinem Besten. Wir besprechen das gleich, wenn ich was gegessen habe und wenn Jonas bei uns ist. Mach dir bitte keine Sorgen und rege dich nicht auf.«

Statt einer Bestätigung hörte Gordon nur das Tuten einer unterbrochenen Leitung. Mit tief in den Taschen seiner Jeans vergrabenen Händen machte er sich mit müden Schritten auf in die Kantine, wo Kai und Leonie bereits beim Dessert saßen.

»Was ist los mit dir, Gordon?«

Leonie spürte sofort, dass den Chef etwas belastete, und machte auf dem Tisch Platz für sein Tablett. Lustlos stocherte er in seinem Kartoffelpüree und schob die Bratwurst an den Rand des Tellers.

»Ist was mit Jonas? Verdammt, Gordon, sprich mit uns!«

Als würde er aus einem Traum erwachen, zuckte Gordon zusammen und ließ die Gabel auf den Teller fallen. Alle Blicke richteten sich von den umliegenden Tischen auf ihn. Er hob entschuldigend die Hände und nahm die Wurst mit der Hand auf, um hineinzubeißen. Leonie und Kai wechselten nur einen Blick, bevor ihm die Kollegin stumm das Messer reichte.

»Es ist alles in Ordnung mit Jonas. Es ist wegen Denise. Sie spielt im Augenblick verrückt und will partout wieder nach Hause. Ich kann überhaupt nicht einschätzen, ob es richtig oder falsch wäre, sie da rauszuholen. Was ist, wenn sie nicht in der Lage ist, sich wie gewohnt um den Jungen zu kümmern? Das ist schließlich was anderes, als müsste ich mich um die Hauskatze kümmern. Der Junge braucht Aufmerksamkeit und Fürsorge. Denise ist ... sie ist zumindest nicht ganz gesund. Ich weiß nicht, wie ich es sonst bezeichnen soll.«

»Kannst du Jonas nicht noch ein paar Tage bei dir behalten? Ich meine, nur so lange, bis Denise wieder normal reagiert. Ihr könnt auch zwischendurch mal zusammen bei uns vorbeikommen.«

Kai hatte die Worte so leise gesprochen, dass niemand an den Nebentischen was mitbekommen konnte. Leonie ergänzte sein Angebot.

»Das Gleiche kann ich dir anbieten. Ich könnte sogar mit ihm ins Kino oder in den Zoo gehen. Ich denke, dass er das gerne ...«

»Davon bin ich überzeugt«, unterbrach Gordon sie, »doch glaube ich, dass Denise ihn bei sich haben will. Sie scheint in dem Wahn zu leben, dass sie völlig gesund und alles wie früher wäre. Das steckst du nicht mal eben so weg, wenn du jemanden getötet hast. Es ist was anderes, wenn du den Toten anschließend nicht sehen musst. Doch sie sah zu, wie sein Hirn durch den Raum spritzte. Das würden auch wir nicht so einfach wegstecken. Verflucht, ich will das nicht.«

30

»Wie viel Knete hast du noch? Zeig her, was du in der Tasche hast Wolf. Ich brauche neuen Stoff.«

Genau diese Momente fürchtete er. Es waren die, die Shila unberechenbar machten, die in ihr die schlimmsten Gewaltfantasien entstehen ließen. Er beeilte sich, die letzten kleinen Euroscheine hervorzukramen und auf den Mauervorsprung zu legen, auf dem sie sich niedergelassen hatten.

»Die Kohle brauchen wir für die nächsten Tage, Shila, oder wir müssen die Zähne in die Tischkante hauen. Ich will nicht Kohldampf schieben, weil du ne Dröhnung brauchst.«

Immer wieder fragte sich Wolf, wie Shila es fertigbrachte, in dieser Geschwindigkeit ihr Messer zu ziehen. Er fuhr zurück und hob schützend die Hände. Ihr Gesichtsausdruck warnte den großen Mann vor einer anstehenden Attacke der Partnerin.

»Beruhe dich, Shila. Ich meine ja nur, dass wir auch was zu fressen brauchen. Wir sollten uns überlegen, dass wir endlich mal was Großes abziehen. Das waren doch bisher Peanuts bei den Überfällen. Können wir nicht einfach mal bei einem Juwelier reinmarschieren und Kasse machen?«

Spielerisch fuchtelte Shila mit dem Messer vor Wolfs Gesicht herum und verzog spöttisch ihr Gesicht.

»Eine glänzende Idee. Wir sind noch gar nicht richtig im Laden drin, dann haben die schon den Alarmknopf gedrückt. Hast du schon mal die letzte Zeit in den Spiegel gesehen? Du siehst aus wie Dwayne Johnson für Arme. Schmink dir das ab. Das wird nicht klappen. Aber ich hätte da eine andere Idee, bei der danach auch kaum einer ermitteln würde. Wir könnten auf einen Schlag eine Menge Kohle machen. Hör zu.«

Der schwarze Mustang rollte hinter dem Fabrikgebäude aus. Die Scheinwerfer, die zuvor den verwahrlosten Hinterhof ausleuchteten, erloschen. Das Brummen des 5,0-l-V8-Motors verstummte und die 460 Pferdestärken versteckten sich wieder unter der mächtigen Haube. Die beiden Insassen bewegten sich kaum, warteten geduldig auf erste Anzeichen, dass auch ihr Geschäftspartner am Treffpunkt eingetroffen sein könnte. Heute trafen sie schon eine halbe Stunde früher ein, da der letzte Deal mit einer Gruppe von Abiturienten geplatzt war. Otte wusste, dass er sich in dem Punkt Pünktlichkeit auf Steven verlassen konnte. Alles, was das Geschäft betraf, wickelte der Händler mit äußerster Präzision und Vorsicht ab. Heute war die Monatslieferung fällig, was Otte kaum abwarten konnte. Das Geschäft lief in den letzten Wochen gut und es zeichnete sich sogar eine Steigerung ab. Zum wiederholten Mal schielte Otte auf den kleinen Koffer, der auf dem Rücksitz ruhte und satte hundertdreißigtausend Mäuse für drei Kilo Kokain enthielt. Steven hatte ihm einen Reinheitsgrad von mindestens siebenundsiebzig Prozent versprochen. Leicht verschnitten konnte man daraus einen Gewinn von etwa fünfundachtzigtausend Euro schaffen. Demnächst würde es mehr werden, wenn sie in das Geschäft mit Chrystal Meth einsteigen würden.

Weder er noch sein Partner Geier auf dem Beifahrersitz bemerkten die heranziehende Gefahr. Als sie sie endlich registrierten, war es bereits zu spät. Die Mündung des Revolverlaufs richtete sich hinter der Seitenscheibe genau auf Ottes Stirn und machte mit einer Bewegung deutlich, dass die Scheibe heruntergefahren werden sollte. Mit leisem Surren zog sich die Scheibe in die Türverkleidung zurück und gab Otte die Möglichkeit, sich den Kerl näher anzusehen, der ihn bedrohte. Als er ihn erkannte, entspannte er sich.

»Verfluchte Scheiße, Wolf. Du hast mir vielleicht einen Schrecken eingejagt. Was soll dieser Mist mit der Knarre? Das kann leicht ins Auge gehen, du Vollidiot. Genau in diesem Moment hat sich der Preis für dich verdoppelt. Hast du gehört? Er hat sich verdoppelt. So was macht man nicht ungestraft mit mir. Wenn du Stoff brauchst, mach das gefälligst auf dem üblichen Weg und jetzt verpiss dich, ich bin geschäftlich hier und dich kann ich dabei nicht gebrauchen. Mach die Fliege, aber flott.«

Die Köpfe von Otte und Geier flogen herum, als sie die weibliche dunkle Stimme auf der anderen Wagenseite hörten.

»Darf ich ein wenig mitspielen und dich bitten, die zweite Scheibe runterzufahren?«

Das Einzige, was sich hinter der Scheibe zeigte, war ein mörderischer Halsausschnitt mit einem ebenso beeindruckenden Busen. Rein mechanisch drückte Geier auf den Knopf, der ihm eine freiere Sicht auf die Brüste gestattete.

Es sollte das Letzte sein, was seine Augen in diesem Leben wahrnahmen. Die scharfe Klinge drang tief in die Kehle des stiernackigen Mannes und zog eine blutige Spur bis zur anderen Halsseite. Das Blut schoss im Rhythmus des Herzschlages gegen die Frontscheibe und floss daran herunter. Mit jedem Schlag wurde der Strahl schwächer und versiegte schließlich mit einem leisen Röcheln des Opfers. Ungläubig starrte Otte auf seinen Partner, der nun völlig im Sitz zusammengesunken dasaß und gegen die Deckenverkleidung stierte.

»Was ... was soll das? Wisst ihr Idioten, worauf ihr euch einlasst? Ich werde euch dafür langsam töten. Ja ... ganz langsam werde ich das tun. Ihr könnt euch vor mir nicht verstecken. Ich finde euch, bevor es die Bullen tun. Die haben euch sowieso bald an den Eiern.«

Die Stille, die jetzt eintrat, war nervenzerfetzend. Shila zog ihre Hand mit dem Messer zurück und kam langsam um den Wagen herum. Sie drückte Wolf zur Seite und lehnte sich auf die Türverkleidung. Gefährlich leise kamen die Worte. Die Spitze ihres Messers ruhte auf Ottes Kehlkopf.

»Wir spielen jetzt miteinander ein besonderes Spiel, Otte. Das nennen wir einmal Tauschen. Hörst du? Du gibst mir was und ich gebe dir etwas dafür. Fangen wir an. Als neuer Gast darfst du eröffnen. Du fasst jetzt mit der rechten Hand an dein Revers und klappst das nach außen. Dann ziehst du mit den Fingerspitzen der linken Hand deine Knarre aus dem Schulterholster und gibst sie mir. Da steckt doch eine, oder? In der Zeit werde ich mir Gedanken darüber machen, was du vorhin über die Bullen und uns gesagt hast. Los doch, die Zeit läuft, Otte!«

»Kommt, Leute, lasst jetzt gut sein. Vergessen wir die Sache und ihr sagt mir, wie viel Stoff ihr braucht. Wir lassen es beim alten Preis und ich erledige das mit Geier. Nur kommt mir danach nicht mehr unter die Augen.«

Shilas kalte Augen musterten den schmalbrüstigen Dealer absolut unbeeindruckt. Sie verstärkte den Druck des Messers so, dass sich ein kleines Blutrinnsal am Hals zeigte. Mittlerweile überzog ein Zittern den Körper des Mannes, der sich allmählich dessen bewusst wurde, dass er zuvor einen Riesenfehler begangen hatte, indem er die Bullen ins Spiel brachte. Seine bebenden Hände führten die Befehle aus. Fast wäre ihm der Revolver aus der Hand geglitten, als er ihn aus dem Holster zog. Shilas flinke Finger fingen die Waffe auf und reichten sie weiter an Wolf. Der verfolgte stumm das weitere Geschehen.

»Und jetzt zurück zu den Bullen, Otte. Was hast du damit gemeint, dass sie uns bald an den Eiern haben? Woher willst du überhaupt wissen, dass sie uns suchen? Sag es der Mama. Ich bin so unsagbar neugierig.«

Das Zittern des Dealers verstärkte sich zusehends. In seinem Schoß zeichnete sich ein immer größer werdender dunkler Fleck ab, den Shila mit einem Kräuseln der Nase registrierte.

»Du stinkst nach Pisse, du Dreckskerl. Hast du Angst? Wovor bloß? Du wirst den Bullen doch keinen Tipp gegeben haben? Nein, das würde ein Ganove mit Ehre doch nicht tun. Man liefert seine Kunden nicht ans Messer. Da müsste man doch schon reichlich Todessehnsucht haben. Hast du die, Otte? Sag es mir.«

»Ich ... ich hab denen nur ...«

Ein Gurgeln beendete das allzu kurze Geständnis, als die Klinge den Kehlkopf und die Stimmbänder komplett zerstörte. Die andere Hand zog die beiden Kunststoffbeutel aus der Jackentasche, in denen das weiße Pulver Shilas Augen glänzen ließen. Shila war das schwache Licht der herannahenden Scheinwerfer nicht entgangen. Während sie das Messer genussvoll im Hals von Otte drehte, griff Wolf nach hinten auf die Rückbank und holte sich den Geldkoffer. So unauffällig, wie sie kamen, verschwanden sie wieder in den Tiefen des verlassenen Fabrikgebäudes. Aus sicherer Entfernung beobachteten sie das weitere Geschehen.

Der mächtige Mercedes stoppte genau gegenüber des Mustangs und blendete kurz auf. Als sich im Wagen des Mustangs nichts bewegte, verließen zwei große schwarze Gestalten den Daimler, zogen die Waffen und pirschten sich geduckt an den Wagen heran. Es dauerte nur Sekunden bis sie das Dilemma erkannten und nach allen Seiten sichernd wieder den Weg zurück antraten. Mit Höchstgeschwindigkeit und durchdrehenden Reifen schoss das schwere Fahrzeug wieder vom Firmengelände. Wolf und Shila verharrten noch einige Minuten hinter der fast blinden Scheibe in der ersten Etage, bis sie sich sicher wähnten. Niemand hörte den wilden Freudenschrei, den Shila losließ, als sie sich auf dem Beifahrersitz des geklauten Audi über den Inhalt des Koffers hermachte.

31

Als Gordon auf dem Fabrikgelände ankam und sich mit einem teilweise beschädigten und viel zu kleinen Taschenschirm vor dem Platzregen schützend zum Fundort kämpfte, fielen ihm zuerst die vielen Presseleute auf. Sie wurden von Polizisten mit einem Absperrband vom weiteren Vordringen abgehalten. Dino Wohlert kam ihm entgegen und nahm den Kollegen mit unter seinen großen Schirm. Gordons Jeansjacke triefte vor Nässe.

»Wieso sind so viele Pressefuzzis schon vor mir da?«, wollte Gordon wissen, während er auf den Mustang zulief.

»Die Scheißer haben wieder den Polizeifunk abgehört. Ich bekam die Meldung schon früh, war gerade ins Bett gekrochen. Eine Gruppe von Jugendlichen, die hier ab und zu ihre harmlosen Spielchen mit Teufelsanbetungen treiben, haben die Karre gefunden. Einer von denen, der nach Aussage der Kollegen zugekifft war, hat das Pentagramm auf die Haube gespritzt. Das können wir ignorieren.«

»Haben die Jugendlichen was gesehen? Sind die noch hier zur Vernehmung?«, unterbrach Gordon den Freund.

»Wir haben Adressen und Aussagen. Glaub mir, von denen kannst du nichts erfahren, da die erst auf den Hof kamen, als schon alles passiert war. Da hier mit dem Messer gearbeitet wurde, verlief das Ganze mehr oder weniger geräuschlos. Aber sieh dir die Scheiße mal selber an. Ein richtiges Blutbad im Auto. Opfer sind Otte und dieser Stiernacken, den er in der Amphütte Geier nannte. Wenn du mich fragst – da wurde ein Revierkampf beendet. Komm mal mit.«

Dino Wohlert zog Gordon zur Seite und wies auf Spuren, die ein Fahrzeug auf dem Asphalt hinterlassen hatte, als es sich schnell entfernte.

»Das sind sehr breite Spuren von Reifen, die man bei äußerst schweren Autos aufzieht. So was wie Mercedes S-Klasse oder 7er BMW. Die sind sich scheinbar nicht einig geworden und haben dann die Sache ein für alle Mal geklärt. Ich denke, dass ich ab sofort neue Ansprechpartner in der Szene haben werde. Die müssen nicht einmal von hier sein.«

Gordon ließ die Aussage unkommentiert und wandte sich wieder dem Mustang zu. Die Bilder, die sich ihm boten, waren nicht gut auf leerem Magen und sorgten prompt für Unbehagen. Ein Teil des Blutes hatte der durch die offenen Seitenfenster eindringende Regen bereits abgewaschen und in die Polster der Sitze gespült. Die Augen der Opfer blickten an die Decke, wobei Gordon meinte, darin ein wenig Verwunderung erkennen zu können. Ein Blick ins Innere des Autos bestätigte ihm, dass es keine weiteren Funde gab.

»Wie sieht es mit persönlicher Habe aus, Dino? Habt ihr schon was sichergestellt? Ich meine Drogen, Geld oder Waffen? Ich kann mir nicht vorstellen, dass ein Mann wie Otte unbewaffnet zum Treffen fährt.«

»Darüber haben wir uns auch schon gewundert. Lediglich zwölf Gramm Koks hatte Otte in der Jackentasche. Sein

Schulterholster war leer. Man muss ihm die Waffe geklaut haben. Warum tut das ein anderer Dealer? Eigentlich fasst man die Knarre eines anderen nicht an, um nicht mit deren Taten in Verbindung gebracht werden zu können. Möglicherweise hat die einer der Jugendlichen. Wir werden uns die mal vornehmen. Die Leute von der Spurensicherung legen den Todeszeitpunkt auf gestern Abend, so zwischen zweiundzwanzig und zwei Uhr. Für mich ist hier die Arbeit zu Ende. Der Rest ist dein Part. Ich hau mich noch ein paar Stunden aufs Ohr. Solltest du auch tun. Und zieh dich schnellstens um, bevor du dir in den nassen Plörren die Seuche holst. Nur ein Rat eines Freundes.«

Dino verabschiedete sich mit einem Klaps auf Gordons Schultern. Mit einem *guten Morgen* passierte er die ihm entgegenkommenden Kommissare Wiesner und Felten. Beide informierten sich stumm durch das Inspizieren des Wageninhalts.

»Da hat aber jemand ganze Arbeit abgeliefert. Die beiden hatten nicht die geringste Chance, diese Verletzungen zu überleben. Die konnten nicht mal schreien. Einfach eklig.« Kai verzog das Gesicht und griff ins Wageninnere, um Bewegungsabläufe zu imitieren.

»Das war ein Rechtshänder. Seht ihr? Hier wurde das Messer angesetzt und dann über den Hals gezogen. Auf der gegenüberliegenden Seite ist das andersherum. Entweder waren das zwei Rechtshänder gleichzeitig, oder ein und derselbe hat das abwechselnd getan. Aber auch dabei müssen es zwei sein, da ja der zweite im Wagen nicht tatenlos zusieht, bis er endlich dran ist. Nein, ich bleibe dabei. Das waren zwei.«

Gordon nickte bestätigend und drängte wieder unter Leonies Schirm.

»Ich kann euch das nicht erklären, aber mich lässt ein Gedanke nicht los. Dauernd schweben die Bilder unserer Killer vor meinen Augen. Ich stelle mir vor, wie ich reagieren würde, wenn mir plötzlich die Polizei im Nacken sitzt. Wie kommen die auf meine Spur und wer hatte überhaupt Kontakt zu mir? Wer könnte mich beschreiben? Der Einzige, zu dem ich Kontakte habe, ist mein Dealer – sonst niemand. Merkt ihr, worauf ich hinauswill? Den werde ich fragen und verfolge ihn deshalb. Das führt mich und meinen Partner hier auf diesen Fabrikhof. Man spricht miteinander, gerät in Streit und ...«

»Keine so schlechte These, Gordon«, mischte sich Leonie ein. »Dann müssen wir jetzt davon ausgehen, dass dieses Pärchen nicht nur frisches Geld, womöglich viel Drogen, sondern auch die Waffe des Toten besitzt. Keine gute Kombination. Ich stelle mir vor, wie diese Bestien ihr Leben bei einer Festnahme verteidigen werden schon aus der Gewissheit heraus, dass sie niemals wieder die Freiheit genießen werden.«

Kai schaltete sich dazwischen und stieß Gordon an.

»Hörst du das nicht, dein Telefon brummt schon die ganze Zeit.«

Hastig kramte Gordon das Gerät aus der klammen Westentasche. Sorgenvoll betrachtete er die feuchte Scheibe des Smartphones und meldete sich. Lange hörte er zu und stellte kaum Fragen.

»Was heißt das jetzt für uns? Wir sitzen doch nicht in der Gegend rum und drehen Däumchen. Erklären Sie dem Mann da oben einmal, wie so ein Job gemacht wird. Ich glaub es einfach nicht.«

Mit zum Himmel gerichteten Augen senkte er das Telefon, um es wieder ans Ohr zu legen.

»Herr Kriminalrat ... ja, ich glaube Ihnen das ... aber das soll mir dieser Irre mal ins Gesicht sagen. Ja, Entschuldigung, Herr Kläver ... aber ist doch wahr ... Der Mann hat doch keine Ahnung von unserem Beruf. Ich bleibe dran ... natürlich, Herr Kriminalrat, natürlich.«

Gordon deutete an, das Telefon auf das Pflaster zu knallen, als er die fragenden Blicke seiner Kollegen bemerkte.

»Was war das denn, Chef?«, meldete sich Leonie zögernd.

»Das war Kläver, wie ihr ja mitbekommen haben dürftet. Der war beim Polizeipräsidenten zum Rapport. Dem Arschloch muss man zugetragen haben, dass wir noch keinen Schritt weitergekommen sind und die mögliche Festnahme in der Hollestraße versemmelt haben sollen. Was glaubt der Kerl, was wir den ganzen Tag tun? Soll er seinen fetten Hintern mal statt auf den Golfplatz in einen Einsatzwagen quetschen, dann weiß er, was bei uns los ist. Er erwartet, laut Kläver, eine baldige Erfolgsmeldung. Ihm säßen angeblich nicht nur der Oberbürgermeister im Nacken, sondern auch die Presse. Da merkt man sofort, mit wem der Kerl Golf spielt.«

»Komm wieder runter, Gordon«, flüsterte Kai, »bevor das noch einer hier hört. Man weiß ja nie, was wem zugetragen wird.«

»Das ist mir scheißegal«, wütete Gordon weiter und sah sich um. Fünf Männer standen um den Mustang herum, hatten zugehört und hielten den Daumen grinsend nach oben. Gordon zog die nasse Jacke enger um den Körper und wandte sich wieder an die beiden Kollegen.

»Ich fahre eben zu Hause vorbei und ziehe mir was Trockenes an. Ihr seht, was hier noch zu erledigen ist. Wir sehen uns im Präsidium.«

Mit weitausholenden Schritten marschierte Gordon auf seinen Wagen zu. Die beiden Kollegen sahen schon an seinen vorgeschobenen Schultern, dass ihn die Wut immer weiterhin besetzt hielt und er sogar vor sich hin fluchte.

32

Obwohl Gordon den Tatort längst hatte reinigen lassen, stand Denise immer noch mit der Reisetasche in der Hand im Wohnzimmer und starrte auf die Stelle, wo Pablo Martinez sein Leben ausgehaucht hatte. Sie wusste, dass Gordon hinter ihr stand und sie sorgenvoll beobachtete. Trotzdem lief dieser Film vor ihren Augen ab, als Mia Richter um ihr Leben kämpfte und es fast verloren hätte, wenn sie, Denise, nicht den Abzug durchgedrückt hätte. Sie hörte wieder diesen Schuss, spürte den gewaltigen Schlag der Waffe in ihrer Hand und sah gleichzeitig Gehirn, Blut und Knochengewebe durch die Luft fliegen. Als sie die Schultern zusammenzog, nahm sie Gordons Hand auf ihrer wahr und warf sich aufschluchzend an seine Brust.

»Ich habe es dir prophezeit, Denise. Es ist zu früh. Das braucht seine Zeit.«

Erstaunt blickten beide nach unten und staunten über das, was Jonas genau in diesem Moment tat. Zum ersten Mal in seinem Leben umarmte er stumm seine Eltern und drückte den Kopf an ihre Taillen. Zögernd strich Denise über sein Haar und blickte flehentlich in Gordons Augen.

»Bitte bleib hier. Hilf Jonas und mir über die nächsten Tage. Ich ... wir brauchen dich jetzt. Bitte, sag nicht nein. Es tut mir so unendlich leid, was ich dir vor Tagen gesagt habe. Es war nicht richtig.«

Als hätte Jonas die Bitte bestätigen wollen, verstärkte sich der Druck seiner Hände. Sekunden später verschwand er wortlos in seinem Zimmer und schaltete den Fernseher ein. Denise löste sich ebenfalls von Gordon und begann damit, ihre Tasche auszupacken. Die Ruhe, die sie dabei ausstrahlte, wirkte auf Gordon schon fast unnatürlich, gab ihm dennoch den letzten Anstoß, ihrem Wunsch nachzugeben.

»Ich muss ins Präsidium zu einer Besprechung. Bin zum Abendessen wieder da. Soll ich etwas mitbringen?«

Stumm schüttelte Denise den Kopf und räumte weiter ihre Kleidung in den Schrank. Erst als Gordon die Tür aufzog, um das Haus zu verlassen, hörte er ihr Rufen.

»Halt ... warte!«

Erstaunt sah er die Frau heraneilen, die ihm vor Tagen mitgeteilt hatte, ihn verlassen zu wollen. Seine Finger glitten ungläubig über die Wange, auf die er soeben einen flüchtigen Kuss bekommen hatte. Denise war längst wieder in ihr Schlafzimmer geeilt, als Gordon ihr ungläubig nachblickte. Mit einem Lächeln auf den Lippen verließ er sein ehemaliges Heim, in dem er das wusste, was ihm im Leben am meisten bedeutete.

»Gut, dass du kommst, Gordon, wir haben die Liste mit den möglichen Fahrzeugen. Sieh her«, forderte Kai ihn auf, »da gibt es zwei Kennzeichen, die möglicherweise verwendet werden. Die kombinieren wir mit fünf Fahrzeugen, die als gestohlen geführt werden. Wie schon gesagt, sind das nur

Autos, die seit dem Brand in der Hollestraße geklaut wurden. Die Kollegen in den Streifenwagen haben die Liste und halten die Augen offen. Ob du es glaubst oder nicht, ich bin aufgeregt wie ein Kind. Wäre doch toll, wenn wir die Bestien damit aufspüren könnten.«

Als hätte Kai ihm die Wetterprognose der kommenden Woche vorgelesen, ging er kommentarlos an dem Kollegen vorbei und setzte sich hinter seinen Schreibtisch. Kai wechselte mit seiner Kollegin Leonie einen Blick und traf gleichzeitig mit ihr an Gordons Schreibtisch ein.

»Ist was passiert, Gordon?«, wollte Leonie wissen, »du ... mit dir stimmt doch was nicht. Sprich mit uns. Können wir helfen?«

Als würde Gordon aus seiner Gedankenwelt zurückkehren, erschien ein Grinsen, was er immer dann zeigte, wenn er mit einer Situation besonders zufrieden war.

»Oh, entschuldige, Kai. Ich habe dich schon verstanden. War nur in Gedanken. Und um auf deine Frage einzugehen, Leonie: Es gibt nichts, worüber ihr euch Sorgen machen müsstest. Komm gerade von Denise. Sie richtet sich wieder zu Hause ein und kümmert sich rührend um Jonas.«

»Na dann. Wir hoffen, dass sie wieder zurück in die Spur findet.«

Leonie hatte ein feines Gespür dafür, wenn Gordon mit sich allein sein wollte. Sie winkte Kai weg vom Schreibtisch, als Gordon damit begann, seine Fallakten zu ordnen und die neuesten Berichte durchzulesen. Das Rauschen des Faxgerätes entging ihr dabei nicht. Sie nahm den Umweg zum Schreibtisch über das Faxgerät in Kauf, um die Nachricht durchzusehen. Kai bemerkte ihre Überraschung, die sich in ihrem Gesicht und der Körperhaltung abzeichnete. Er trat näher und warf einen Blick auf das, was Leonie so aus der Fassung gebracht hatte.

»Das ist ja geil. Irgendwann dürfen auch wir mal Glück haben«, platzte es aus Kai heraus, was die Aufmerksamkeit Gordons weckte.

»Darf ich an eurem Glück teilhaben? Könnte etwas davon gebrauchen. Zeigt mal her. Was euch so aus der Fassung bringt, muss schon wichtig sein.«

Er überflog die Nachricht ein weiteres Mal, um sich sicher zu sein, dass es genauso dort stand, wie er es wahrgenommen hatte.

»Wenn das nicht reicht, um das Spiel der beiden zu beenden, schmeiß ich den Job endgültig hin. Wie gut, dass wir die verfluchte Karre gefunden haben und die Fingerabdrücke. Das bricht denen den Hals. Wie soll der Kerl heißen? Leonie, gib doch bitte mal den Namen Wolfgang Güntzel in die Suchmaske ein. Mal sehen, was wir in seiner Strafakte alles finden.«

Alle drei versammelten sich hinter dem Computer und bewunderten das Porträt eines Mannes, den viele Frauen sogar als attraktiv beschrieben hätten, obwohl die Nummer unter seinem Gesicht ihn als Straftäter darstellte. Unter der Glatze zeigten sich klare graublaue Augen, die eine gewisse Traurigkeit ausdrückten. Die geradegeschnittene Nase und der markant geschwungene Mund zeigten dagegen eine wilde Entschlossenheit, die man sogar als brutal bezeichnen könnte.

Vier Jahre wegen Körperverletzung mit Todesfolge, nachdem man ihn eines Überfalls auf einen Juwelier beschuldigt hatte. Nachweisen konnte man ihm damals lediglich, dass er den Fluchtwagen gefahren hatte. Allerdings hatte er sich gegen die Festnahme gewehrt und einen unbeteiligten Passanten so verletzt, dass der an den Folgen dieser Verletzung verstarb. Die Namen der am Raubzug beteiligten Kumpel hat er nie preisgegeben.

»Der Typ soll knapp zwei Meter groß sein und einhundertdreiunddreißig Kilo wiegen. Dagegen bist du, mein lieber Kai, ein Leichtgewicht«, spottete Leonie und sah ihrem Kollegen ins Gesicht.

»Das möchte ich meinen, liebe Kollegin. Dafür trainiere ich dreimal in der Woche. Mir fällt nur auf, dass der vom Typus gar nicht zu der Art Verbrechen passt. Mord ist nicht sein Ding, wenn man die Vorstrafen betrachtet. Wie kommt so ein Mann dazu, diese schrecklichen Taten zu begehen?«

Gordon schaltete sich ein und zeigte auf einen Teil der Akte, die Güntzels Lebenslauf darstellte.

»Der Vater Alkoholiker, Mutter tablettenabhängig. Die haben den Jungen schon im Alter von neun Jahren in ein Heim gesteckt. Dort ist er mit sechzehn ausgebüxt und erst mit zweiundzwanzig wieder durch eine wilde Schlägerei aufgefallen. Scheint kein besonders helles Köpfchen zu sein. Hat nie was gelernt und trieb sich in der Zuhälterszene rum. Die einzige Festanstellung hatte er als Rausschmeißer in einer Kieler Diskothek. Danach ist er abgetaucht, bis ... ja, bis sie ihn bei dem Überfall festsetzen konnten. Aber trotzdem passt das alles nicht zusammen. Diese Frau muss den komplett umgekrempelt haben.«

»Trotzdem eine gefährliche Konstellation«, meinte Leonie. »Ein Mann wie ein Bär, mit dem Hang zur unkontrollierten Gewalttätigkeit, dabei dumm und beeinflussbar. Nun vermute ich auf der anderen Seite eine Frau, die ihn durch eine besondere Fähigkeit oder nur durch ihr Äußeres beeindruckt. Möglicherweise ist sie es, die den Hang zu diesen perversen Gewalttaten besitzt und den Idioten nach Belieben lenkt. Sie ist der Auslöser für all diese Exzesse. Kai, du hast uns ja schon eindrucksvoll berichtet, wozu Frauen fähig sind. Möglicherweise ahmt diese Wahnsinnige nur eines ihrer Vorbilder nach.«

Gordon drehte sich ab und informierte die beiden darüber, dass er eine Besprechung plante.

»Die neue Lage muss jetzt unbedingt erörtert werden. Wir brauchen einen Schlachtplan. Ihr ruft alle zusammen. In zehn Minuten im Besprechungsraum!«

»Hier haben wir das Originalbild von Wolfgang Güntzel. Zumindest wissen wir nun, wie er vor einiger Zeit aussah, als er verhaftet wurde. Das geht an alle Einsatzstellen und Streifenwagen. Die Liste mit den möglichen Fahrzeugen ist schon raus.«

Gordon blickte in die gespannten Gesichter seiner Mannschaft und fuhr fort.

»Jetzt stellt sich die Frage, mit wem dieser Mann in den letzten Jahren in Verbindung stand. Dazu müssen wir alle möglichen Kanäle anzapfen. Wir werden uns bei den Männern erkundigen, mit denen er die Zelle teilte. Von wem wurde Güntzel während der Haftzeit besucht? Wo kam er nach der Entlassung unter? Bezog er eine Wohnung? Wenn ja, möchte ich, dass ihr die Nachbarn ausquetscht. Was weiß der Bewährungshelfer? Wo wurde der Mann mit wem zuletzt gesehen? Ich will wissen, ob er zwei- oder dreilagiges Toilettenpapier benutzt – einfach alles. Notfalls werden wir die Presse ins Boot holen. Doch zuvor ermitteln wir im Hintergrund. Machen wir die Suche öffentlich, kann keiner von uns sagen, was die beiden Irren auf ihrer Flucht anstellen werden.«

Kai fügte den Ausführungen seines Chefs hinzu: »Wir gehen davon aus, dass dieses Pärchen mit der Ermordung der beiden Dealer vorgestern in Zusammenhang gebracht werden kann. Das bedeutet, dass es möglicherweise jetzt über eine größere Summe Bargeld und Drogen verfügt. Zumindest die Drogen werden die beiden zu Geld machen wollen. Da sie darin wahrscheinlich ungeübt sind und ihnen die wichtigen Kanäle fehlen, heißt es für uns: Wer bietet derzeit einen größeren Posten Kokain an? Das werden die nicht komplett selbst konsumieren – die Menge reicht vermutlich für drei Leben.«

»Danke dir, Kai«, übernahm wieder Gordon. »Lasst uns die Sache angehen und darauf hoffen, dass kein weiterer Schaden entsteht. Wir teilen jetzt die Aufgaben im Einzelnen ein.«

33

»Ich werde hier auf keinen Fall die Zelte abbrechen, ohne noch ein weiteres Mal Spaß zu erleben. Einer muss noch dran glauben, Wolf.«

»Das ist doch verrückt, Shila. Wir haben jetzt genug Kohle, um uns abzusetzen. Die Drogen reichen auch eine Weile. Die Bullen sind uns auf den Fersen. Unterschätz die nicht. Warum sollten wir uns unnütz in Gefahr begeben? Ich will hier endlich weg aus dieser Gegend, bevor die mich wieder ins Loch stecken. Du weißt ja nicht, wie das da drin ist. Wenn die uns kriegen, werden die uns einsperren und den Schlüssel wegwerfen.«

In Shilas Gesicht war in diesem Augenblick nicht zu lesen, was sie dachte. Völlig teilnahmslos hörte sie dem Partner zu und senkte den Kopf, um sich einen Streifen des weißen Pulvers durch den Halm in die Nase zu ziehen. Ein zufriedenklingendes „Aaaah" beendete den Vorgang. Nachdem sie den Kopf für einen Augenblick in den Nacken gelegt hatte, bewegte sie ihn wieder nach vorne, wobei sich ihre Augen im Ausdruck verändert hatten. Aus Teilnahmslosigkeit war klare Ablehnung zu erkennen. Wolf kannte diesen Zustand und richtete sich innerlich darauf ein. Doch ließ er dabei die rechte Hand seiner Partnerin aus den

Augen, was er kurze Zeit später bereuen sollte. Zu spät kam seine Abwehrbewegung, als sich Shilas Klinge längst schon neben seiner Halsschlagader befand. Seine Augen weiteten sich. Er wagte nicht die geringste Bewegung, denn dann, das wusste er, würde sein Leben keinen Pfifferling mehr wert sein.

»Was ... was soll der Mist? Hast du jetzt völlig den Verstand verloren? Du wirst doch nicht den einzigen Menschen umlegen, auf den du dich verlassen kannst, oder?«

»Kann ich das? Ich glaube nicht, dass du zu mir hältst, wenn es hart auf hart kommt. Du bist ein Nichts, ein Wurm. Du bist mein Sklave. Hörst du? Mein Sklave, der den Löwen vorgeworfen wird, wenn er meutert. Und war das nicht gerade Meuterei?«

Wolf wagte keine schnelle Bewegung, hob nur vorsichtig die Hand und wies auf das Messer.

»Nimm, verdammt noch mal, diese beschissene Klinge von meinem Hals. Wie schnell kann da was schiefgehen. Lass uns reden. Wenn du mir versprichst, dass es ...«

»Einen Scheiß werde ich, Sklave. Du wirst mir helfen − und das, so lange und so oft ich es von dir verlange. Das machen Sklaven, bis man ihnen die Freiheit schenkt. Das solltest selbst du Dumpfbacke wissen. Also ... was ist jetzt mit uns beiden? Wirst du mir gehorchen und alles tun, was ich von dir verlange? Schwöre es bei deinem wertlosen Leben.«

Als Zeichen der Aufgabe hob Wolf beide Hände und streckte sie Shila entgegen, die das Messer wegzog, dabei aber trotzdem den Hals von Wolf ritzte. Mit gierigen Blicken strich sie mit der Fingerspitze über das herausquellende Blut und leckte es genüsslich ab. Angewidert von diesem Tun wandte sich Wolf ab und verschwand in dem Bad der Wohnung, die sie schon seit Tagen besetzt hielten. Shila war mit geschultem Blick aufgefallen, dass die Wohnungsinhaber Koffer in ein Auto gepackt und sich winkend von den Nachbarn verabschiedet hatten. Das Öffnen der Tür war ein Kinderspiel. Die Pickerausrüstung gehörte für die beiden zur Grundausstattung.

In den letzten Tagen hatten sie fast sämtliche Vorräte aus Schränken und dem Kühlschrank aufgebraucht, was bei Menschen, die sich in den Urlaub begaben, naturgemäß nicht allzu viel war. Stumm saßen sie beim späten Frühstück vor ihrem Kaffee, als sie ein Scharren an der Wohnungstür aufschrecken ließ. Ohne eigene Geräusche zu verursachen, glitten beide von den Stühlen und verschanzten sich hinter der offen stehenden Küchentür. Schritte näherten sich, die jedoch kurz vor der Küche verstummten. Dafür vernahmen sie das Summen einer Melodie, die sie an ihren kurzzeitigen Aufenthalt in Andalusien erinnerte. Prompt erklangen die ersten Worte, die ihren Verdacht bestätigten. Als das Klappern von Putzeimern aus dem Bad kam, waren sich Shila und Wolf sicher, dass diese Gastfamilie ihre spanische Putzhilfe bestellt hatte. Mit großer Sorge bemerkte Wolf das Messer in Shilas Hand. Ein Grinsen drückte ihre Zufriedenheit mit der Situation aus. Seine geflüsterte Warnung verstärkte nur ihr gemeines Lächeln.

»Lass uns durch den Garten verschwinden. Vielleicht merkt die Schnepfe nichts. Später können wir ja wieder rein.«

»Du glaubst doch nicht im Ernst, dass die nichts merkt. Du hast deine Klamotten auf dem Bett liegen, das immer noch durchwühlt ist. Kein Mensch verlässt so das Haus, wenn er in den Urlaub fährt. Das Miststück kralle ich mir. Ich habe dir doch gesagt, dass ich Spaß haben will. Siehst du, wir müssen dazu nicht einmal die Wohnung verlassen. Die Ware wird sogar frei Haus geliefert. Halt bloß die Fresse, sonst bemerkt die uns zu früh.«

Kaum hatte Shila die Worte geflüstert, als sich Schritte näherten, die an der Tür abrupt stoppten. Durch den Spalt zwischen Tür und Wand konnte Shila das Erstaunen in den Augen der Frau erkennen, die auf den unaufgeräumten Küchentisch starrte. Vorsichtig näherte sie sich und legte die Hand an die Kaffeetasse. Ihr Aufschrei kam zu spät und wurde von Shilas Hand, die sich über den Mund legte, sofort erstickt. Der Putzlappen glitt ihr aus der Hand und fiel zu Boden, wo er von Shila mit einem wilden Tritt vor die Wand geschleudert wurde. Erst als die Frau, die panisch nach Atem rang, das Messer an ihrem Hals spürte, erstarrten ihre Bewegungen. Wolf erkannte die Todesangst in ihren Augen, die sich verstärkte, als sie ihn hinter der Tür hervortreten sah.

»Wenn du nur einen Mucks von dir gibst«, zischte Shila ihr ins Ohr, »steche ich dich ab wie ein Schwein. Und das willst du doch sicher nicht, oder? Also wirst du schön dein verdammtes Maul halten, wenn ich die Hand wegnehme. Tust du das?«

Ein hektisches Nicken bestätigte Shilas Anordnung. Langsam zog sie die Hand zurück und beobachtete kritisch, wie sich die Frau schwer atmend auf der Stuhllehne abstützte.

»Was ... was wollen Sie von mir? Ich besitze kein Geld. Lassen Sie mich bitte gehen. Ich werde niemandem erzählen, dass Sie hier ...«

»Schnauze, du hässliches Weib. Einen Teufel werde ich tun. Kaum stehst du auf der Straße, wirst du die Polizei rufen oder deine dreckige Verwandtschaft. Ich überlege mir gerade, ob ich dich nicht bei den Bullen anscheißen soll. Du bist doch eine von diesen Schlampen, die hier illegal schwarzarbeiten und zusätzlich beim Staat abkassieren. Man würde dich zurück in die Pampa schicken. Wo kommst du her? Womöglich aus Südamerika oder vom Arsch der Welt. Aber das soll mich nicht jucken. Du bist eben zum falschen Zeitpunkt am falschen Ort.«

»Ich sage bestimmt nichts, Señora. Ich verspreche das.«

»Drauf geschissen. Setz dich und halt das Maul. Ich muss überlegen. Wolf, achte auf das Miststück. Ich muss was besorgen.«

Wolf platzierte seinen Body direkt hinter dem Stuhl, auf dem die Reinigungshilfe zitternd Platz genommen hatte. Seine Riesenhand lag auf ihrer Schulter. Es dauerte nicht lange, bis Shila mit einem siegessicheren Lächeln wieder in der Küchentür auftauchte. Sie hatte die Abstellkammer durchsucht und gefunden, was sie suchte. In ihrer Hand lag die Rolle mit Panzerband, das sie gegen den Protest der armen Frau brutal über ihren Mund und um den Kopf herum band. In den Händen von Wolf wurde jeder ihrer Abwehrversuche im Ansatz unterbunden. Tränen flossen in Strömen aus ihren Augen, die all ihre Verzweiflung ausdrückten. Schließlich erstarb jeglicher Widerstand, als hätte sie den gesamten Lebensmut verloren. Nur das Bitten um Gnade blieb in ihren Augen und erzeugte bei Wolf ein Gefühl des Mitleids. Gleichzeitig war bei Shila genau das Gegenteil zu bemerken. Ihre Aufregung stieg, nachdem sie sich eine weitere Linie Kokain in die Nase gezogen hatte. Die jetzt trüben Augen fixierten gierig die Frau, deren Körper in Todesangst bebte.

»Wie heißt du?«

Die Frage überraschte sogar Wolf, der zum ersten Mal erlebte, dass sich seine Partnerin für den Namen derer interessierte, die sie später foltern würde. Shila wischte sich mit dem Handrücken letzte Spuren des Kokains und etwas Speichel von den Lippen. Gierig waren ihre Augen auf den Körper der Frau gerichtet, die ja nicht antworten konnte. Erst als die Rückhand Shilas ihren Kopf schmerzhaft zurückwarf, nahm sie den Stift, den ihr Shila entgegenhielt.

Paula Moreno konnte Wolf auf der Tischdecke lesen, was sie in krakeliger Schrift darauf gemalt hatte.

»Ein viel zu schöner Name für ein so hässliches Frauenzimmer. Ich denke, dass deine Eltern brave Katholiken sind und dir das Beten beigebracht haben. Das wirst du nun zeigen müssen, wenn ich mich mit dir vergnüge. Wolf, binde ihr die Hände auf den Rücken zusammen und schaff die Schlampe ins Schlafzimmer.«

Sofort drehte Paula ihren Kopf hilfesuchend zu dem großen Mann, von dem sie sich Hilfe erwartete. Ihre Augen flehten ihn an, ihr das zu ersparen. Verzweifelt sah er aus dem Fenster, als er nach der Rolle Klebeband griff und ihr die Arme auf den Rücken riss.

»Kannst du dich nicht in der Zeit, wo ich spiele, etwas nützlich machen und was einkaufen? Du weißt, dass ich danach immer hungrig bin. Heute Nacht können wir dann die Fliege machen. Morgen kaufe ich mir ein paar Klamotten für die Fahrt. Du darfst dir sogar aussuchen, wohin wir fahren, Großer. Schließlich bist du der Mann im Haus.«

Ihr schon irres Lachen konnte Wolf nicht mehr beeindrucken, Paula schon. Deren Blick irrte immer wieder zwischen Shila und Wolf hin und her. Sie versuchte scheinbar, die Rollenverteilung bei den beiden Einbrechern einzuordnen. Wolfs Hand lag wieder auf Paulas Schulter, so als wollte er sie schützen. Keinen Zentimeter bewegte er sich vom Fleck, obwohl er die Veränderung in Shilas Augen längst bemerkt hatte.

»Ich glaube, du hast nicht zugehört, Wolf. Ich hatte dir einen Befehl gegeben, Sklave. Beweg jetzt endlich deinen Arsch und kaufe Proviant für die Fahrt ein. Du musst hier nicht den Beschützer raushängen lassen. Paula gefällt dir wohl. Willst du mit ihr spielen? Willst du? Ich überlasse sie dir und schaue zu. Finde ich auch geil. Jawohl, so machen wir das. Ich seh dir beim Ficken zu und dann übernehme ich. Einkaufen kannst du danach.«

»Nein!«

Shila, die sich schon fast erhoben hatte, blieb wie angewurzelt genau in dieser gebückten Stellung und richtete sich nur ganz langsam auf. Wolf konnte beobachten, wie sich ihre Hand fester um den Griff des Messers legte. Seine Nerven und jeder Muskel waren aufs Schärfste angespannt. Jeden Moment konnte er mit einem Wutanfall Shilas rechnen, die in diesem Zustand unberechenbar war. Statt eines Angriffs überzog ihr Gesicht allerdings ein freundliches Lächeln, das bei Wolf zwar die Alarmglocken schrillen ließ, jedoch auch dafür sorgte, das er sich ein klein wenig entspannte. Genau das hatte Shila bezweckt. Mit einem Satz, den man ihr kaum zugetraut hätte, sprang sie auf Wolf zu und stieß ihm die Klinge in die Hüfte. Bevor sie das Messer wieder herausziehen und ein zweites Mal zustechen konnte, umklammerte seine mächtige Faust die Waffe und hinderte Shila an ihrem Vorhaben. Die andere Faust explodierte förmlich im Gesicht seiner Partnerin. Shila wurde gegen den Küchenschrank geworfen, aus dem etliches Porzellangeschirr auf den Fliesenboden krachte. Absolut benommen versuchte Shila wieder auf die Beine zu kommen, während Wolf mit einem Ruck das Messer aus der Hüfte riss. Seine Hand drückte er auf die blutende Wunde, nachdem ein austretender Blutstrahl das Gesicht Paulas besudelt hatte. Dass sie unter dem Klebeband versuchte, ihr Entsetzen herauszuschreien, war erkennbar. Die Augen traten hervor, spiegelten die Abscheu wider vor dem, was sie jetzt mit ansehen musste.

Die Augen auf Shila gerichtet schlang sich Wolf das Panzerband über das Hemd um die Hüfte und stoppte so die Blutung. Shila hingegen betastete immer noch benommen ihr Gesicht. Zumindest das Nasenbein schien gebrochen zu sein. Sie leckte das Blut von den Fingern und richtete ihren hasserfüllten Blick auf den Mann, der ihr das angetan hatte. Lange starrten sich die Gegner an, ohne auch nur ein Wort zu wechseln. Ungläubig blickte Paula auf die Frau, die blutend vor ihr lag und plötzlich ein Lächeln zeigte. Die Worte, die sie zwischen den aufgeplatzten Lippen an Wolf richtete, lähmten Paulas Gedanken, standen in krassem Gegensatz zu Reaktionen, die für sie normal gewesen wären.

»Was soll das, Großer? Warum so aufgeregt? Es besteht doch kein Grund dafür, dass wir uns streiten. Es ist doch genug für uns beide da. Lass uns wieder Freunde sein und uns was reinziehen. Ich will mich nicht mit dir streiten, erst recht nicht wegen einer ausländischen Schlampe. Nimm sie und mach mit ihr, was du willst. Ich werde schon was anderes finden. Schaff sie nach hinten. Ich räume hier auf, sobald ich meine Fresse in Ordnung gebracht habe. Das tat weh, kann ich dir sagen. Du hast mir mächtig wehgetan. Nun mach schon, dass du fertig wirst!«

Shila hatte Wolf mit dem Wechsel ihrer Taktik vollends verunsichert. Er riss Paula genervt von der Situation aus dem Stuhl und warf sie neben Shila auf den Boden. Paula versuchte durch heftiges Strampeln, sich die gefährliche Frau vom Leib zu halten, was ihr nur einen kräftigen Faustschlag einbrachte. Weinend warf sie sich zurück und musste erleben, wie sie von dem bärenstarken Mann wieder hochgerissen und auf das Bett im Schlafzimmer geworfen wurde.

»Ich kann dir nicht helfen – tut mir leid.«

Mit weit aufgerissenen Augen sah Paula die Frau auf sich zukommen, das Messer stoßbereit in der Hand. Sie musste in das blutverschmierte Gesicht Shilas blicken, die ihre Schmerzen scheinbar ausblenden konnte. Breitbeinig saß sie über ihr und begann damit, ihre Kleider abzulegen. Anschließend zerschnitt sie Paulas Kleidung, ohne das gemeine Lächeln abzulegen. Deren schreckliche Schreie endeten an dem Panzerband auf ihrem Mund.

34

»Gordon, der Ehemann von Frau Moreno ist da und wartet. Willst du selbst oder soll ich die Befragung durchführen? Du weißt ja, dass er völlig ahnungslos ist.«

Leonie hatte den Kopf durch die Tür zu Gordons Büro gesteckt. Der saß dort, seinen Kopf in beide Hände gestützt und las in einer Akte.

»Nein, nein, das mach ich schon. Wenn du nur so lieb bist und uns vorsichtshalber einen Kaffee bereitstellst? Er kann reinkommen.«

Höflich erhob sich Gordon, als der schon leicht ergraute Mann sein Büro betrat. Dessen Augen suchten unruhig die ungewohnte Umgebung ab und fanden die von Gordon, der ihm den Stuhl vor seinem Schreibtisch anbot. Fast ängstlich zog Herr Moreno den Ausschnitt seiner Weste am Hals zusammen und wartete darauf, dass ihm endlich eine plausible Erklärung zum Verschwinden seiner Frau gegeben wurde.

»Sind Sie der ermittelnde Beamte, der mir immer wieder genannt wurde, wenn ich danach fragte, warum ich nicht zu meiner Frau darf? Was ist mit Paula passiert? Warum darf ich nicht in die Wohnung von Familie Bosbach? Sie müsste längst wieder zurück sein.«

»Fangen wir erst einmal damit an, dass Sie mir Ihren vollständigen Namen nennen. Wie genau heißen Sie?«

»Das habe ich doch schon dem Beamten vor dem Haus der Bosbachs gesagt. Warum ...?«

»Bitte, Herr Moreno«, unterbrach ihn Gordon, »es muss sein. Für das Protokoll.«

»Gut, gut ... ich mach′s. Ich heiße Santiago Cortez-Moreno. Können wir nun ...?«

Gordon notierte den Namen auf einem Blatt Papier und blickte auf.

»Täusche ich mich, oder stammt das von der alten spanischen Form von Jakob ab und verweist auf den Nationalheiligen, dem älteren Jakobus?«

Morenos Gesichtsausdruck war unbezahlbar, als er den Hauptkommissar ansah.

»Ich bin beeindruckt von Ihren Kenntnissen der spanischen Namensforschung, doch das ist bestimmt nicht der Grund, warum ich Sie aufsuche. Rabe ist doch Ihr Name? Also, Herr Rabe, noch einmal die Frage: Was ist mit meiner Frau passiert?«

»Es tut mir leid, dass man Sie bisher nicht informierte, Herr Moreno. Aber ich habe keine guten Nachrichten. Ihre Frau wurde in der Wohnung der Bosbachs gefunden. Nachdem Sie der Polizei den letzten Aufenthaltsort angegeben hatten, wurde die Tür von uns geöffnet, da Nachbarn glaubten, Geräusche aus der Wohnung gehört zu haben ... Sie ist tot. Jemand hat sie in den Räumen der Familie Bosbach getötet.«

Gordon ließ die Worte bei dem Mann wirken, der ihn ungläubig anstarrte. Jegliche Farbe war aus seinem Gesicht gewichen, wobei auf dem ersten Blick nicht auszumachen war, was in diesem Augenblick in ihm vor sich ging. Absolut regungslos verarbeitete er diese schockierende Nachricht.

»Herr Moreno? Haben Sie mich verstanden? Darf ich Ihnen weitere Fragen stellen? Wir müssen wissen, wann Ihre Frau in die Wohnung ging.«

Als hätte Gordon gegen eine Wand gesprochen, blieb jegliche Reaktion aus. Fast tonlos kam aus seinem Mund: »Hat man Sie ...?«

»Wenn Sie damit meinen, ob man sie vergewaltigt hat, kann ich das nach bisherigen Erkenntnissen verneinen. Bitte verstehen Sie uns, dass wir Sie nicht zu Ihrer Frau ließen. Wir müssen den Tatort sichern und verhindern, dass wichtige Spuren verloren gehen. Nach der Obduktion dürfen Sie selbstverständlich Ihre Frau sehen. Jetzt würde ich Ihnen allerdings davon abraten. Sagen Sie uns bitte, wann Sie Ihre liebe Frau zum letzten Mal ... ich meine damit lebend gesehen haben?«

»Sie ist gestern am Nachmittag so gegen sechzehn Uhr zu Bosbachs rüber. Die wohnen nur drei Haustüren neben uns. Die sind für ein paar Tage nach Österreich und haben meine Frau gebeten, nach dem Rechten zu sehen. Hin und wieder hilft sie der Familie, weil die Frau zur Dialyse muss. Als sie um zweiundzwanzig Uhr nicht zurück war, habe ich bei den Bosbachs geklingelt. Es machte aber keiner auf. Da habe ich sie als vermisst gemeldet. Die Leute von der Wache sagten, dass ich bis heute Vormittag warten soll, dann würde man aber nachforschen. Und jetzt kommen Sie und sagen mir, dass ...«

Gordon spürte die Veränderung, die in Moreno stattfand, dass er realisierte, was passiert war. Er versuchte, ihn mit der nächsten Frage abzulenken.

»Haben Sie, als Sie abends dort klingelten, etwas Außergewöhnliches bemerkt? Licht in der Wohnung, ein Auto, das dort normalerweise nicht parkt?«

»Nein, Herr Hauptkommissar, ich war zu aufgeregt. Paula ist noch nie so lange weggeblieben, ohne mir Bescheid zu geben. Wir sind schon über dreißig Jahre verheiratet und verstehen uns gut. Sie kann nicht tot sein. Das ist unmöglich.«

Jetzt schlug die Erkenntnis brutal durch und erschütterte den Mann, ließ ihn völlig zusammensinken. Als er die Hände vor das Gesicht schlug, bebte sein Körper unter Weinkrämpfen. Leonie, die die Szene schon eine Weile von außen beobachtet hatte, stürmte herein und kniete sich vor den weinenden Mann. Was genau sie ihm zuflüsterte, wusste Gordon nicht. Es schien aber zu helfen, ihn wieder zurück in die Realität zu holen.

»Wir werden Sie nach Hause fahren lassen, Herr Moreno. Sicher werden wir weitere Fragen an Sie haben. Das eilt nicht und wir werden zu gegebener Zeit auf Sie zukommen. Frau Felten wird Sie hinausbegleiten.«

Schon an der Tür angekommen drehte sich Moreno um.

»Bitte tun Sie alles, um den Mörder meiner Frau zu finden. Er soll für das büßen, was er Paula angetan hat. Ich kann es noch nicht glauben.«

»Es ist genau die Handschrift dieser Bestien. Dr. Lieken wird es bald bestätigen. Schaut euch die Bilder an. Wieder dieser aufgeschlitzte Körper und das unversehrte Herz. Es scheint, dass dieses Miststück seine Opfer solange wie eben möglich am Leben lassen möchte. Sie sollen das Massaker miterleben – im wahrsten Sinne des Wortes. Ich weiß nicht, was ich tue, sollte ich diesen Mördern jemals gegenübertreten.«

Gordon fand in der Runde der Soko nur bestätigendes Nicken, nachdem Kai dieses Statement beendet hatte.

»Leute, ich kann die Einschätzung von Kai nur bestätigen. Alles deutet darauf hin, dass wir es wieder mit den gleichen Killern zu tun haben. Da sie ja jetzt aus dem Überfall von Otte möglicherweise über ausreichend Bargeld verfügen, sollte es uns schon verwundern, dass sie weitermachen. Allerdings zeigt uns das deutlich, dass es nicht allein der Mammon ist, der sie zu solchen Morden motiviert. Da muss eine große Portion Mordlust im Spiel sein. Wir haben von der Spurensicherung interessante Hinweise, die zumindest bei mir einige Fragen aufwerfen.

In der Küche und im Bad wurden Blutspuren gefunden, die nicht dem Opfer zugeordnet werden konnten. Eine Spur weist auf Wolfgang Güntzel hin. Er muss verletzt sein – der Menge des Blutes nach zu urteilen, sogar erheblich. Weiterhin wurde Blut gefunden, das womöglich auf diese beteiligte Frau hinweist. Der Verdacht liegt nahe, dass es zum Streit in der Wohnung kam.«

Dino Wohlert, der sich der Soko mittlerweile angeschlossen hatte, mischte sich ein.

»Ich denke nicht, dass sich die schwache Frau Moreno zur Wehr setzte und die beiden Gegner so erheblich verletzen konnte. Wir können davon ausgehen, dass es zwischen den beiden Einbrechern zum Streit kam. Das kann doch nur gut für uns sein. Uneinigkeit zwischen denen muss automatisch zu Fehlern und Fehlentscheidungen führen. Hoffentlich bringen die sich gegenseitig um. Dann erspart uns das weitere Arbeit.«

Gordon sprach über das kollektive Tischklopfen hinweg und vermied damit, zu erklären, dass es auch in seinem Sinne wäre.

»Das, liebe Kollegen, ist aber nicht alles. Kurz vor der Besprechung bekam ich den Hinweis, dass unweit der Wohnung Bosbach ein dunkelblauer Audi 6 gesichtet wurde, der eines unserer gesuchten Kennzeichen besitzt. Ein aufmerksamer Nachbar hatte sich das notiert, da der Wagen vor einer Einfahrt mit abgesenktem Bürgersteig parkte. Der Kreis schließt sich. Die Fahndung ist raus und selbst an den Landesgrenzen wird der Wagen auffallen. Wir haben die Krankenhäuser informiert, falls jemand mit der Beschreibung der Täter um Hilfe nachfragt.«

35

Als Gordon den Aufzug verließ, um das Büro von Dino
Wohlert zu erreichen, empfing ihn dort ungewohnte Hektik,
die immer nur dann auftrat, wenn etwas Besonderes bevor-
stand. Kurz bevor er die Bürotür öffnete, verließ Dino sein
Büro und stieß fast mit Gordon zusammen.

»Ach, gut dass du kommst. Ich wollte gerade zu dir hoch-
kommen. Es geht los, habe ich gehört. Wie ist dein Plan?«

»Langsam, lieber Kollege. Würde mich mal jemand
darüber aufklären, was hier los ist?«

Gordon entging nicht die Überraschung, die sich im
Gesicht des Freundes abzeichnete.

»Hat man dich etwa nicht benachrichtigt?«

Gordon kramte in seiner Seitentasche der Jeansweste nach
seinem Telefon und wechselte die Gesichtsfarbe.

»Scheiße. Ich habe vergessen, die Stummschaltung raus-
zunehmen, nachdem ich die Arztpraxis verlassen hatte. Ich
hatte einen Termin beim Zahnarzt. Wer wollte was von mir,
Dino? Ist was Wichtiges passiert?«

»Das kann man wohl sagen. Ein Einsatzwagen hat sich
gemeldet, dass ein dunkelblauer Audi mit dem gesuchten
Kennzeichen vor etwa einer Stunde auf einem Supermarkt-
parkplatz in Gelsenkirchen-Erle gesehen wurde. Man hat die

Meldung weitergegeben. Als der Parkplatz weiträumig abgesperrt werden sollte, war der Wagen plötzlich verschwunden. Die Kollegen im Einsatzwagen mussten sich mit einem Autofahrer rumärgern, der meinte, dass ihm der Polizeiwagen im Wege stehen würde. Das müssen die Killer bemerkt und ausgenutzt haben. Dazu musst du wissen, dass der riesige Parkplatz mindestens acht Möglichkeiten des Ein- und Ausfahrens bietet. Ich kenne den, da ich dort ab und zu selbst einkaufe.«

»Wurde die Umgebung wenigstens weiträumig abgesperrt?«

»Das ist doch klar. Kai hat das sofort veranlasst. Doch in direkter Nähe gibt es diverse Autobahnanschlüsse. Die beiden könnten schon in Münster oder Bochum sein. Wir haben schon eine Luftüberwachung angeordnet und hoffen, dass das in deinem Sinne war.«

Gordon zog Dino zurück zum Treppenhaus und lief mit ihm eine Etage höher, um den Besprechungsraum zu erreichen. Dort herrschte helle Aufregung. Alle Mitarbeiter der Soko saßen entweder am Telefon oder verfolgten am Bildschirm die Bilder der Kameras, die ihnen die Helikopter von den Autobahnen lieferten.

»Gut, dass du endlich da bist, Gordon«, begrüßte ihn Kai.

»Ich hoffe, dass es in deinem Sinne war, wenn ich ...?«

»Alles ist gut, Kai. Was haben wir bis jetzt?«

»Ich habe einen Wagen zum Markt geschickt, um die Aufnahmen der Überwachungskamera abzuholen, bevor die gelöscht werden müssen. Möglicherweise erhalten wir endlich klare Bilder von dem Killerweib, um die Fahndung voranzutreiben. In einem Umkreis von fünfzig Kilometern habe ich Straßensperren an allen Durchgangsstraßen postieren lassen. Ich befürchte nur, dass dieses abgewichste Pärchen nur Nebenstraßen benutzen wird, nachdem die wissen, dass wir sie gesehen haben. Außerdem werden die den Wagen wieder entsorgen und sich einen anderen fahrbaren Untersatz besorgen.«

»Oder ...«, mischte sich Leonie ein, »werden die ihre Flucht mit Bus und Bahn fortsetzen. Die Bahnhöfe und Busstationen sollten wir ebenfalls überwachen.«

Gordon eilte zum Telefon und ordnete sofort Entsprechendes an, bevor er sich wieder an Leonie wandte und ihr wortlos auf die Schulter klopfte. Dino, der zwischenzeitlich einen Anruf auf Gordons Schreibtisch entgegengenommen hatte, kam dem Leiter der Soko mit dem Mobilteil entgegen. Er reichte es ihm mit dem geflüsterten Hinweis auf Lieken.

»Was gibt es, Klaus?«

»Ich habe schon mitbekommen, was sich bei euch tut. Hoffentlich habt ihr das Gesocks bald. Ich habe mir die Blutproben vorgenommen, die mir aus der Wohnung Bosbach geschickt wurden. Eine ist klar dem Wolfgang Güntzel zuzuordnen. Die andere Probe zeigt mir die äußerst seltene Blutgruppe Null negativ. Die ist so selten, dass nur sechs Prozent der Weltbevölkerung sie besitzen. Das Blut enthält keine A-, B- oder D-Antigene. Das allein ist schon bedeutsam. Aber wir konnten zusätzlich einen Marker im Blut isolieren. Messbar war ein stark erhöhter CEA-Wert, der möglicherweise auf einen Tumor hinweist. In den meisten Fällen handelt es sich bei den Werten um eine Erkrankung des Dick- und Mastdarms. Die Frau leidet mit großer Wahrscheinlichkeit an Darmkrebs. Es ist aber auch jeder andere

Krebs möglich, von dem sie selbst nichts weiß oder spürt. Ich sage dir das deshalb, weil das Wissen um die Krankheit ein psychischer Auslöser sein kann für ihre Gewalttaten. Wenn sie den Mitmenschen das Leben neidet, das ihr die Krankheit nehmen wird, kann es zu solchen Fehlschaltungen im Gehirn kommen. Das ist nur eine These, die mir dazu einfällt, soll jetzt nicht als einziges Motiv herhalten. Ich wollte es dir nur mitteilen. Jetzt bleibt mir nur noch, euch eine erfolgreiche Jagd zu wünschen.«

Lange hielt Gordon das Telefon in der Hand, bis Leonie es ihm vorsichtig aus der Hand nahm und wieder in die Schale legte.

»Was hat Lieken denn gewollt? Du wirkst ja geschockt.«

Gordon informierte die Umstehenden über die Erkenntnisse aus der Forensik und löste damit die unterschiedlichsten Reaktionen aus. Während einige Kollegen das als gerechte Strafe Gottes ansahen, kamen aber auch mitleidige Bemerkungen. Leonie gab lediglich die Bemerkung dazu ab, dass die Frau Riesenprobleme bekommen würde, wenn sie selbst eine Bluttransfusion benötigte, da Spenderblut selten als Reserve vorliegt. Allerdings könnte ihr Blut an jeden anderen Menschen übertragen werden. Gordon und Kai zeigten der Kollegin den anerkennenden erhobenen Daumen.

»Das können wir gerne an die Krankenhäuser und Arztpraxen in der Gegend weitergeben, da es ja unbedingt eine Besonderheit darstellt«, meinte Kai und setzte das sofort in die Tat um. Aus vielen Stellen liefen Meldungen in der Soko-Zentrale ein, die aber für die Fahndung keine Fortschritte ergaben. Der dunkelblaue Audi war und blieb wie vom Erdboden verschluckt.

36

»Deck noch ein paar Äste drüber, damit das Auto vorerst keiner sieht. Die Drecksbullen werden längst danach suchen. Die Hubschrauber sind nicht umsonst in der Luft. Denen werden wir mal zeigen, wie machtlos die sind, wenn man es nur clever anstellt. Beweg deinen Arsch, Wolf. Der kleine Kratzer wird dich doch nicht gleich umbringen.«

Den vorwurfsvollen Blick ihres Partners quittierte Shila mit einem verächtlichen Grinsen. Ihren eigenen Schmerz im Gesicht hatte sie längst mit einer zusätzlichen Prise Kokain betäubt, wobei sie mittlerweile in ein gefährliches Stadium des Rausches gelangt war. Sie wusste, dass die Wirkung des Stoffes zwar nach wenigen Minuten einsetzte, jedoch nach spätestens sechzig Minuten nach dem Sniefen wieder abebbte. Schon zuvor einmal musste sie erleben, welche Folgen das ständige Nachlegen in ihrem Körper anrichtete. Die Übererregung durch das ausgeschüttete Dopamin in ihrem Gehirn hatte ihr damals schon Verwirrtheit und Bewusstseinsstörungen beschert, sie sogar mit Krampfanfällen gequält. Ihre Ärztin hatte ihr damals schon dazu geraten, eine Entziehung mitzumachen, da die Gefahr durch das Craving, dem anhaltenden Verlangen, nicht zu unterschätzen wäre. *Dummes Geschwätz!*

Zufrieden mit ihrem Versteckspiel marschierten die beiden Richtung Autobahn-Raststätte, die ihnen am ehesten die Möglichkeit des unerkannten Untertauchens erlauben würde.

Der Betrieb in der Damentoilette hielt sich in Grenzen, sodass Shila in aller Ruhe ihre letzten Blutspuren beseitigen konnte. Als sich die Tür zum Vorraum öffnete, erschien eine junge Dame, die mit ihrem kurz geschnittenen Haar, der etwas biederen Kleidung und der schwarz geränderten Brille den Eindruck erweckte, dass es sich um eine Lehrerin oder Erzieherin handeln könnte. Bevor sie sich die Hände wusch, zögerte sie etwas und verfolgte Shilas Bemühen, die Verletzung zu behandeln. Sie verzog das Gesicht, als würde sie selbst den Schmerz spüren.

»Derjenige, der das getan hat, hat es verdient, hart bestraft zu werden. Oder war es ein Unfall? Das sieht ja böse aus. Darf ich Ihnen helfen? Ich bin Krankenschwester und habe etwas zum Desinfizieren in der Tasche.«

»Danke, das bekomme ich schon hin. Sie müssten sich meinen Mann erst mal ansehen.«

Erst konnte die junge Frau den Witz dahinter nicht verstehen, lachte aber mit, als Shila ihr damit klarmachte, dass sie einen Scherz gemacht hatte.

»Kommen Sie, das kriegen wir schon wieder hin. Sie sollten damit einen Arzt aufsuchen. Das Nasenbein scheint gebrochen. Wenn das nicht behandelt wird, könnte das später unschön verheilen. Zeige Sie mal her.«

Shila ließ es zu, dass die Dame ein Pad, das sie aus ihrer großen Tasche zauberte, mit einer Desinfektionsflüssigkeit tränkte und vorsichtig die Umgebung der Verletzung abtupfte.

»Sind Sie verheiratet?«, eröffnete Shila die Konversation und zuckte zurück, als sie an einem Wundrand berührt wurde.

»Nein, nein – das habe ich bisher überhaupt noch nicht in Betracht gezogen. Hier und da mal eine Bekanntschaft. Ja, das darf mal sein. Aber Heiraten? Nein, das hat Zeit.«

»Vernünftig, kann ich nur sagen. Männer sind Schweine, wie Sie erkennen können. Der Mistkerl ist mit dem Wagen abgehauen und hat mich hier zurückgelassen. Jetzt kann ich zusehen, wie ich nach Gießen komme. Da wohnen meine Eltern.«

»Ach, das ist ja ein Zufall«, meinte die Dame und trat freudig lachend einen Schritt zurück. »Ich bin auf dem Weg nach Frankfurt. Ich fliege morgen nach Kuwait. Urlaub. Sie glauben gar nicht, wie ich mich darauf freue. Ich kann Sie mitnehmen. Ein kleiner Umweg über Ihr Elternhaus ist da zeitlich drin. Wollen Sie?«

Statt einer Antwort warf sich Shila an den Hals der Frau.

»Das wäre toll ... ich weiß gar nicht, wie ich Ihnen danken soll. Ich heiße übrigens Shila. Wollen wir Du zueinander sagen?«

»Kein Problem, Shila. Ich heiße Nina. Wir können starten, sobald du bereit bist. Ich wollte eh nur kurz für kleine Mädchen. Du kannst ja draußen vor dem Eingang auf mich warten.«

Shilas Lächeln überzeugte Nina, die sich prompt in eine Zelle verzog. Shila beeilte sich, nach draußen zu kommen, um Wolf über die neue Lage zu informieren. Auffällig schief stand der Riese vor ihr und drückte immer wieder mit der Hand gegen die Einstichstelle. Auf der Herrentoilette war ihm aufgefallen, dass sich die Fläche um die Wunde entzündet haben musste. Das Fieber konnte er gut unterdrücken.

»Wenn wir unterwegs sind, müssen wir unbedingt zu einem Arzt. Die beschissene Wunde hat sich entzündet und tut höllisch weh. Beeil dich. Ich warte da hinten, kurz vor dem Zubringer.«

Wolf entfernte sich zügig, als Shila ihm signalisierte, dass ihre neue Freundin im Anmarsch war.

»Können wir? Ich stehe da hinten. Es ist der Range Rover neben dem Campingbus. Hast du Schmerzen, Shila?«

»Es geht so. Lass uns fahren. Meine Mutter wird sich darum kümmern, sobald wir in Gießen sind.«

Shila blickte sich in dem komfortablen Wagen um und gönnte ihrer Retterin ein Lob.

»Geile Kiste. Verdient man als Krankenschwester so gut?«

»Um Gottes willen, nein. Meine Eltern unterstützen mich jeden Monat, sodass ich gut leben kann. Ich liebe sie dafür. Doch sie reden dauernd davon, dass ich heiraten und ihnen Enkelkinder schenken soll. Goldig, nicht wahr?«

Mittlerweile rollte das Auto an und steuerte auf die Auffahrt Richtung Frankfurt zu, als Shila plötzlich Halt rief und unter die Weste griff. Nina bremste erstaunt ab und konnte dabei soeben einem mächtigen Mann ausweichen, der schimpfend auf sie zukam. Er riss die Hintertür auf und quetschte sich auf den Sitz. In dem Augenblick, als Nina sich empört über diese Belästigung an den Eindringling wenden wollte, gewahrte sie die Pistole in der Hand ihrer neuen Freundin. Ihr Körper versteifte sich, wobei sie augenblicklich ein Zittern überfiel. Der Befehl aus Shilas Mund kam glasklar und traf die gutherzige Samariterin bis ins Mark.

»Du wirst jetzt genau das tun, was ich dir sage ... Nina.« Den Namen sprach sie in einem verächtlichen Ton aus. »Wenn du uns zwei Richtung Süden kutschierst und keinen Mist veranstaltest, werden wir dich irgendwo rauslassen und du darfst dein beschissenes Leben weiterführen. Den Verlust des Autos wirst du ja dank deiner reichen Eltern gut verschmerzen können. Ich rate dir eines: Fahr ruhig und ohne irgendwelche Auffälligkeiten nach Süden und versuche nicht, Aufmerksamkeit zu erwecken. Es wäre das Letzte, was du in diesem Leben siehst. Haben wir uns verstanden? Also, fahr los! Wir stehen auf der Beschleunigungsspur.«

»Da vorne ist ein Rastplatz, Shila. Ich muss pissen. Wir fahren kurz da rein und danach gehts weiter.«

Wolfs Anweisung wurde von Shila dadurch bestätigt, dass sie die Waffe anhob und hinter Ninas Ohr drückte.

»Du hast gehört, was mein Partner dir gesagt hat? Runter von der Straße. Das ist gut – keiner da. Besser kann es doch gar nicht laufen.«

Wolf schwang sich mühsam aus dem hohen Auto und marschierte auf das Toilettenhäuschen zu. Ihn widerte es immer wieder an, wenn er in diesem bestialischen Gestank sein Geschäft verrichten musste. Auf das Händewaschen verzichtete er großzügig und sah sich draußen um. Noch immer waren sie die Einzigen, die diesen Parkplatz besuchten. Er wollte sich auf den Sitz ziehen, als ihn Shilas Stimme aufhielt.

»Warte, Wolf. Wir sind hier noch nicht fertig. Hilf mir mal.«

Erst jetzt erkannte er durch den Zwischenraum der beiden Vordersitze die zusammengesunkene Gestalt von Nina.

»Was ist mit ihr? Ist der schlecht?«

»Frag nicht so dämlich, Sklave, pack lieber mit an. Wir müssen die loswerden. Du nimmst den Kopf, ich die Beine. Mach hinne, bevor einer kommt.«

»Du hast die Frau doch wohl nicht ...?«

»Wenn du nicht bald deinen Arsch bewegst, jage ich dir eine Kugel in deine beschissene Birne. Was sollen wir mit der Tussi denn sonst anfangen? Lassen wir die frei, sitzen uns zehn Minuten später die Bullen im Nacken. Jetzt tu nicht so, als hättest du das nicht gewusst. Pack endlich an, bevor ich sauer werde!«

37

»Ich glaub, dass sie jetzt den ersten großen Fehler gemacht haben!«

Leonie stürzte völlig aufgelöst in Gordons Büro. Gordon war sich darüber im Klaren, dass sich etwas Besonderes ereignet haben musste, sonst würde Leonie nicht so aufgeregt reagieren.

»Lass mich bitte nicht doof sterben und erzähl mir, was passiert ist.«

»Die beiden Killer wurden an der Raststätte ...« Leonie suchte auf der Karte, die an der Wand hing, und blieb mit dem Finger auf einem Punkt liegen. »... genau hier gesehen. Ein zufällig anwesender Polizist, der schon Feierabend hatte, erkannte die Bestien und hat seine Kollegen benachrichtigt. Als die eintrafen, war der metallicgrüne Range Rover bereits vom Parkplatz verschwunden, in den er sie einsteigen sah. Allerdings – und jetzt kommt der Haken an der Sache – war eine weitere Frau dabei, die den Wagen fuhr. Wir sollten davon ausgehen, dass sich diese Person in höchster Gefahr befindet. Sie werden die Zeugin nicht lange am Leben lassen und bei nächster Gelegenheit beseitigen. Die haben die A45 Richtung Frankfurt genommen. Ach ja, hier ist das Kennzeichen. Jetzt haben wir sie, Gordon.«

Wenn Leonie glaubte, dass Gordon jubelnd vom Stuhl fuhr, wurde sie enttäuscht. Seine Hand tastete nach dem Telefon.

»Herr Kriminalrat? Ich brauche einen Heli von der Flugbereitschaft!«

»Sind Sie verrückt? Das kriege ich niemals durch.«

»Das werden Sie, Chef.«

Gordon klärte Kläver über die neue Situation auf und kniff Leonie ein Auge zu, die sofort Kai über das neue Unternehmen informierte. Als Gordon seine Jeansweste vom Haken nahm und den Sitz seiner Waffe prüfte, standen seine Kollegen schon an der Tür bereit. Die Nachricht, dass die Festnahme unmittelbar bevorstehen könnte, hatte sich wie ein Lauffeuer im Präsidium herumgesprochen. Als der Heli hinter dem Haus landete, öffneten sich viele Fenster und gute Wünsche begleiteten die drei beim Einsteigen. Der Flug führte die Ermittler über das südliche Ruhrgebiet und die Ausläufer des Bergischen Landes. In den Kopfhörern verfolgten Sie die Berichte einzelner Polizeifahrzeuge, die sich auf dem beschriebenen Streckenabschnitt befanden. Eine Nachricht ließ sie alle erstaunen.

»Das Zielfahrzeug wurde in Richtung Dortmund, also genau entgegengesetzt gesichtet. Es verließ die Autobahn im Kreuz Westhofen auf die A1. Ein Einsatzfahrzeug hat die Verfolgung aufgenommen.«

Gordon schaltete sein Mikro ein und gab deutlich und äußerst unaufgeregt seine Anweisungen.

»Hier Einsatzleitung, Hauptkommissar Gordon. Von dem gesuchten Fahrzeug ist unbedingt Abstand zu halten. Kein Zugriff. Ich wiederhole: kein Zugriff. Es befindet sich eine

Geisel in den Händen der Gesuchten. Sie darf auf keinen Fall gefährdet werden. Wir sind auf dem Weg zur Einsatzstelle.«

Die eingehende Nachricht schockierte alle in der Maschine.

»Der Einsatzwagen, der das Fahrzeug deutlich ausmachen konnte, berichtete von zwei Personen, die sich im Fahrzeug befinden. Von einer Geisel war nichts zu sehen. Gilt Ihr Befehl immer noch, nur abzuwarten?«

Nur Sekunden zögerte Gordon bei der Antwort, bis er sich zu einer Entscheidung durchgerungen hatte.

»Auf keinen Fall eingreifen. Solange wir uns nicht überzeugen konnten, müssen wir davon ausgehen, dass die Geisel lebt und sich im Fluchtfahrzeug befindet. Irgendwann müssen die anhalten oder tanken. Bis dahin werden wir nur verfolgen. Ende.«

»Was ist, wenn die diese Geisel längst beseitigt haben, Gordon?«, wollte Leonie wissen.

»Was erwartest du jetzt von mir, Leonie? Ich besitze keine hellseherische Gabe. Solange ich nicht Gewissheit habe, lebt diese Frau und muss geschützt werden. Der Augenblick wird kommen, dass wir dem Ganzen ein Ende bereiten können. Wir sind nah davor, Leute. Jetzt heißt es Ruhe bewahren und kein weiteres Leben gefährden. Eigentlich müsste der Wagen langsam unter uns auftauchen. Die werden doch wohl nicht abgefahren sein?«

Gordon schaltete auf Rundspruch.

»Ist ein Wagen hinter den Entführern und kann uns bestätigen, dass die noch auf der A1 sind? Bitte dann die Koordinaten durchgeben.«

Nachdem diverse Knarzgeräusche die Verbindung störten, meldete sich eine Stimme.

»Hier Peter 4213. Befinden uns in Höhe der Anschlussstelle Hagen-West und erwarten dort das gesuchte Fahrzeug. Müsste eigentlich schon durchgekommen sein. Wir sollten die Möglichkeit prüfen, ob die Gesuchten vorher die Autobahn verlassen haben. Ende.«

Kaum war die Durchsage verklungen, kam die nächste Meldung.

»Peter 4001. Position auf dem Rastplatz Lennhof-West. Das gesuchte Fahrzeug befindet sich verlassen in einer Parkbucht. Von den Insassen keine Spur. Haben die Raststätte weiträumig abgesperrt und lassen die Räumlichkeiten durchsuchen. Uns gegenüber wurde der Verdacht geäußert, dass ein Paar, auf das die Beschreibung passt, möglicherweise in einen LKW umgestiegen ist, der Richtung Gevelsberg fuhr. Einziger Hinweis, dass es sich um einen Lastzug handelt mit grüner Plane und ausländischem Kennzeichen. Erbitten weitere Anweisungen.«

»Peter 4001. Hier Hauptkommissar Rabe. Gibt es weitere Hinweise auf eine dritte Person? Haben Sie den Wagen durchsucht?«

»Der Wagen steht dort offen. Der Zündschlüssel steckt. Auf dem Fahrersitz befinden sich Blutflecken, die relativ frisch aussehen. Eine dritte Person konnte bisher nicht ausgemacht werden. Wir beobachten das Fahrzeug weiter, falls doch jemand zurückkommt.«

»An Peter 4001. Ich schicke Ihnen schnellstmöglich die Spurensicherung. Bitte das Fahrzeug sichern und nichts verändern. Ende.«

Minutenlang dröhnte nur das Geräusch des Rotors, bis Gordon endlich die Durchsage startete.

»An alle Einsatzkräfte. Gesucht wird ein Lastzug, grüne Plane, Firma unbekannt, mit ausländischem Kennzeichen unterwegs auf der A1 Richtung Wuppertal. Vermutlich wird der Fahrer von zwei gesuchten Gewaltverbrechern als Geisel benutzt. Kein Zugriff, solange sich der Fahrer in der Hand der Geiselnehmer befindet. Sofortige Meldung an Leitstelle, wenn das Fahrzeug gesichtet wurde. Ende.«

An den Heli-Piloten gewandt äußerte Gordon die Bitte, an dem Rasthof Lennhof-West zu landen. Kurze Zeit später wirbelten die Rotoren des Helikopters mächtig Staub neben den Parkplätzen auf. Zwei Einsatzkräfte winkten die drei Ermittler zu einem dunkelgrünen Range Rover. Kai hatte sich längst die Handschuhe übergezogen und öffnete den Kofferraum, in dem er einen kleinen Koffer fand, in dem sich Textilien und Kosmetik einer weiblichen Person befanden.

»Ich möchte den Halter des Wagens wissen. Und das bitte gestern!«

Seine Order ging an einen Polizisten, der das Tun der Kripobeamten interessiert beobachtete. Mit hochrotem Kopf verschwand der junge Mann in seinem Einsatzwagen und telefonierte eifrig. Schließlich kam er mit einem Zettel zurück, den er stolz dem Hauptkommissar überreichte.

»Rudolf Wagner. Gemeldet in Rengsdorf. Ich vermute einmal, dass er nicht der Fahrer, sondern lediglich der Halter des Wagens ist. Man sprach doch von einer Fahrerin. Versucht herauszubekommen, wie wir Kontakt zu dem Mann aufnehmen können. Wir brauchen die Fahrerin.«

Während Gordon den Fahrersitz inspizierte, suchte Leonie nach einer Telefonnummer und fand sie. Sie überreichte Gordon das Telefon, als sich Rudolf Wagner meldete.

»Hauptkommissar Rabe, Kripo Essen. Gut, dass wir Sie erreichen. Ist der Wagen mit dem Kennzeichen NR-NW 210 auf Sie zugelassen?«

»Natürlich«, kam es zögerlich. »Gab es damit einen Unfall? Ist Nina etwas passiert? Sagen Sie mir bitte, ob meine Tochter verletzt wurde.«

»Beruhigen Sie sich bitte, Herr Wagner. Bisher können wir gar nichts sagen. Ihr Fahrzeug wurde lediglich an einer Raststätte gefunden. Wir versuchen herauszufinden, wer den Wagen gefahren und hier abgestellt hat. Können Sie uns einen Hinweis darauf geben, wo sich Ihre Tochter zur Zeit aufhalten könnte?«

Die Antwort kam prompt, wobei allerdings die Angst um das eigene Fleisch und Blut in der Stimme mitschwang.

»Sie wollte nach Frankfurt, wo sie morgen früh für ein paar Tage nach Kuwait startet. Den Wagen parkt sie dann immer in einem der Parkhäuser. Sie werden mir doch sagen, wenn mit ihr was passiert ist, oder?«

»Aber selbstverständlich, Herr Wagner. Bisher haben wir nur ein Fahrzeug ohne Fahrer. Die Ermittlung werden wir unverzüglich aufnehmen und Sie informieren, wenn es Neuigkeiten gibt. Ich danke Ihnen für die Auskunft.«

Gordon legte auf, bevor ihn der besorgte Vater weiter mit Fragen bombardieren würde, die er nicht beantworten konnte oder wollte. Auf den fragenden Blick Leonies antwortete Gordon lediglich mit einem Nicken. Kai wies auf den Blutfleck und gab seine Einschätzung zur Lage preis. In einigen Metern Entfernung traf unterdessen der Wagen der Spurensicherung ein.

»Ich befürchte das Schlimmste. Nina Wagner wird gezwungen worden sein, das Fahrzeug vom ersten Parkplatz zu bewegen. Das passt zu den Aussagen der dortigen Zeugen. Irgendwo werden die Entführer die Frau aus dem Wagen entfernt haben – ob tot oder lebend wage ich jetzt nicht zu bestimmen. Zumindest wurde sie erheblich verletzt, was die Blutflecken auf dem Fahrersitz beweisen dürften. Da den Killern der Wagen zu heiß wurde, sind sie auf einen LKW gewechselt, dessen Fahrer sie nicht so einfach umbringen werden, das sie ihn zum Fahren weiter benötigen. Ob der die beiden freiwillig oder unter Zwang befördert, ist bisher nur Spekulation. Auf jeden Fall müssen wir bei der Festsetzung berücksichtigen, dass der Fahrer geschützt werden muss.«

Gordon und Leonie, die nachdenklich das verlassene Fahrzeug betrachteten, nickten dazu und schickten sich an, wieder zum wartenden Helikopter zu gehen. Das Telefon hielt Gordon einen Moment zurück.

»Bitte entschuldige, Denise, aber jetzt ist es schlecht. Ich befinde mich in einem schwierigen Einsatz. Hat das nicht Zeit ...?«

»Ich weiß, Gordon, ich weiß. Ich wollte nur deine Stimme hören und dich nur bitten ... sei vorsichtig. Jonas braucht uns beide.«

38

»Ganz schön was los am Himmel. Das ist schon der dritte Hubschrauber, den ich heute auf dem Streckenabschnitt sehe. Die werden doch wohl keine Geschwindigkeitskontrollen aus der Luft machen?«

Fabio Malter, der nach der langen Fahrt aus Salzburg bis hierher endlich froh war, sein Ziel in Duisburg bald erreicht zu haben, blickte durch die Frontscheibe nach oben. Er bemerkte nicht die stummen Blicke, die seine Gäste auf der Bank neben ihm wechselten. Sie lachten jedoch ebenfalls über seinen Witz und setzten die Füße auf die beiden Taschen, die sie in den Fußraum gestellt hatten.

»Die machen bestimmt eine Verkehrszählung«, meinte Wolf bemerken zu müssen, obwohl ihn die Schmerzen in der Seite schon seit Stunden quälten.

Fabio strich sich über den dichten Vollbart und setzte den Blinker, um einen letzten Halt vor dem Ziel zu machen.

»Einmal dahin, wo selbst Kaiser Wilhelm zu Fuß hinmusste. Ihr könnt ja den Augenblick warten. Dauert nicht lange. Passt mir schön auf den Wagen auf. Habe schließlich dreißig Paletten mit Toilettenpapier geladen.«

Wieder vernahmen Shila und Wolf dieses Lachen, das aus tiefster Brust kam und einem Gewittergrollen ähnelte.

»Mach dir keine Sorgen, Fabio. Da lassen wir keinen ran«, ließ jetzt auch Shila endlich einmal einen Ton verlauten. Sie hatte schon die ganze Zeit mit verbissener Miene an der Tür gesessen und den vorbeifließenden Verkehr beobachtet. Fabio schwang sich vom Bock und tauchte in der Menge der Raststättenbesucher unter. Kaum war er verschwunden, packte Shila die vor ihr stehende Tasche und öffnete die Tür.

»Wo willst du hin? Warten wir nicht auf Fabio? Der fährt doch mitten in den Hafen. Was Besseres kann uns doch gar nicht passieren.«

Wolf versuchte, Shila am Arm zurückzuhalten. Wütend schlug sie seine Hand beiseite.

»Hast du Hirni geglaubt, dass die da oben zum Vergnügen rumschwirren? Die haben längst mitbekommen, womit wir im Augenblick unterwegs sind. So ganz blöd sind die Bullen nun auch wieder nicht. Komm mit, wir müssen los! Ich suche uns ein anderes Auto.«

Wolf quälte sich aus dem hohen Wagen und beobachtete Shila, die sich zielsicher auf einen Kleinwagen zubewegte, der etwas abseits von anderen Autos stand. Daneben stand eine Frau mit kurzem Haar, die sich auf die Kante der Fahrertür stützte und herzhaft in einen Apfel biss. Freundlich lächelnd blickte sie Shila entgegen, die deutlich machte, wohin sie ihr Weg führte.

»Kann ich Ihnen helfen? Das sieht ja schlimm aus mit Ihrer Nase. Wollen Sie mitfahren?«

Ihre Freundlichkeit wurde damit belohnt, dass sie in den Lauf einer Waffe blicken musste, die ihr vor die Nase gehalten wurde. Der Apfel fiel mit einem satten Platschen auf das Pflaster und zersprang dort. Ängstlich klammerte sich die Frau an den Rahmen der Tür und starrte auf die Pistole, die genau auf ihre Stirn zielte.

»Was ... was tun Sie da? Ich kenne Sie nicht und habe Ihnen nichts getan. Das können Sie nicht machen.«

»Halt die Fresse, du dumme Kuh und gib mir den Schlüssel.« Shila dachte kurz nach und überlegte es sich anders. »Oder, nein, warte. Du fährst. Wolf komm.«

Die helle Stimme eines Kindes ließ alle herumwirbeln.

»Mama? Was will die Frau? Sieh mal, die hat eine Pistole, so wie im Kino.«

Der kleine Blondschopf tanzte aufgeregt vor dem Wagen herum und schien sich über die willkommene Abwechslung zu freuen. Mit den kleinen Händen formte er eine Pistole und zielte auf Shila.

»Du wirst jetzt erschossen. Ich bin schneller als du. Peng, peng. Du musst jetzt umfallen.«

Enttäuscht nahm der Kleine die Hände mit der imaginären Pistole runter und kam näher.

»Mama, die Frau ist doof. Die spielt gar nicht mit. Lass uns wieder fahren. Papa wartet bestimmt schon.«

Die Frau riss den Jungen an ihre Seite und legte die Arme schützend um ihn.

»Lassen Sie den Jungen bitte in Ruhe. Er ist doch erst fünf. Ich tue alles, was Sie verlangen, aber bitte nicht den Jungen. Ich gebe Ihnen Geld, das Auto, alles, was Sie möchten ... lassen Sie uns gehen. Bitte.«

»Shila! Das kannst du nicht machen! Nicht mit dem Kind. Da spiele ich nicht mit. Lass uns gehen. Wir werden was anderes finden. Komm.«

Shilas Augen blitzten ihren Partner gefährlich an. Ihre Waffe richtete sie plötzlich auf ihn und all ihre Verachtung fand sich in ihrer Antwort wieder.

»Du bist ein erbärmliches Stück Scheiße. Feige warst du schon immer. Doch jetzt hast du überzogen.« Immer näher kam Shila auf Wolf zu, der einen Schritt zurückwich und die Hände zur Abwehr hob.

»Was glaubst du, was die Schlampe da machen wird, sobald ich die Waffe einstecke? Ja, du Irrer. Sie wird wie bekloppt um Hilfe rufen und ruckzuck haben wir hundert Bullen am Arsch. Willst du das? Willst du für den Rest deines verfickten Lebens in den Knast? Ich nicht. Sollte es so sein, nehme ich einige von den Scheißern mit in die Hölle. Lebend werden die mich nicht kriegen. Jetzt reiß dich endlich zusammen und pack das dumme Balg und die Alte in den Wagen. Die Leute gucken schon rüber.«

Was Shilas Augen entging, war der ältere Herr, der seine Begleitung zurück ins Auto drückte und in sein Telefon sprach. Sie konzentrierte sich nur darauf, ihren Partner von der Richtigkeit ihres Vorhabens zu überzeugen. Wolf straffte sich und erwiderte den Blick Shilas.

»Nein, Shila. Jetzt ist Schluss mit deinen Eskapaden. Da spiele ich nicht mehr mit. Bei Kindern hört es auf bei mir. Wir nehmen den Wagen und machen die Biege. Lass die Frau und den Jungen aus dem Spiel. Die bleiben hier. Wir haben doch das Auto. Das muss fürs Erste reichen.«

Als sich die Mutter mit dem Jungen langsam rückwärts schob, um hinter das vermeintlich schützende Auto zu gelangen, ruckte Shilas Waffe herum und stoppte damit das Vorhaben.

»Bleib stehen, sonst leg ich dich und dein Balg um. Glaub bloß nicht, dass mich jemand davon abhalten kann – auch der Irre da nicht. Wenn es sein muss, sterbt ihr alle. Beweg jetzt den Arsch und verfrachte dein Kind auf den Rücksitz.«

An Wolf gewandt fuhr sie fort.

»Wenn du meinst, hierbleiben zu müssen – kein Problem. Wirf die Tasche ins Auto und verpiss dich, bevor ich dich umlege.«

Shilas mächtiger Busen hob und senkte sich, zeigte ihre Erregung, von der Wolf wusste, dass sie auf einen Entzug hinwies. Seit mehr als zwei Stunden hatte sie schon auf ihre Dosis Kokain verzichtet, was jetzt zu dieser Aggression führte. Ein letztes Mal versuchte er es, sie umzustimmen. Der Schritt nach vorne war eine schlechte Entscheidung. Seine Augen weiteten sich, als die Patrone, die sich versehentlich aus der Waffe gelöst hatte, seitlich in seinen Schädel eindrang. Haare Knochen- und Fleischfetzen flogen umher, besudelten sogar die Kleidung der Frau, deren schrilles Geschrei sämtliche Blicke auf sich zog. Absolute Stille überzog diesen Teil des Parkplatzes, der mittlerweile gut gefüllt war, da sich das Geschehen schnell herumgesprochen hatte. Dicht gedrängt kämpften Zuschauer um den besten Platz. Shila richtete ihre Waffe auf die am nächsten stehenden Gaffer, was die aber nicht davon abhielt, ihre Handykamera weiter auf die Mörderin zu richten.

»Einsteigen!«, schrie Shila die Mutter an. »Beweg dich, sonst ist der Kleine dran.«

Die Mehrzahl der Zuschauer drehte sich zur Seite, um die Landung eines Hubschraubers zu verfolgen, während andere weiter darauf warteten, dass sich hier noch etwas tat.

»Ich kann nicht. Hören Sie doch ... ich kann nicht fahren. Sehen Sie.«

Die Hände der Mutter zitterten und streckten sich als Beweis der Mörderin entgegen. In dem Moment, als Shila zum Schlag mit dem Revolver ausholte, erklang die Stimme, die sie mitten in der Bewegung stoppen ließ.

39

»Das macht keinen Sinn. Geben Sie auf. Muss jetzt auch noch ein unschuldiges Kind sterben?«

Shila nahm den Arm runter, den sie zum Schlag erhoben hatte. Schützend lag der Arm der Mutter über dem Kopf ihres Sohnes, das Gesicht von Entsetzen verzerrt. Tränen hatten längst ihre Wangen bedeckt und tropften ungehindert in das weiche Haar des Jungen. Polizisten waren damit beschäftigt, die Menge der Zuschauer zurückzudrängen, die nur unter Protest den Anordnungen folgten. Gordon hatte sich vor seine beiden Assistenten geschoben, die ihre Waffen auf Shila gerichtet hatten. Er selbst hatte seine Waffe im Holster belassen und hob beide Hände.

»Sie haben es weit gebracht, das muss ich zugeben. Sie wurden zur meistgesuchten Frau in Europa. Respekt. Doch wie heißt es im Sport so schön? Höre auf, wenn du es an die Spitze geschafft hast, denn dann kann es nur noch bergab gehen. Wer auch immer Sie sind, was Sie auch immer antreibt – hier sollte jetzt alles ein Ende finden.«

»Glaubst du wirklich an solche dummen Phrasen, Bulle? Du kannst dir deine blöden Sprüche schenken. Du meinst, dass du in der Schulung zu Geiselnahmen genug gelernt hast, um mich davon zu überzeugen, dass ein Leben im

Knast erbaulicher ist als der Tod? Vergiss es, Bulle. Es macht jetzt keinen Unterschied mehr, ob dieses Drecksbalg eine weitere Kerbe auf meiner Liste bedeutet oder nicht. Das Urteil wäre lebenslänglich mit anschließender Sicherungsverwahrung oder sofortige Einweisung in die forensische Psychiatrie. Ich bin doch irre, oder etwa nicht? Sieh dir die Visagen der Menschen an! Schau sie dir genau an. Sie würden es so gerne sehen, wenn ihr mich auf der Stelle umlegt. Gut, sie werden euch später wegen unangemessener Polizeigewalt an den Pranger stellen, aber die Mordlust erkenne ich in jeder dieser Spießerfressen.«

Gordon spürte das Zucken der Waffe neben sich, die Leonie auf Shila gerichtet hielt. Er drückte sie vorsichtig herunter und wandte sich wieder an die Mörderin.

»Sie haben recht. Ich zähle mich zu denen, die am liebsten sehen würden, wie Sie in ihrem Blut liegen und um Ihr wertloses Leben kämpfen. Eigentlich sind Sie es nicht wert, die gleiche Luft zu atmen wie die anständigen Menschen hier. Eigentlich! Doch unser Gesetz gibt vor, selbst Sie am Leben zu erhalten – egal, was auch immer Sie getan haben mögen. Erst ein Gericht wird das endgültige Urteil sprechen. Ich befürchte, dass meine lieben Kollegen Ihnen nicht den Gefallen tun werden, Sie zu töten. Wir üben solche Szenen gerne am Schießstand, wissen Sie. Es geht darum, einen Gegner kampfunfähig zu machen, nicht zu töten. Dabei schießen wir gezielt in Körperregionen, bei denen nicht nur massive Schmerzen für den Augenblick entstehen, sondern auch bleibende. Sie werden für den Rest Ihres mickrigen Lebens nicht nur ein Krüppel sein, sondern Opiate benötigen, um auch nur das Schlimmste an Schmerzen ertragen zu können. Schießen Sie auf den Jungen und genau das, was ich Ihnen beschrieben habe, wird geschehen.«

Niemand unter den Zuschauern hätte in diesem Augenblick auch nur erahnen oder beschreiben können, was in dem Kopf der Mörderin vor sich ging. Ihre Miene war nach außen teilnahmslos. Ihre Augen verrieten jedoch, dass sie einen Kampf mit sich ausfocht. Auch in Gordon arbeitete es unerbittlich. Dass er diesen Weg gewählt hatte, war für ihn, aber auch für die, die ihn kannten, unerklärlich. Trotzdem wartete er geduldig ab.

»Du bluffst, Bulle. Das ... das würdest du niemals tun. Du darfst das gar nicht. Ich werde jetzt in dieses Auto steigen und mit den beiden wegfahren. Keiner wird mir folgen, da ich ansonsten ...«

»Nein, das wirst du nicht tun«, fuhr ihr Gordon dazwischen. »Entweder legst du die Waffe auf den Boden, oder es werden dich mehrere Geschosse kampfunfähig machen. Du wirst nicht einmal dazu kommen, die Waffe auf die beiden unschuldigen Menschen zu richten. Das verspreche ich dir. Erspare dir und dem Kind dieses Leid. Es ist genug geschehen. Was man dir in der Vergangenheit auch immer angetan haben mag, wird durch weitere Morde nicht gesühnt werden. Diese Familie trägt keine Schuld an allem. Beende das Spiel jetzt und hier, das du niemals gewinnen kannst.«

Niemand konnte später erklären, woran Kai erkennen konnte, dass Shila ihre Drohung doch wahr machen wollte. Vielleicht waren es die Pupillen, die sich weiteten, möglicherweise das schmierige Grinsen um ihre Lippen. Kaum zuckte sie mit Waffe Richtung des Kindes, traf sie das erste Geschoss in die Hüfte, während Leonies Treffer genau in dem Schultergelenk eindrang, das Shila den Schussarm verriss. Bruchteile von Sekunden später kniete Kai genau auf der Stelle, wo er zuvor getroffen hatte. Shilas Schreie hallten über den Parkplatz.

Die Ruhe, die sonst das Restaurant *Little Italy* auszeichnete, wurde heute gestört von den Gesprächen der Soko-Mitarbeiter. Kriminalrat Kläver hatte es sich nicht nehmen lassen, die Mannschaft auf Kosten der Staatskasse zum Essen und einen Umtrunk einzuladen. Der Polizeipräsident ließ sich unterdessen in Anwesenheit des Bürgermeisters von der Presse und seinen Golfpartnern für die hervorragende Arbeit loben.

»Bevor ich es vergesse, Herrschaften«, sprach Kläver in die Runde, »Kurz bevor wir uns hier trafen, bekam ich die Nachricht, dass man die Leiche der Fahrerin des Range Rovers, eine gewisse Nina Wagner, in einem Gebüsch neben einem Rastplatz gefunden hat. Sie soll übel zugerichtet worden sein. Ein weiteres Opfer dieser Bestien. Der Vater muss noch benachrichtigt werden. Geben wir ihm noch etwas Zeit und verschieben das auf morgen.« An Gordon gewandt fuhr er fort. »Die Lösung auf dem Parkplatz, mein lieber Rabe, sollte aber nicht ins Schulungsprogramm für angehende Kriminalbeamte übernommen werden. Das war schon hart an der Grenze dessen, was ich decken konnte. Das hätte schnell ins Auge gehen können.«

»Dahin hatte ich eigentlich auch gezielt, Herr Kriminalrat«, klinkte sich Leonie in das Gespräch. »Habe den Schuss etwas verzogen. Üben wir aber noch.«

Leonie verzog schmerzhaft das Gesicht, als die Hand ihres schwergewichtigen Partners auf ihrem Rücken aufschlug. Schuldbewusst zog er sie sofort zurück, stimmte aber dann mit Leonie in das kollektive Lachen ein. Die Aktion auf dem Rastplatz hatte sich wie ein Lauffeuer im Präsidium herumgesprochen und neben Hochachtung für den mutigen Hauptkommissar auch kontroverse Diskussionen hervorgerufen.

Dr. Lieken, der direkt neben seinem Freund Gordon den Platz gefunden hatte, zupfte an dessen Ärmel.

»Ich habe mir mal die Akte von dieser Shila Ristoff durchgelesen. Das passt ja wie Faust auf Auge, wenn man sich mit den Auslösern für solche Gewaltexzesse auseinandersetzt. Allerdings wird nirgendwo ihr mögliches Krebsleiden erwähnt. Scheinbar wusste sie selbst nichts davon, was ich als wahrscheinlich ansehe, da keine entsprechenden Medikamentenspuren im Blut zu finden sind. Sie hat das wohl mit Kokain geregelt. Ich sage es ja immer wieder, dass es für uns Menschen eminent wichtig ist, in einer guten und liebenden Familie groß zu werden. Unsere Kindheit prägt uns für das restliche Leben. Diese Frau hatte es nie leicht und musste durch eine Hölle gehen.«

»Bei ihrem Aufenthalt dort fand sie in Satan einen guten Lehrmeister«, mischte sich Leonie ein. »Wir dürfen das aber nicht immer voraussetzen. Ich habe von Mördern gelesen, die von ihrem Elternhaus geliebt, fast vergöttert wurden und trotzdem bestialische Morde begingen. Als der Staatsanwalt heute bei uns im Büro war, deutete er bereits an, dass man Shila nicht in einen normalen Strafvollzug stecken könnte. Er ist fest davon überzeugt, dass sie für den Rest ihres Lebens in der forensischen Psychiatrie landen wird. Aber lasst uns heute nicht mehr daran denken. Wer von euch geht denn morgen mit, wenn ich Mia Richter aus der Klinik abhole?«

Als fast sämtliche Finger hochfuhren, erhob sich Gordon und beruhigte die Mannschaft.

»Jetzt mal ruhig, Leute. Ich finde es toll, dass ihr alle mitwollt, doch wer in Gottes Namen wird dann in dieser Stadt für Recht und Gesetz sorgen? He? Es wird so ablaufen, wie ich es bestimme!«

Die Buhrufe ebbten ab, als Gordon lachend fortfuhr.

»Es wird verkündet und beschlossen, dass Leonie in Begleitung eines tapferen Helden diese Aufgabe übernimmt.«

»Nicht immer nur du. Buh, buh.«

»Habe ich auch gar nicht gesagt. Mein Sohn Jonas hat darauf bestanden, seine Beschützerin persönlich abzuholen. Punkt. Und jetzt lasst uns feiern.«

– Nachwort –

Liebe Leserinnen und Leser, hat Sie auch dieses Buch
wieder gut unterhalten können und die erwartete Spannung
geliefert?
Weitere Romane aus meiner Feder finden Sie im
Anhang.

Wir Autoren wären oftmals relativ hilflos, wüss-
ten wir nicht diese wichtigen Helfer im Hintergrund, die vor der Veröffentlichung eines Buches
den strengen Blick auf die Texte werfen.

Meinen Dank richte ich dabei an fünf
großartige, von mir geschätzte Frauen:
Sonja Kindler, Andrea Schmidt, Stefanie Stolten-
berg, Heidemarie Rabe und Anne Philipps.

Persönliche Anmerkungen und ein Feedback
können Sie mir gerne unter h.c.scherf@gmx.de
zukommen lassen.
Sie erhalten garantiert zeitnah eine Antwort.

Ihr H.C. Scherf

Weitere Thrillerreihen und Einzeltitel des Autors

ISBN 978-3734726316
Band 5 aus der Reihe Liebig/Momsen

Als Taschenbuch und E-Book in allen Buchhandlungen und Online-Shops.

Inhalt:
Nichts ist vergessen. Die Zeit der Vergeltung ist gekommen.

Die Frauen besitzen alle das gleiche Äußere. Doch das ist nicht das einzig Gemeinsame. Sie sterben alle einen grausamen Tod. Der Serienmörder foltert seine Opfer bestialisch, ohne auch nur die geringste Spur zu hinterlassen. Er macht den ersten Fehler, als einem Opfer die Flucht aus dem schrecklichen Kerker gelingt. Doch die Ermittler Rita Momsen und Peter Liebig erleben eine tiefe Enttäuschung, als sie auf die Hilfe des Opfers und erste Spuren setzen. Der geheimnisvolle Mörder bleibt nicht nur weiter ein Phantom, sondern wird selbst für sie zur tödlichen Bedrohung.

ISBN 978-3749497850
Band 4 aus der Reihe Liebig/Momsen

Als Taschenbuch und E-Book in allen Buchhandlungen und Online-Shops.

Inhalt:
Das Ziel ist Rache - das Ergebnis ist Selbstzerstörung

Niemand kann zu diesem Zeitpunkt erahnen, welche Opfer ein Rachefeldzug noch fordert, als man die erste schrecklich zugerichtete Leiche findet. Die Frau wurde hingerichtet von einem Täter, der damit eine blutige Spur durch die Strafverfolgungsbehörden ankündigt. Dass er keine Spuren hinterlässt und sein Motiv Rätsel aufgibt, macht es dem bekannten Ermittlerteam um Peter Liebig und Rita Momsen nicht einfacher. Seine Todesliste arbeitet der Killer unerbittlich ab. Das Grauen findet seine Fortsetzung, obwohl sich Puzzlestücke zusammenfügen. Der Tod jedoch hat die sympathischen Kripobeamten längst eingeplant.

ISBN 978-3749452163
Band 3 aus der Reihe Liebig/Momsen

Als Taschenbuch und E-Book in allen Buchhandlungen und Online-Shops.

Inhalt:
Das Feuer reinigt und lässt nur Asche zurück - Doch das abgrundtief Böse hat es auch für sich entdeckt.

Während die tapferen Einsatzkräfte der Feuerwache ihr Leben aufs Spiel setzen, um Menschen vor dem Tod zu bewahren, lebt ein Psychopath seine kranken Leidenschaften aus, folgt dem Trieb, unvorstellbar grausam töten zu müssen.

Immer mehr verdichtet sich der Verdacht, dass dieser Wahnsinnige nicht nur medizinische Grundkenntnisse besitzen muss. Nein - es könnte ein Feuerteufel sein, der sogar aus dem engeren Umfeld der Feuerwehr kommt. Jeder ist plötzlich verdächtig. Ein Psychokampf beginnt und gefährdet Freundschaften. Das Ermittlerduo Liebig und Momsen steht vor dem bisher rätselhaftesten Fall, der sie selbst in tödliche Gefahr bringt.

ISBN 978-3738622706
Band 2 aus der Reihe Liebig/Momsen
Als Taschenbuch und E-Book in allen Buchhandlungen und Online-Shops.

Inhalt:
»Die Qualen der Zelle liegen hinter ihr – Doch die Hölle der Freiheit erwartet sie bereits«

Sieben Jahre teilte Daniela die Zelle mit Psychopathinnen. Totschlag war ihr Verbrechen, für das sie lange sühnte.
Nun steht sie vor dem Tor der JVA und einer Freiheit gegenüber, die keine ist. Unerbittlich begegnet ihr die Familie mit Ablehnung. Als sie in einen Strudel aus Gewalt gezogen wird, sehnt sie sich zurück in den Regelbetrieb des Strafvollzugs.
Ein perverser Serienmörder und ein brutaler Zuhälter reißen sie in den Vorhof zur Hölle.
Ausgerechnet ein Ermittler steht ihr zur Seite, den die Vergangenheit mit den Taten des perfiden Mörders verbindet.

ISBN 978-3749410620
Band 1 aus der Reihe Liebig/Momsen

Als Taschenbuch und E-Book in allen Buchhandlungen und Online-Shops.

Inhalt:
»Du bist stärker als deine Angst! Sie spürt es und wird nachgeben.«

Die geflüsterten Worte sollen Sarah beruhigen, ihre Höhenangst endgültig besiegen. Ein Psychopath nutzt die Urängste der Menschen, um sie in den Tod zu treiben.
Sein perfider Plan geht bei den Schutzbedürftigen einer Selbsthilfegruppe auf, die ihre Phobien bekämpfen möchten.
Wird Peter Liebig, Hauptkommissar im Essener Morddezernat, die Pläne des Wahnsinnigen durchkreuzen können?
Der Täter hinterlässt keine Spuren. Erst als der erfahrene Beamte in die Hölle des Killers hinabsteigt, entdeckt er dessen Geheimnis.
Ein Psychoduell beginnt, das zwei völlig verschiedene Welten aufeinanderprallen lässt.

ISBN 978-3752892178
Band 5 aus der Reihe Spelzer/Hollmann

Als Taschenbuch und E-Book in allen Buchhandlungen und Online-Shops.

Inhalt:
Der Frieden ist nur Schein - hinter ihm lauert der Tod

Eine ganze Region zittert vor ihr, obwohl sie Schutz versprach. Eine schöne Frau regiert nach dem Tod des Don unnachgiebig eine italienische Region. Nur einer durchschaut ihr Intrigenspiel, kennt ihr Geheimnis, das sie angreifbar macht. Geduldig wartet er auf den Tag der Abrechnung.
Ein grausamer Mafiakrieg, in den die Gerichtsmedizinerin Karin Hollmann, Hauptkommissar Spelzer und ein Serienkiller unaufhaltsam hineingezogen werden. Sie versuchen, Unschuldige zu schützen.

Obwohl die Handlungsabläufe in sich abgeschlossen sind, empfiehlt es sich, die Bücher in der Reihenfolge zu lesen.

ISBN 978-3752877953
Band 4 aus der Serie Spelzer/Hollmann

Als Taschenbuch und E-Book in allen Buchhandlungen und Online-Shops.

Inhalt:
»In mir hat der Satan ein Zuhause gefunden. Tust du nicht das, was ich von dir verlange, wirst du genau ihn von seiner fantasievollsten Seite kennenlernen.«

Die Drohungen treiben dem korrupten Polizisten kalte Schauer über den Rücken. Während Doktor Karin Hollmann und Oberkommissar Spelzer einen Satanisten verfolgen, der im Ruhrgebiet seine Opfer sucht und findet, versucht der Serienmörder Pehling, an seinem Zufluchtsort neue Gegner abzuwehren.

Aber nur, wenn sich die so unterschiedlichen Weggefährten zusammenschließen, haben sie eine verschwindend geringe Chance. Sie müssen verhindern, dass ein Satansjünger seine Visionen vom Reich des Antichristen verwirklichen kann.

Der Weg dahin fordert einen blutigen Tribut, denn der Gegner scheint nicht von dieser Welt.

ISBN 978-3752834215
Band 3 aus der Serie Spelzer/Hollmann

Als Taschenbuch und E-Book in allen Buchhandlungen und Online-Shops.

Inhalt:
»Da unten ist die Hölle«

Die Taucher der Essener Wasserschutzpolizei müssen weit über ihre psychischen Grenzen hinausgehen, als sie das Depot eines Killers in der Tiefe räumen.

Welcher Wahnsinnige versteckt die Toten im Essener Baldeneysee?

Wieder einmal stehen Rechtsmedizinerin Karin Hollmann und ihr Freund, Oberkommissar Sven Spelzer vor Mädchenleichen, die ihnen viele Rätsel aufgeben.

Wie weit geht ein skrupelloser Gangsterboss, um den gewaltsamen Tod seines Bruders zu rächen? Zwei scheinbar unabhängige Fälle bringen die Ermittler selbst in Lebensgefahr. Ein friedliches Naherholungsgebiet entpuppt sich als Spielwiese für einen irren Mörder.

ISBN 978-3746055879

Band 2 aus der Serie Spelzer/Hollmann
Als Taschenbuch und E-Book in allen Buchhandlungen und Online-Shops.

Inhalt:
»Der ist definitiv ertrunken. Die haben ihn noch lebend ins Wasser geworfen, dabei nicht mal seine Hände gefesselt.«
Die Aussage der Rechtsmedizinerin Karin Hollmann ist klar und deutlich. Sven Spelzer, mit dem sie schon den Serienmörder Pehling zur Strecke brachte, weiß von Anfang an, wen er für diesen Zeugenmord zur Verantwortung ziehen muss.
Die Soko wurde gebildet, um den *Serben*, wie sie den Gewaltverbrecher nennen, nach Jahren der Erfolglosigkeit, endlich zur Strecke bringen zu können. Brutalster Drogen- und Menschenhandel wird ihm zur Last gelegt. Mögliche Belastungszeugen verschwinden meist spurlos. Doch wer ist der unsichtbare Helfer im Hintergrund?
Gibt es einen Maulwurf in den Reihen der Polizei?
Wieder werden die beiden Ermittler in einen Einsatz hineingezogen, der sie, wie schon im ersten Band dieser Reihe, an die Grenzen treibt. Als sie bereits an den sicheren Zugriff glauben, hat der Teufel längst die Falle gebaut.

IBN 978-3746067858

Band 1 aus der Serie Spelzer/Hollmann
Als Taschenbuch und E-Book in allen Buchhandlungen und Online-Shops.

Inhalt:
Der Wald rund um die Ruine der Essener Isenburg - eine Oase der Ruhe und des Friedens. Das ändert sich mit dem Fund einer ersten, grausam zugerichteten Leiche.
Kommissar Sven Spelzer, als erfahrener Leiter der Mordkommission, begegnet einem Serienkiller, der präzise seine unvorstellbaren Taten plant. Der Täter preist seine Morde als Kunstwerke.
Wenn bisher ein System sein Wirken steuerte, so ist es die Gier Außenstehender, die eine unfassbare Lawine der Gewalt auslöst.
Gemeinsam mit der Rechtsmedizinerin Karin Hollmann begibt sich Spelzer auf die Suche nach dem Wahnsinnigen. Sie ahnen nicht, welche Hölle die Bestie schon für sie vorbereitet hat.
Kalendermord - der erste Fall für dieses Ermittlerteam, der sie sofort an ihre Grenzen zwingt.

ISBN 978-3744869997
Als Taschenbuch und E-Book in allen Buchhandlungen und Online-Shops.

Inhalt:
Seit Jahren verschwinden Prostituierte im Ruhrgebiet. Keine Leichen. Keine Spuren. Nichts kann den Killer aufhalten. Die erst 10-jährige Andrea Lesbe und ihr gleichaltriger Freund leiden schon in der Schule unter Mobbing. Die Mitschüler machen ihnen das Leben zur Hölle. Was die Kinder zu diesem Zeitpunkt nicht wissen können: Ein Hurenmörder beginnt gleichzeitig sein perfides Werk. Unaufhaltsam verbindet sich ihr Schicksal mit dem des irren Killers.

Als Andrea als Erwachsene wieder in ihre Heimatstadt Essen zieht, trifft sie nicht nur auf den einstigen treuen Freund. Sie begegnet auch einem geheimnisvollen Fremden, der sie magisch anzieht. Hauptkommissar Schlicht ermittelt mit seiner Soko seit 16 Jahren erfolglos im Fall eines vermissten Kindes und der beängstigenden Mordserie. Erst als der Killer die Abstände seiner grausamen Taten verkürzt, finden sich erste Spuren.

Damit das Geheimnis um den Serienkiller gelüftet werden kann, müssen die Beteiligten in den Vorhof zur Hölle hinabsteigen. Erst dort begegnen sie der grausamen Wahrheit.

»Ein Thriller, der die schmale Kluft zwischen Normalität und dem menschlichen Wahnsinn spannend beschreibt.«

ISBN 978-3752856873
Als Taschenbuch und E-Book in allen Buchhandlungen und Online-Shops.

Inhalt
Als sich die Zellentür für Dirk Rasper nach vielen Jahren vorzeitig öffnet, ahnt Hauptkommissar Klare nicht, welche Welle der Gewalt er damit auslöst. Nach seinen Recherchen saß der Mann über sieben Jahre unschuldig hinter Gittern.

Ein geheimnisvolles Versprechen aus der Vergangenheit band Rasper daran, die ihn möglicherweise entlastende Wahrheit zu verschweigen.

Als der Gefangene aus der Hölle des Strafvollzugs entlassen wird, treibt ihn die Liebe zu seiner kleinen Tochter und der Wunsch nach Rache an. Es mehren sich Zweifel daran, ob die Entscheidung, den Mann zu entlassen, nicht ein weiterer Fehler war.

Das Grauen findet einen neuen Anfang und endet im überraschenden Showdown.

ISBN 978-3741275203
Als Taschenbuch und Ebook in allen Buchhandlungen und Online-Shops.

Inhalt

Täglich gibt es in Deutschland etwa vierzig Fälle von Kindesmissbrauch. Die Dunkelziffer ist jedoch höher, denn viele Opfer und ihre Angehörigen schweigen, aus Scham, aus Angst. Heilt die Zeit diese Wunden? Kann der Mensch erlittenes Leid vergessen? Tina muss sehr bitter erfahren, was es bedeutet, wenn Gespenster der Vergangenheit lebendig werden. Wohlbehütet aufgewachsen, begegnen ihr plötzlich Grausamkeiten, die sie sich nie hätte vorstellen können. Die Gräueltaten eines Sexualtäters verknüpfen sich unaufhaltsam mit dem Schicksal ihrer Familie.

Ein Thriller, der nicht loslässt. Er nimmt den Leser mit in eine Welt, die direkt neben uns existiert. Eine Welt, mit der viele Menschen selbst Erfahrungen sammeln mussten und es aus unterschiedlichsten Gründen totschweigen.

Der Autor möchte mit seiner Geschichte nachdenklich machen und zu Diskussionen anregen. Gibt es hier nur Schwarz und Weiß, nur Gut und Böse?

Eine Geschichte, frei erfunden, doch grausam nah an der Realität.

ISBN 978-3741226458
Als Taschenbuch und Ebook in Online-Shops und im Buchhandel

Inhalt:

Als Nicole Manfred Kirchner begegnet, glaubt sie, den Richtigen für ein bleibendes Glück gefunden zu haben. Als das Monster die Maske fallen lässt, ist es schon zu spät. Nicole muss einen sehr hohen Preis bezahlen: Sexueller Missbrauch, grausame Misshandlung und kriminelle Machenschaften treiben Nicole fast in den Freitod.

Ihr Weg kreuzt den eines älteren Mannes. Nun erfährt sie, dass es auch Menschen gibt, die Hilfsbereitschaft und Freundschaft über ihre eigene Sehnsucht nach Liebe stellen. Doch Manfred Kirchner ist nicht der Mann, der sein Opfer so schnell aus den Klauen lässt. Das Schicksal treibt ein makabres Spiel und zwingt zwei Menschen an die Grenze des Zumutbaren.

Wird Nicole sich befreien können? Erkennt sie das wahre Glück und greift danach? Kennt das Glück wirklich kein Erbarmen?

Der Autor lässt den Leser wie schon in seinen beiden vorangegangenen Romanen tief in die dunklen Seiten des menschlichen Zusammenlebens eintauchen und bietet viel Stoff für Diskussionen.

ISBN 978-3741299056

Als Taschenbuch und Ebook in allen Buchhandlungen und Online-Shops.

Inhalt:

Alfred Reimann, dreiunddreißig, Single, gut aus-
sehend, Jungfrau.

Bis heute lief das Leben des liebenswerten Finanz-
beamten und seiner Teddydame Bienchen in geordneten Bahnen. Noch
weiß er nicht, dass sich dieser Zustand mit dem Einzug der süßen Nach-
barin Verena ändern wird. Ein glücklicher Umstand führt sie zusammen.
Seine Mutter ist davon alles andere als begeistert, denn in ihren Augen
wollen junge Frauen wie Verena nur das Eine. Und dieses Chaos wird sie
zu verhindern wissen!
Mithilfe von Verena und dem kauzigen Pfarrer Hollerberg stolpert Alfred
in das eine oder andere Abenteuer. Ob er auf den Reisen sein Glück
findet, bleibt abzuwarten ... Ein rasanter Liebesroman mit dem gewissen
Schmunzelfaktor.

ISBN 978-3741261534
Als Taschenbuch und Ebook in Online-Shops und
im Buchhandel

Inhalt
Vera und Peter Sobier genießen mit ihrem zwölf-
jährigen Sohn Patrick ein sorgenfreies Familien-
glück. Das endet abrupt, als der erfolgreiche Rechts-
anwalt einen folgenschweren Verkehrsunfall verursacht. Patrick erleidet ein Schädel-/Hirn-Trauma und
fällt in ein Koma. Peter Sobier kommt mit leichten
Verletzungen davon und sucht verzweifelt einen Weg, mit seiner schweren Schuld leben zu können. Die Liebe zu Vera wird auf eine harte Probe
gestellt.
Die härteste Zerreißprobe ihres Lebens fordert den Eltern alles ab, denn
das Schicksal kann grausam sein. Verzweiflung, Glaubenskonflikte und
Hoffnungslosigkeit zerfressen den Geist des Vaters. Außergewöhnliche
Signale, die der Sohn aus seiner finsteren Welt aussendet, verändern die
Sicht aller Beteiligten.
Wird die Liebe der Eltern den vielen Prüfungen standhalten?
Hat Patrick eine Chance, jemals wieder zurück ins Leben zu finden?

ISBN-13 978-3751901352
Teil 1 der Gordon Rabe-Reihe
Als Taschenbuch und Ebook in Online-Shops und im Buchhandel

Inhalt
Sie gibt sich einem anderen hin!

Die Nachricht am Telefon pflanzt den Stachel der Eifersucht in die Gedanken der Männer, die an die ewige Liebe und Treue glauben. Eine perfide Vorgehensweise eines brutalen Killers setzt eine Gewaltspirale in Gang, die vielen Frauen im Ruhrgebiet den grausamen Tod bringt.

Lange bleibt das Motiv des Mörders im Nebel, während das Team um Hauptkommissar Gordon Rabe versucht, eine erste Spur zu finden. Noch nie begegnete er einem derart brutal und raffiniert agierenden Mörder. Dessen Spur verliert sich immer wieder, ohne dass die Ermittler weitere Morde verhindern können.

Erst eine schreckliche Entdeckung lockt den Serientäter aus seinem Versteck. Die Stunde der Abrechnung scheint gekommen.